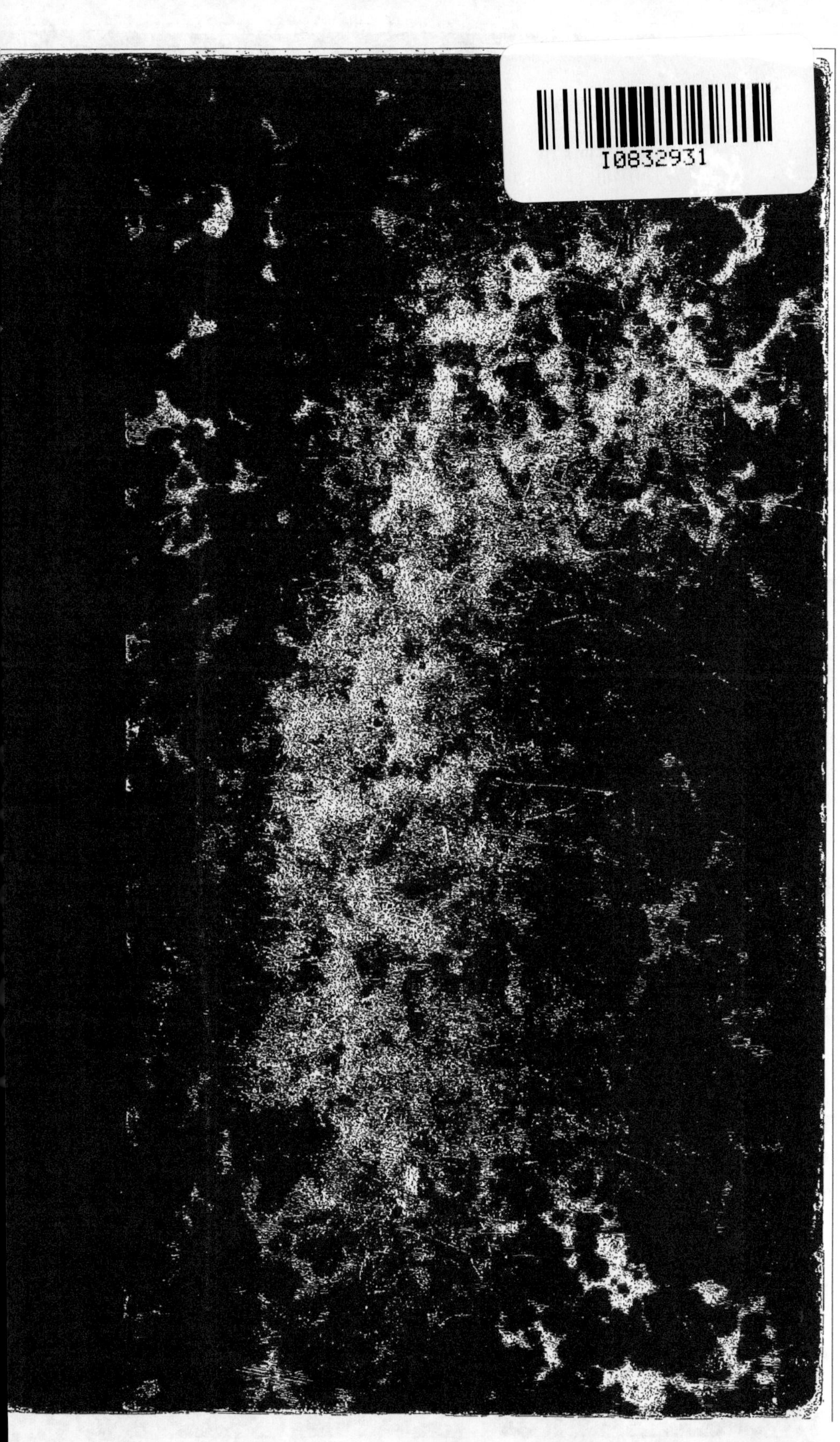

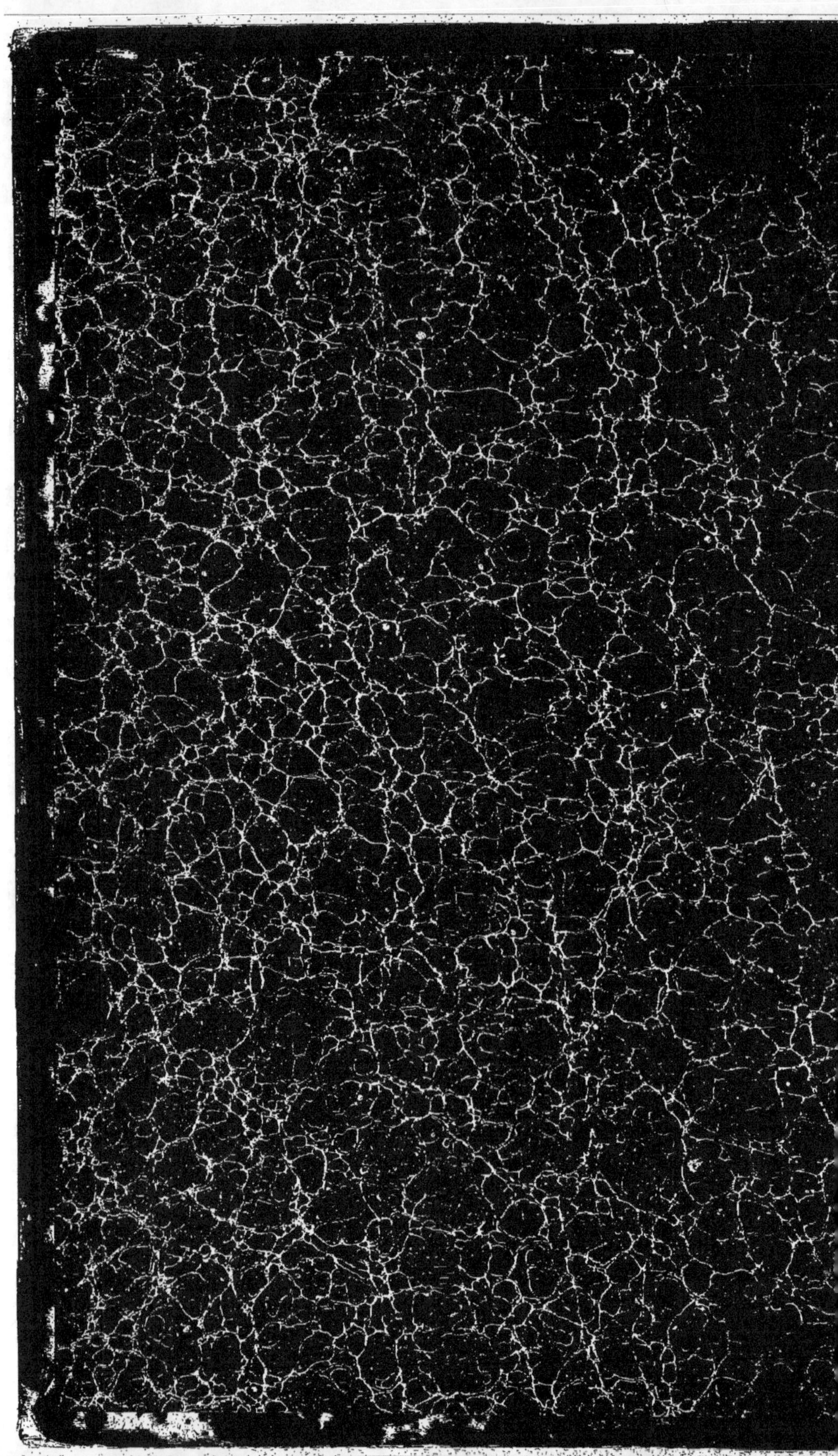

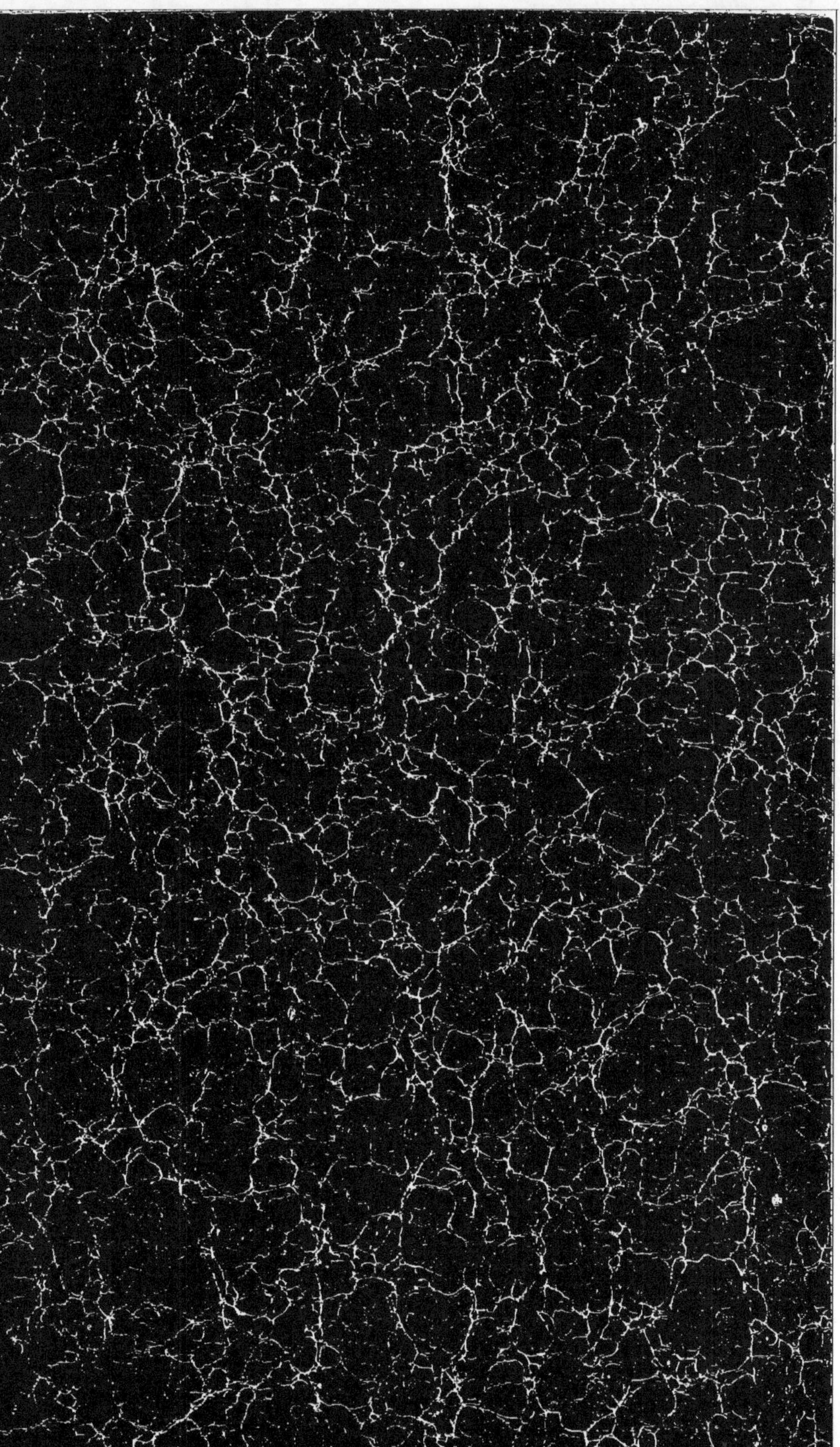

LES

FARFADETS.

Toutes les formalités prescrites par la loi ayant été remplies, je déclare que je poursuivrai comme contrefaits tous les exemplaires qui ne seraient pas revêtus de ma signature.

Berbiguier
de terre neuve du thym

Prix, 18 fr. broché, et 22 fr. par la poste.

ALEXIS-VINCENT-CHARLES, BERBIGUIER.

de Terre neuve du Thin, Natif de Carpentras, habitant à Avignon, domicilié momentanément à Paris.

Quinart 1821 *Lith. de Langlu*

LES
FARFADETS,
OU
TOUS LES DÉMONS
NE SONT PAS DE L'AUTRE MONDE.

PAR AL.-VINC.-CH. BERBIGUIER,
DE TERRE-NEUVE DU THYM.

Jésus-Christ fut envoyé sur la terre par Dieu le père, afin de laver le genre humain de ses péchés; j'ai lieu de croire que je suis destiné à détruire les ennemis du Très-Haut.

ORNÉ DE HUIT SUPERBES DESSINS LITHOGRAPHIÉS.

TOME PREMIER.

A PARIS,
Chez { L'AUTEUR, rue Guénégaud, n°. 24;
P. GUEFFIER, Imprimeur, même rue, n°. 31;
Et chez tous les Marchands de nouveautés des quatre parties du Monde.
1821.

A

TOUS LES EMPEREURS,

ROIS, PRINCES, SOUVERAINS,

DES QUATRE PARTIES DU MONDE.

SIRES,

Pères des peuples, qui représentez sur la terre le Dieu de Paix et de Consolation, qui est dans le Ciel, réunissez vos efforts aux miens pour détruire l'influence des Démons, Sorciers et Farfadets, qui désolent les malheureux habitans de vos Etats. Vous voyez à vos pieds le plus infortuné des hommes; les tourmens auxquels je suis en butte depuis plus de vingt-trois ans sont les plus beaux titres que je puisse avoir à un de vos regards paternels.

Ah ! il y a déjà long-temps que les persécutions diaboliques des Farfadets auraient eu un terme sur la terre, si quelqu'un de vos sujets avait eu le courage de vous les dévoiler. C'est pour les démasquer que je vous dédie mon ouvrage ; vous ne serez pas insensibles à mes tourmens, vous les ferez cesser dès qu'ils vous seront connus.

J'ai l'honneur d'être, avec le plus profond respect,

DE VOS MAJESTÉS,

SIRES,

Le très-humble, très-obéissant sujet et serviteur,

BERBIGUIER,
de Terre-Neuve du Thym.

PRÉFACE.

Je veux faire précéder mon ouvrage de quelques observations préliminaires qui mettront mes lecteurs dans le cas de lire et apprécier mes Mémoires. Ma Préface ne doit pas être longue.

J'ai gardé le silence pendant bien long-temps, quoique pendant ce même temps je fusse persécuté par la race des farfa-dets ; je ne me suis décidé à rompre ce silence que lorsque mes ennemis ont poussé leurs travaux à leur comble. C'est lorsqu'ils ont troublé le repos public par leurs visites nocturnes ; c'est lorsqu'ils ont détruit toutes nos récoltes, sus-cité les tempêtes et les orages, fait agir l'influence des planètes, fait tomber la grêle, interverti l'ordre des saisons, suborné nombre de femmes et de filles, mis la désunion dans les ménages, procuré des morts secrètes, que j'aurais été coupable, si je n'avais pas dévoilé leurs criminelles entreprises. J'ai donc mis en ordre toutes mes notes, et j'en ai fait un corps d'ouvrage que je dédie aujourd'hui à tous les empereurs, rois, princes, souverains, des quatre parties du monde.

C'est dans l'intérêt du genre humain que j'agis, je veux que tous les farfadets soient mis à la raison, et mon but sera rempli.

La terre ne sera plus peuplée de ces vampires abominables, tous les ménages seront heureux, les filles ne seront plus exposées aux criminelles visites de ces monstres ; le cours des saisons sera rétabli, tous les hommes et toutes les femmes deviendront vertueux, parce qu'ils n'auront plus auprès d'eux ces instigateurs qui nous entraînent dans la route du vice ; c'est alors qu'on verra que la domination des farfadets n'a été si longue que parce que personne, avant moi, n'avait eu le courage de les attaquer avec la persévérance qui me caractérise. Mes lecteurs sauront encore de quelle manière je les traite depuis près de vingt-trois ans ; combien j'ai été de fois en butte à leurs tentations, et comment j'ai su leur résister. C'est à mon Dieu créateur que j'en suis redevable ; je ne tomberai jamais dans les piéges qui m'ont été tendus. Lorsque je donnerai à Dieu cette âme qui lui appartient, elle paraîtra devant lui pure, comme elle le fut le lendemain de mon baptême.

J'ai cru, dans l'intérêt de ma cause, devoir désigner nominativement les plus cruels de mes ennemis. Les Pinel, les Moreau, les Prieur, les Chaix, les Vandeval, et tous ceux qui m'ont fait endurer les plus cruelles souffrances, sont les premiers farfadets du royaume. Lorsqu'ils seront connus de tous les souverains, ils ne sauront plus où reposer leurs têtes criminelles. Les cruels! ils m'ont bien persécuté! et c'est toujours sous le prétexte de n'agir que pour mon bien qu'ils m'ont agité. Quand ils se présentaient devant moi sous leur formes humaines, on les aurait pris pour les meilleures gens du monde; mais c'est lorsqu'ils se sont introduits invisiblement chez moi pour me faire souffrir, qu'ils ont été les dignes agens de l'infâme Belzébuth, dont ils forment le corps secret et d'élite. Ils tremblent maintenant qu'ils sont certains de ma résolution! Ils ont voulu, par tous les moyens possibles, m'empêcher de faire imprimer mon ouvrage. Ils m'ont fait menacer, par l'infâme Chaix, de me traduire devant le Tribunal de Police

Correctionnelle, comme calomniateur; mais la preuve des faits que je cite contre eux sera pour moi bien facile à faire, ils viendront eux-mêmes l'administrer. Pendant le jugement ils s'introduiront dans les narines, dans les oreilles de mes juges; ils leur piqueront les jambes, ils se cacheront dans les manches de leurs robes, ils se glisseront dessous leurs bonnets carrés. La connaissance que j'ai de leurs projets les détournera de la voie juridique. D'ailleurs, lorsque j'injurie mes ennemis, et que je leur donne les épithètes d'infâmes, de coquins, etc., etc., je ne prétends pas attaquer leurs qualités personnelles, comme individus, mais bien leur méchanceté comme farfadets métamorphosés. Je ne les signale pas à la justice des hommes, mais à celle de Dieu.

Ils veulent, m'a-t-on assuré, me faire

passer pour fou ; ils diront à tous ceux qui liront mes Mémoires : *Vous lisez-là les Mémoires d'un fou.* Je serais fou, si je n'avais pas eu la force que j'ai eue de résister à toutes vos attaques ! Mais si j'étais fou, vous ne seriez pas tourmentés, comme vous l'êtes tous les jours, par mes lardoires, mes épingles, mon soufre, mon sel, mon tabac, mon vinaigre et mes cœurs de bœuf ; je ne serais pas un exemple de religion pour les personnes qui me connaissent ; je n'aurais pas fait les Mémoires que vous allez lire, et dans lesquels j'intervertirai souvent l'ordre des dates, pour que vos noms soient consignés depuis le commencement jusqu'à la fin de l'ouvrage ; ce qui lui donnera plus de variété. Si j'étais fou, je n'aurais pas ramassé tous les traits et anecdotes que j'ai cités dans mes écrits pour vous confondre, j'aurais fait du mal à quelqu'un, et personne ne se plaint de moi, on ne parle que de ma bonté et de ma patience.

Non, je ne suis point fou, les souverains de la terre vous l'apprendront bientôt; ils vous puniront, et moi, je vais vous confondre. Je vous le répète, je n'intervertis l'ordre des événemens qui me sont arrivés, que pour éviter la monotonie. Lisez-moi, et s'il en est temps encore corrigez-vous, n'attendez pas la punition qui vous menace, et qui vous sera infligée par les justices humaine et divine. Mes Mémoires vont retracer vos forfaits; mon style ne sera pas toujours digne de mes lecteurs, je serai simple dans mes récits, sublime lorsque je parlerai de mon Créateur, terrible dans mes imprécations, bon et suppliant dans mes prières.

J'ai ajouté à mon nom de Berbiguier celui de Terre-Neuve du Thym, parce que je ne veux pas qu'on me confonde avec les autres Berbiguier qui ont plaidé contre mon oncle. Je sais que je ne puis pas prendre cette qualité dans les actes publics ; j'obéirai à la loi, mais je vais me pourvoir auprès de Monseigneur le garde-des-sceaux pour pouvoir, en toute circonstance, ajouter à mon nom celui de Terre-Neuve du Thym. J'acheterai pour cela une petite terre où je cultiverai toujours cette plante aromatique.

J'ai cru nécessaire, pour rendre mon style digne de mon sujet, de décliner, conjuguer et tourner de toutes les manières le mot *farfadet*. Qu'on ne me fasse donc pas un reproche d'avoir dit *farfadérisme*, *farfadériser*, *farfadéen*, etc. J'ai voulu justifier mon titre par toutes sortes de locutions.

Lisez, lisez mon Discours préliminaire ! n'en perdez pas une syllabe.

DISCOURS

PRÉLIMINAIRE.

Je vais écrire l'histoire de mes malheurs, tant d'autres écrivent celle de leurs jouissances! Je n'ai rien à craindre de l'envie, je ne cherche qu'à être plaint; mais j'ai tout à craindre de mes persécuteurs. Ils n'ont cessé de me tourmenter alors que je les attaquais en silence : que ne feront-ils pas, à l'instant que je prends les hommes à témoins de mes efforts, et peut-être de mes succès, et que je viens les inviter à s'unir à ma cause en leur désignant nos ennemis communs !

Que dis-je ? j'ai un écueil bien plus grand encore à redouter, c'est l'incrédulité de mes semblables..... il n'est point de fléau plus terrible pour un malheureux que de penser qu'on n'ajoute pas foi à ses souffrances.

O mortels ! ô mes frères ! ne vous livrez point à des jugemens précipités, laissez-là le ridicule dont vous accueillez tout ce qui ne se trouve point dans le cercle de vos connaissances, tout ce qui porte le moins du monde l'idée de l'extraordinaire et du surnaturel, et n'allez pas vous imaginer, en lisant mes premières pages, que je sois plutôt digne de votre pitié que de votre compassion.

Je me suis souvent confronté avec vous-mêmes ; souvent je me suis trouvé en rapport avec le méchant et l'honnête homme, et je n'ai jamais manqué de m'assurer que je pensais aussi sainement que l'honnête homme, et que les sophismes du méchant ne pouvaient m'échapper. J'ai eu des intérêts pécuniaires à défendre ; j'ai eu des procès à soutenir, des liquidations à poursuivre, des procureurs à surveiller : ma raison ne s'est point trouvée en défaut, et ma conduite a mérité des éloges.

O vous donc qui me lirez, ne m'accusez point de folie ; écoutez-moi, examinez mes preuves, suivez le fil de mon récit, et puis osez me contredire !

Qu'il me soit permis, avant de commencer, de faire une profession de foi qui m'est commune avec tous ceux dont j'ambitionne le suffrage.

Il est une divinité dont la providence veille sur nous, dont la bienfaisance est inépuisable. Malheur à celui qui la méconnaîtrait ! la vie ne serait qu'une agonie épouvantable pour un tel homme, parce que son cœur serait fermé au seul sentiment qui fait l'âme de son existence et le charme de ses affections.

Tout le bien que nous ressentons vient de cette Providence ; il n'est pas en notre pouvoir d'ajouter aux plaisirs qu'elle nous dispense un grain de plaisir de plus. Si sa main nous abandonne, nous tombons livrés à nous-mêmes et à notre néant.

Voilà ce que je professe ; voilà une opinion que je partage avec tout honnête homme !

Mais si dans la nature tout concourt à nous faire connaître l'existence de cette puissance bienfaitrice, je suis persuadé qu'une foule de circonstances et d'événemens établissent démonstrativement l'existence d'une puissance malfaisante qui empoisonne nos jours, nos instans, et qui combat sans cesse dans nos cœurs les consolations, le baume qu'y verse la première.

Car, enfin, si d'un côté la lumière du soleil qui se réfléchit sur une plaine riche et féconde ; si ces beaux arbres que le printemps couronne de fleurs ; si ces fleuves, l'orgueil de la vallée, qui se dégagent au souffle du printemps, et portent sur leur route l'abondance et la fraîcheur, cette fraîcheur délicieuse qui, dans les beaux jours, semble aggrandir notre âme et la mettre en présence de la Divinité ; si toutes ces merveilles de la nature nous forcent à nous écrier, dans notre enthousiasme : O Divinité du bien ! je t'adore ; je te reconnais à ces traits. Eh bien ! ô vous, dont l'âme sensible a ressenti une pénible horreur dans le silence de la nuit ! O vous, que le bruit mouvant de la forêt, que le sifflement aigu de l'aquilon à travers des voûtes obscures a fait frissonner d'effroi ! O vous, qui seul au milieu des tristes sapins couronnés de neige dont se hérissent les montagnes des plages du nord, n'avez retrouvé dans le fond de votre cœur qu'un malaise déchirant et une stupeur enivrante, parlez ! parlez ! qui vous a inspiré ces mouvemens, cet effroi ? Vos préjugés, votre éducation ? Eh quoi ! tout l'univers est donc en proie à des préjugés, aux vices de l'éducation ? Je ne vois donc partout, dans l'homme qui frissonne, qu'un homme qui n'aurait pas frissonné, si son maître ne lui avait pas appris à le faire ? Dans quelle école commune tant de peuples divers ont-ils donc puisé ce principe de frayeurs, de craintes chimériques ? Qui a donc appris à l'Africain isolé, au milieu de ses déserts brûlés et inaccessibles, à partager les craintes du Samoïede, du Lapon qui grelotte de froid sur le bord de son océan de glace? Qui forçait le Scandinave, adorateur féroce du féroce, du sanguinaire Odin, à trembler à la chute sourde de la feuille de l'antique forêt, ainsi que tremblait le Romain civilisé, son ennemi implacable? Quel missionnaire de frayeur a donc pu réunir en ce point et le Juif et le Chrétien, et le Musulman et l'Idolâtre, et le Derviche et le Moine, et le Prêtre et le Lama?

Non, un si grand accord parmi des peuples différant d'intérêt, de passion, de culte et de patrie, n'est que le cri de la nature, et la nature ne ment point; elle ne produit rien sans un but réel et raisonnable; elle ne nous ferait point trembler à l'aspect du loup ou du tigre, si le tigre ou le loup avait la douceur de l'agneau.

Alors donc que mon cœur palpite sans objet, que mes sens glacés frissonnent sur le bord du torrent qui mugit, dans l'antre ténébreux qui s'allonge à mon approche, dans le lit de mon insomnie et de ma douleur; alors, dis-je, la nature m'annonce un danger; alors cet instinct, infaillible précurseur des évènemens, m'avertit qu'un ennemi d'autant plus redoutable que mes sens ne peuvent le deviner, conjure autour de moi; qu'il rôde, l'œil brûlant de cruauté; que je n'ai contre lui que des armes aussi invisibles que lui-même, la conscience qui se purifie par le repentir, et l'élévation de l'âme qui prend son essor vers l'Être bienfaisant qui la couvre de ses ailes.

Et certes, les nations entières que j'ai appelées en témoignage sur l'influence de certains lieux, vont à leur tour me servir de témoins sur l'explication de ce phénomène et développer ma croyance. Ouvrez les annales des peuples anciens et modernes, de l'ancien monde, et de cet hémisphère que quatre mille ans peut-être avaient isolé du nôtre; consultez la croyance du Grec subtil et ingénieux et celle du Mexicain, de l'Iroquois et du

Topinamboux ; les écrits des sages de tous les peuples, Zoroastre, Confucius, Platon, les livres des Hébreux et l'Evangile. Quel accord parfait ! quelle harmonie en ce seul point ! le monde leur paraît inexplicable, s'ils n'admettent l'existence de deux génies, celui du bien et celui du mal. On voit que toutes les sectes parlent de ce principe, crainte de dégrader la Divinité, en lui attribuant le moins indirectement même la cause de ce mal qui se montre si souvent dans son ouvrage. La plupart d'entre elles, je le sais, ont exagéré leur doctrine, elles en ont tiré des conséquences absurdes et ridicules. Ainsi le nègre du Sénégal, du Niger, de la Guinée, donnant à sa crainte la physionomie de la reconnaissance, a offert des sacrifices au génie du mal pour détourner ses coups ; et il a cru pouvoir, par les mêmes offrandes, se concilier le génie du mal et le génie du bien.

D'autres chefs de sectes ont partagé l'univers entre ces deux puissances, ont admis deux Créateurs, ont fait naître deux mondes, et les deux êtres ont marché de front.

Mais que me font ces fausses conséquences ? Le principe, ils l'ont tous admis, et je ne parle que du principe. Si cet accord est une seconde fois reconnu parmi cette variété immense de peuplades et de religions, il est évident que j'ai pour moi une démonstration sans réplique, et que je puis m'écrier dans toute la force de mon zèle : *O vous! dont on calomnie les frayeurs, vous qui n'osez avouer votre prétendue faiblesse, rendez-vous justice, vos craintes sont très-fondées : les airs sont peuplés d'ennemis qui vous épient ; les abîmes de la terre et de la mer vomissent à chaque instant des monstres puissans et invisibles.*

Aussi, lorsque le point noir de l'occident s'avance, se grossit, dérobe à mes yeux toute la voûte du ciel et rembrunit toute la nature ; quand ses flancs éclatent, crèvent sur la moisson naissante, sur les travaux et l'espoir du laboureur ; que la destruction et la difformité marchent sur ses traces, et qu'en un clin-d'œil disparaît l'œuvre de toute une année ; ô laboureur ! dont la simplicité est plus sûre que les calculs de la science, je me garderai d'accueillir d'un sourire de pitié vos frayeurs et vos efforts, et quand votre main tremblante agitera dans les airs la cloche mystique, et opposera ses saintes vibrations à la marche rapide du fléau qui s'avance, non, je ne rougirai point d'applaudir à vos vœux et d'unir ma main à la vôtre.

L'habitant de la ville, toujours distrait, toujours loin de lui-même, qui combat des faits par des parodies et des jeux de mots, rira sans doute à ce tumulte, et ne pourra point s'imaginer qu'entre l'orage et moi il y ait d'autres intermédiaires. Eh bien ! laissons-le seul un instant dans cette vaste plaine, tapi dans le creux d'un rocher ou sous le feuillage d'un arbre antique et noirci par le temps ; tâchons d'éloigner de son esprit toute crainte des humains, de ses semblables, que nos bras l'aient porté sur le front d'une roche inaccessible et escarpée, et que tout-à-coup le ciel s'obscurcisse, que le nuage le plus noir, le silence le plus profond enveloppe la nature et confonde tous les objets; ô homme! si plaisant, si gai dans la société, tu frémis, tu trembles, et tu n'oses pas même soupirer! va, ta pâleur est ta réfutation.

Je tremble, il est vrai, me diras-tu; *mais raisonnons*. J'accepte le défi. *Comment veux-tu que cette Divinité si bienfaisante permette qu'un génie réprouvé nous tourmente?*

Je ne réponds qu'une chose. N'as-tu jamais éprouvé que des sensations douces? N'as-tu jamais été frappé du malheur? Tes champs ont-ils toujours donné leurs moissons, tes coteaux leurs vendanges? Tes enfans ont-ils toujours respecté ta vieillesse, et la faim n'a-t-elle jamais habité sous tes toits? Tu conviens déjà que ce n'est point la Divinité bienfaisante qui t'a lancé ces maux. Sur qui donc faut-il les rejeter? Sur la nature? La nature (si nous entendons par-là les objets créés, la nature est inerte et n'a point de volonté. —Toi-même? Tu n'oserais le soutenir. D'où viennent donc ces fléaux? Parle, ou plutôt garde le silence et reste convaincu.

Oh! diras-tu, je ne puis y souscrire; car, enfin, pourquoi la Providence permettrait-elle au génie du mal de nous faire du mal?

Ecoute: tu ne peux douter que le mal n'existe, que tu ne fasses tous les jours du mal, et que tu n'en éprouves de la part de tes semblables. Voilà ce que je sais. *Le pourquoi, le comment* ne m'appartient plus; il ne m'appartient pas d'interroger la Divinité sur ses ouvrages, il ne m'est permis que de l'adorer.

Cependant je me flatte de t'expliquer la difficulté d'une manière irréfragable, si tu veux être de bonne foi.

Oserais-tu penser que cette Divinité, si bienfaisante, pût se dépouiller de sa justice? Non sans doute. Définis-moi donc ce que tu entends par justice. Est-ce une vertu oiseuse qui se contente de détourner les yeux du mal, et ne le punisse pas ? Ce serait là la justice d'un être sans puissance et sans autorité, la justice enfin d'un particulier, qui ne se voit entouré que de semblables, et non de subordonnés. Dieu ne peut donc pas voir le mal sans exercer sa justice, sans le frapper et sans l'atteindre. Que dis-je ? Ses mains pures ne frappent point, la main de sa justice est en même temps la main de sa clémence ; mais il lâche la bride au génie malfaisant, et alors les vents se déchaînent et la foudre éclate ; ou ce qui est un mal plus grand pour le sage, notre première erreur est punie par une seconde, et notre âme cédant aux suggestions du mauvais génie, pour avoir été coupable d'une faute, conçoit bientôt un crime et un forfait. Es-tu content de cette interprétation ? Si ton cœur ne la sent pas, malheureux, je te plains, mais je désespère de te convaincre !

Il me semble avoir prouvé que nous sommes environnés d'ennemis secrets et invisibles, de génies qui ne sont occupés qu'à nuire à la créature du génie du bien. Ceux qui auront trouvé ce sentiment déraisonnable, malgré son antiquité, se récrieront bien davantage, s'ils m'entendent avancer que les esprits, trouvant déjà des instrumens de leur haine implacable dans les êtres inanimés, en trouvent aussi dans la classe des hommes; ou autrement qu'il est des hommes dont la volonté se corrompant par degré, arrive enfin aux limites qui la séparaient de la perversité de ces génies; qu'elle les franchit bientôt, et qu'elle devient leur suppôt et leur complice; qu'une promesse, un pacte réciproque, la lie à ses nouveaux maîtres, et que dès-lors l'homme, ainsi dégradé, participe aux avantages de ces substances infernales, et devient aussi invisible et aussi puissant qu'elles, par cela seul qu'il est aussi méchant. De là, les individus qui lisent dans le cœur des autres, et pour qui l'avenir semble n'avoir point de secrets, dont le doigt ramène ou chasse les orages, ruine ou enrichit, guérit ou afflige, et donnerait la mort ou la vie, si la vie et la mort étaient de leur domaine.

Avant de montrer à vos yeux cette croyance établie chez tous les peuples, permettez-moi d'insister sur le genre de preuve que j'emploie le plus fréquemment, sur le consentement des peuples.

Cette sorte d'argumentation est irrésistible, et chaque jour nous en faisons usage dans nos études, et même dans le commerce ordinaire de la vie.

N'est-ce pas d'après le témoignage unanime des peuples de l'Europe que nous croyons que César, que Cicéron, ont existé, et qu'ils nous ont laissé des ouvrages? N'est-ce pas d'après le consentement de tous les peuples de l'Europe que le matelot novice vole vers les bancs de *Terre-Neuve*, et établit tous ses calculs sur la supposition d'une pêche abondante? N'est-ce pas d'après le témoignage unanime des voyageurs passés ou contemporains, que l'on court tenter la fortune du commerce à la Martinique, à la Guadeloupe, etc.? Sur quel axiôme s'appuie donc ce raisonnement ? N'est-ce pas sur celui-ci : *Il est impossible que des nations divisées d'intérêts, de langues, de préjugés, puissent se coaliser pour nous induire en erreur ?* Que sera-ce donc, si au lieu de peuples que les branches de commerce peuvent mettre en rapport, je cherche des peuples que des océans entiers, des déserts aussi impénétrables que les glaces du nord, séparent de notre continent, et que je rencontre chez eux le même dogme, la même persuasion ? alors quelle force n'acquiert pas ma démonstration ? Puis-je méconnaître en ce cas le Créateur, dont le doigt a gravé dans nos âmes certaines vérités qui triomphent des usages, des lois, des mœurs locales, du temps, et de la persécution même ?

O toi qui m'écoutes, pénètre-toi de ce principe, et suis-moi dans ma démonstration. Je n'ai plus qu'à te mettre sous les yeux le témoignage de tous les peuples qui ont pensé que certains hommes partageaient le triste avantage du génie du mal, et le servaient dans son œuvre infernale. Et les conséquences, je n'aurai pas besoin de les tirer. Tu me dispenseras sans doute de te citer le peuple des Hébreux et des Chrétiens, dont chaque livre renferme un témoignage authentique en ma faveur. Je ne te rappellerai pas les prodiges des Mages de Pharaon, qui luttaient contre la puissance de Moïse; la magicienne qui évoqua l'ombre de Samuel, les possédés des démons qui volaient avec la rapidité de l'éclair; ce Simon le magicien, qui s'éleva dans les airs en présence d'un peuple immense; ces pactes avec le démon qui fourmillent dans l'histoire de l'Eglise, ces guérisons surprenantes, ces aveux qui font frissonner? Mais j'ajouterai à ces livres, qu'il me faudrait citer tout entiers, des témoignages d'auteurs profanes.

Quoi de plus fréquent dans Horace, que cette Canidie qui évoque les mânes, ouvre souvent les tombeaux, remplit la campagne de chiens hurlans, de spectres épouvantables?

N'as-tu pas lu dans la huitième églogue de Virgile la puissance des enchantemens et de la magie, ce Daphnis insensible à l'amour, attiré, aveuglé par les cérémonies infernales? N'as-tu pas lu dans le premier Livre d*es Géorgiques* les pronostics effrayans de la mort d'un tyran de la république, ces combats aériens, ces statues qui se couvrent de sueur, ces animaux immondes qui hurlent dans le silence de la nuit, ces troupeaux qui parlent, enfin tout l'univers rempli de mauvais génies et des magiciens qui annoncent avec l'accent de la douleur la perte qu'ils vont faire? Ouvre Tite-Live, Tacite, Suétone, etc., chaque siècle te fournira une preuve. Enfin en voici une que tu n'oseras récuser: Un prince romain, qui secoua tout ce que tu peux appeler préjugé, qui écrivit avec élégance et pensa fortement, qui ne sacrifia aux plaisirs que dans les fêtes de ses nouveaux dieux, qui eut la constance et la valeur d'un grand homme avec les faiblesses d'un esprit fort, Julien l'apostat, poussé par sa haine contre le christianisme, désira se faire initier aux mystères des païens, et descendit dans le caveau de l'initiation. Là, le prêtre ou le magicien évoque l'esprit qui le gouverne, et l'esprit apparaît aux yeux de Julien qui, saisi de frayeur, et cédant à une habitude de son enfance, traça sur sa poitrine l'emblême des Chrétiens; l'esprit disparut à ce signe, et ne revint que lorsque Julien eut protesté de sa soumission et de sa croyance.

Que faisaient les Druides des Gaulois, les Bardes des Bretons, les prêtres des Scandinaves, dans leurs forêts impénétrables où ils offraient des victimes humaines à leur féroce Divinité? N'entraient-ils pas en commerce avec les puissances malfaisantes? Dans les ténèbres épaisses de ces lieux inaccessibles aux profanes, la main rougie dans le sang de la victime palpitante, aux accens des sermens les plus terribles, ne transigèrent-ils pas entre eux, en se cédant tour-à-tour, les uns les lois de la nature, et les autres la crédulité des peuples soumis à leur ministère ?

Enfin le Hottentot et l'habitant de la Norwège, le Chinois et le Caraïbe, l'Européen, l'Asiatique, l'habitant noirci du désert de Sahara, tous les peuples de la terre ont cru et croient encore qu'il existe des hommes adonnés aux esprits infernaux. (On peut s'en assurer dans *l'Histoire générale des Voyages*, et dans l'ouvrage de dom Calmet.)

J'ai voulu annoncer, en général, ma preuve, afin qu'on puisse me suivre avec plus de fruit dans le développement que je vais en donner. Maintenant je vais m'occuper à transcrire les autorités qui établissent évidemment ma croyance.

Opinions des auteurs sacrés et profanes les plus recommandables, à l'effet de prouver qu'il y a des hommes adonnés aux esprits infernaux.

On lit dans le LÉVITIQUE, chap. 20 (1) : « Que l'homme ou la femme, dans lesquels l'esprit pythonique, ou de la divination, aura habité, soient punis de

(1) *Lévitique*, un des cinq livres de Moïse.

mort; qu'on les lapide et que leur sang retombe sur eux. »

Ibidem. « L'âme qui sera attachée aux mages et aux devins doit périr du milieu de mon peuple. »

EXODE, chap. 22 (1) : « Ne laissez pas vivre les devins. »

DEUTÉRONOME, 28, v. 54 (2) : « Il y aura chez vous des hommes amollis et délicats dont l'œil fascinera leur frère et l'épouse de leur frère. » *Saint Paul aux Galates*, 3, v, 1: « O Galates insensés, qui vous a fascinés au point de ne pas croire à la vérité? »

SAINT-PIERRE, Epître, etc. : « Un esprit rugit comme un lion et rôde autour de nous, cherchant à nous dévorer. »

PLINE, livre 7, *de l'Histoire naturelle*, assure « qu'on trouve dans l'Afrique des familles d'hommes qui enchantent ou qui fascinent, et dont les enchantemens font périr les brebis, dessèchent les arbres et tuent les enfans. »

AULU-GELLE, pour confirmer ce fait, cite Aristée Proconesius, Isigone de Nicée, Cresias Onisecritus, Polystephane et Hégesias.

APULÉE assure « que les enchantemens diaboliques ont assez de force pour faire non-seulement des miracles par le moyen des hommes, mais encore pour bouleverser la nature, pour arrêter le cours des fleuves, changer la direction des tempêtes, obscurcir le soleil et la lune, allonger les jours et raccourcir la nuit. » (*Métamorph. de l'Ane d'or.*)

---

(1) *L'Exode*, autre livre du Pentateuque de Moïse.
(2) Livre de Moïse.

TIBULLE raconte, au sujet d'une femme adonnée à l'esprit malin, ce qui suit :

« Je l'ai vue faire descendre les constellations du ciel, changer par ses enchantemens le cours du fleuve le plus rapide, ouvrir la terre, évoquer les morts des tombeaux, et les arracher même au bûcher qui les consume ; à sa voix, la lumière du ciel s'obscurcit, et la neige tombe au milieu de la canicule. »

CICÉRON (3 *offic.*), et PLATON (cap. 9, 2, *de Rep.*) racontent « que Gygès possédait un anneau qui le rendait invisible, selon qu'il tournait le chaton en dedans ou en dehors de la main. » (Jordan de Mejer, *de Divin.*, cap. 43.)

Le duc d'Orléans voulant exterminer toute la race royale par le plus grand des forfaits, confia ses armes et son anneau à un moine apostat pour les consacrer au diable et les enchanter par des prestiges. A ce sujet une matrone évoqua le démon dans la tour de Montjoie, près de Ligni. Ensuite le duc se servit de ses armes pour ôter la raison au roi Charles, son frère, si subtilement, qu'on ne s'en aperçut pas d'abord. Le premier enchantement se fit près de Beauvais ; il fut si violent que les ongles et les cheveux en tombaient au roi. Le second enchantement eut lieu dans le Maine, et fut plus violent encore : personne ne pouvait assurer si le roi vivait ou non. Il ne donnait aucun signe de vie et de respiration. Aussitôt qu'il revint à lui, je vous en supplie, dit-il, enlevez-moi cette épée qui me perce le corps par le pouvoir de mon frère d'Orléans.

PLATINA, NAUCLER, PIERRE de Prémontré, le cardinal de BENON, la Chronique du frère Martin, dominicain.

Histoire du Pape Silvestre II, qui s'appela d'abord Gilbert.

« Gilbert, français de nation, obtint, dit-on, le pontificat par des moyens magiques. Dans sa jeunesse il fut reçu moine dans un monastère d'Orléans ; il le quitta bientôt pour suivre le diable, à qui il s'était entièrement livré. Arrivé à Séville, en Espagne, pour y achever ses études, il s'insinue dans la société d'un philosophe sarrazin, habile dans la magie. Il aperçut un jour sous sa table un livre de nécromancie, qu'il forma le projet d'enlever ; mais comme le livre était gardé avec le plus grand soin, il pria la servante du philosophe, dans les bonnes grâces de laquelle il était déjà, de le lui confier. Gilbert, à la faveur de ce livre, obtint bientôt l'archevêché de Reims, ensuite de Ravennes, et enfin le pontificat, l'an 997, à la condition pourtant qu'après sa mort il appartiendrait au diable. Quoique pendant son pontificat il dissimulât sa science de la magie, il n'en conservait pas moins dans ses appartemens une tête d'airain qu'il interrogeait assez souvent. Un jour Gilbert lui ayant demandé combien de temps il serait encore souverain pontife, le diable lui répondit avec son amphibologie accoutumée : Vous vivrez long-temps si vous ne touchez pas à Jérusalem. Mais le premier mois de la quatrième année de son pontificat, et le dix de ce mois, disant la messe à Rome, dans la basilique de la Sainte-Croix de Jérusalem, il fut saisi tout-à-coup d'une fièvre violente, et comprit que sa mort approchait, au hurlement des démons, comme le rapporte Pierre le prémontré. Mais le pontife, touché de repentir, fit une confession publique de sa magie, supplia les assistans de lui arracher la langue et les mains dont il s'était servi pour sacrifier au démon, et mourut dans la pénitence. »

THYRÆUS, part. 3, *Disp. de Dœmoniacis*, cap. 45, 1. *ex Motant.* « L'an 1568, le prince d'Orange ayant tenté de se jeter dans le Brabant à la tête d'une nombreuse armée, fit prisonnier un espagnol dans le diocèse de Juliers, près du passage de la Meuse, et le condamna à mourir. Les soldats l'attachèrent à un arbre, et s'efforcèrent de le tuer à coups de fusils et d'arquebuses; mais toutes leurs balles n'en vinrent pas à bout. Etonnés de ce prodige, les soldats le mirent à nu pour s'assurer si cet homme n'avait pas sur la chair des armes qui amortissent le coup; ils trouvèrent simplement sur lui une amulette portant la figure d'un agneau, qu'ils lui enlevèrent, et au premier coup de fusil l'homme expira. » (*Remigius*, lib. 10, cap. 10.)

« Jean de Ban voyant Bernard Bloquet se promener dans la campagne, dans un char à deux chevaux, se souvint d'une foule d'affronts qu'il en avait reçus, et lui jeta un sort. A peine achevait-il, que Bernard tomba de sa voiture et mourut, sans que son corps eût reçu la moindre blessure, la moindre contusion, la moindre dislocation; de sorte qu'il est probable que le démon lui intercepta la respiration. »

JACOB CUJAS, *in paratit.* Cod. *de Malef. et Math.* Ils piquent avec des aiguilles, ou ils font fondre au feu une image d'un homme, et sans aucun retard ceux qui représentent les images sont attaqués de consomption ou sont frappés de mort. »

CARICHTERUS *in Cardiluci*, tom. I, p. 487 : « *Ils forment une figure de cire qu'ils piquent avec une épine de buisson ou un morceau de chêne taillé en pointe; ils la lardent même de ces piquans, et la déposent sur le seuil de la porte par où doit passer l'homme dont la figure est l'image; et celui-ci sent les douleurs les plus vives, et il sent sortir de son corps des clous, des aiguilles, des épines, accompagnés de pus.*» (Carichterus, qui l'a vu de ses propres yeux.)

JACOB SPRENGER, dominicain, *Mall. Malef.*, p. 1, quæst. 7: « Nous connaissons une vieille, qui, comme le rapportent tous les frères du couvent, a non-seulement maléficié trois abbés consécutivement, mais les a même fait mourir. Elle a enlevé la raison au quatrième; elle l'avoue à qui veut l'entendre. Ils ne pourront, dit-elle, jamais s'empêcher de m'aimer, parce qu'ils ont mangé autant de ma fiente que je vous en montre à présent. Nous n'avons pas encore le droit d'opérer sur elle.

SAINT-JÉROME rapporte l'histoire d'une vierge, consacrée à Dieu, qu'un jeune homme était venu à bout de gagner par des moyens magiques. (*Vita Hilarionis.*)

EUSÈBE de Césarée raconte « que le poète Lucrèce ayant pris un filtre amoureux, en conçut une telle rage qu'il se donna la mort.»

JEAN WIER GRAVIANUS, médecin du duc de Clèves, lib. 3, cap. 3, *de Præstig. dæm.*: « Une jeune fille, âgée d'environ seize ans, que je traitais, un instant après que je l'eus touchée, parut vomir aux yeux de son père et d'une autre personne qui était accoutumée à son caractère; ayant examiné sa bouche avec soin, je découvris tout-à-coup un lambeau noir et grossier étendu sur sa langue; j'y portai incontinent la main, et je tirai de la membrane du palais des objets extraordinaires que je voulus presser, pour prouver qu'ils ne venaient pas réellement de l'estomac. Car le père m'avait raconté qu'elle avait rendu souvent des tas de matières semblables. Je leur montrai donc la preuve de la vérité, c'est-à-dire un lambeau noir grossier, lardé de quelques épingles et aiguilles enfilées, et des fragmens de clous de fer; le lambeau était à peine humecté d'un peu de salive. Il était pourtant trois heures après-midi; elle avait dîné à son ordinaire. Si ce chiffon était sorti de l'estomac il eût été imbibé de salive et de chyle. La jeune fille tomba dans des convulsions affreuses, et le père nous assura que le seul signe de croix pouvait les terminer. »

VINCENT DE GUILLERIN, *Spec. Hist.*, lib. 26 : « Vers le onzième siècle, dans une ville d'Angleterre, une femme adonnée à la magie, étant un jour à dîner, une corneille qu'elle aimait beaucoup lui croassa je ne sais quoi de plus clair qu'à l'ordinaire. A ce bruit la dame pâlit, le couteau lui tomba des mains; et après avoir long-temps poussé de profonds soupirs, elle éclata en ces termes : J'apprendrai aujourd'hui le plus grand malheur. A peine achevait-elle, qu'on vint lui annoncer que son fils et toute sa famille étaient morts de mort subite. Pénétrée alors de la plus vive douleur, elle fit venir les enfans qui lui restaient encore, avec un moine et une religieuse, en présence desquels elle dit en gémissant : Jusqu'à ce jour je me suis livrée au démon par un destin digne de compassion et par des arts magiques. Je suis un monstre, une femme remplie de toutes sortes de vices, je n'ai d'autre espoir que dans votre religion; je sais que les démons doivent me posséder pour me punir de mes crimes; je vous prie, au nom des entrailles d'une mère, d'essayer de soulager les tourmens que j'endure, car ma perte me paraît assurée. Renfermez mon corps enveloppé d'une peau de cerf, dans une bière de pierre recouverte de plomb, que vous lierez par trois tours de chaînes; si pendant trois nuits je reste tranquille, vous m'ensevelirez le quatrième, quoique je craigne que la terre ne veuille point recevoir mon corps; que pendant cinquante nuits on chante des psaumes pour moi, et pendant cinquante jours on dise des messes. Ses enfans exécutèrent ses ordres, mais sans succès; car les deux premières nuits, tandis que les clers chantaient des psaumes, les démons enlevèrent comme la paille les portes immenses du temple, et comportèrent les deux chaînes qui enveloppaient la caisse. La troisième nuit, vers le chant du coq, tout le monastère semblait être ébranlé par le démon qui entourait l'édifice. L'un d'entre eux, le plus terrible, et d'une taille colossale, mit en poudre les portes et réclama hautement la bière; il appela la morte par son nom, lui ordonna de sortir. Je ne le puis, répondit le cadavre, je suis liée. Tu vas être déliée, lui dit Satan; et aussitôt il brisa comme une ficelle la chaîne de fer qui restait autour de sa bière, découvrit d'un coup de pied le couvercle, et la prenant par la main, il l'entraîna vers les portes du temple, en présence de tous les assistans. Là se trouvait un cheval noir, hennissant fièrement, couvert de crochets de fer : on plaça la malheureuse sur son dos, et elle disparut aux yeux des assistans; on entendait seulement dans le lointain les cris qu'elle poussait. »

DAVID MEDERUS, p. 63, dit : « Dans le duché de

Wirtemberg, une sorcière, qui devait bientôt subir la peine de ses enchantemens avec ses complices, et sur le point de dire le dernier adieu à son mari, voulant lui laisser un souvenir gravé sur le dos, le frappe sur le dos, lorsqu'il sortait, en lui disant quelques mots en allemand. Le mari reçut ce coup comme un signe d'amour ; mais il ne tarda pas à éprouver que c'était un signe de fascination : le coup enfla en lui occasionnant les douleurs les plus atroces, douleurs qui se faisaient sur-tout ressentir au changement de la lune. »

DELRIO, lib. 2, *D. M.*, quæst. 11, raconte le fait suivant : « Dans le diocèse de Trèves, un paysan qui plantait des choux dans son jardin avec sa fille, âgée de huit ans, donnait des éloges à cet enfant sur son adresse à s'acquitter de sa petite fonction. Oh! répondit l'enfant, avec le babil naturel à son âge et à son sexe, j'en sais bien d'autres plus étonnantes que celle-là. Le père lui demande ce que c'est. — Retirez-vous un peu, lui dit-elle, et je vous ferai descendre la pluie sur telle partie du jardin que vous me désignerez. — Fais, reprend le paysan surpris, je vais me retirer. — Alors la petite fille creuse un trou dans la terre, y répand de son urine, la mêle avec la terre par le moyen de son bâton, prononce quelques mots, et la pluie tombe par torrens sur le jardin. — Qui t'a donc appris cela? s'écrie le paysan étourdi. — C'est ma mère, qui est très-habile dans cette science. Le paysan, plein de zèle, fit monter sa fille et sa femme sur la charrette, les amena à la ville et les livra toutes les deux à la justice. »

KORNMANN, *de Mirac. Mort.*, p. 5, cap. 22 : « Quant à ce que les magiciens et les enchanteurs font avec l'aiguille dont on a cousu le suaire d'un cadavre, aiguille au moyen de laquelle ils peuvent rendre impuissans les nouveaux mariés, cela ne doit pas s'écrire, crainte de faire naître la pensée d'un pareil expédient. »

ANTONIUS BENIVENIUS, *de abditis morborum Causis*, cap. 8 : Une femme âgée de seize ans, souffrant du bas-ventre, se déchirait de ses propres mains ; elle poussait des cris horribles, son ventre se gonflait tout-à-coup, et l'on aurait dit qu'elle était enceinte de huit mois. Lorsqu'elle venait à perdre la voix, elle se renversait sur son lit, et touchait ses pieds avec sa tête ; elle se remettait tout-à-coup sur son séant, tombait et se relevait encore, et cela jusqu'à ce qu'elle fût revenue à elle-même. Si on lui demandait ce qu'elle avait fait, elle n'en savait rien.

Pour nous, en recherchant les causes de sa maladie, nous pensions que le mal provenait de la suffocation de l'estomac, et des vapeurs qui montaient vers le cœur et vers la tête. Mais comme les remèdes n'aboutissaient à rien, la malade, devenue plus intraitable, et nous regardant d'un œil hagard, finit par vomir des clous longs et recourbés, des aiguilles de cuivre, de la cire et des flocons de cheveux, et enfin, après son déjeûner, un morceau d'une grosseur si énorme, que nul gosier n'aurait pu l'avaler. Comme elle recommença plusieurs fois le même vomissement sous mes yeux, je pensai qu'elle était possédée du démon, qui nous faisait illusion sur la nature des matières qu'elle vomissait; ce qui devint de la dernière évidence dès qu'on eut confié la malade aux médecins ecclésiastiques, car nous l'entendîmes alors prophétiser et faire des actions qui étaient au-dessus de tout ce que peut produire la maladie et l'intelligence humaine. »

JEAN WIER GRAVIANUS, médecin du duc de Clèves, *de Præst. dæm.*, lib. 3, cap. 6 : « Meirner Clatz, gentilhomme de Hontembrouch, dans le duché de Juliers, avait un domestique nommé Guillaume ; cet homme, possédé du démon depuis quatorze ans, était regardé d'abord comme attaqué d'une maladie, et il demanda par la suggestion du diable, pour confesseur, un pasteur de Gerac, nommé Bartholomée Panen, homme qui se faisait payer pour chasser le diable, et qui, dans cette circonstance, ne put pas tout-à-fait jouer l'hypocrite. Comme le démoniaque pâlissait, que son gosier enflait, et qu'on craignait qu'il ne fût suffoqué entièrement, l'épouse du seigneur Clatz, dame pieuse, ainsi que toute sa famille, se mit à réciter la prière de Judith. Aussitôt Guillaume se mit à vomir, entr'autres débris, la ceinture du bouvier, des pierres, des pelotons de fils, des coiffes de filles, des aiguilles, des lambeaux de l'habit d'un enfant, des plumes de paon que Guillaume, huit jours auparavant, avait arrachées de la queue du paon même. On lui demanda la cause de ce mal. Il répondit que, passant sur un chemin, il rencontra une femme inconnue qui lui souffla sur le visage, et que tout son mal datait de ce moment. Cependant, lorsqu'il fut rétabli, il nia le fait, et ajouta que le démon l'avait forcé à faire cet aveu, et que toutes ces matières n'étaient pas dans son corps ; mais qu'à mesure qu'il vomissait, le démon changeait ce qui sortait de sa bouche. »

Idem, lib. 5, cap. 10 : « De notre temps un juge avait fait brûler une foule de femmes, qu'un magicien lui avait désignées comme sorcières. Ce même magicien vint un jour le trouver, pour lui déclarer une autre coupable, s'il voulait toutefois, disait-il, l'entendr sans se fâcher. Le juge lui assurant qu'oui, il lui désigna sa propre femme, et pour lui en donner des preuves certaines, il lui assigna une heure, afin d'assister lui-même au sabbat des sorcières, où il ne manquerait pas de trouver son épouse. Le juge y consentit, et il invita ses amis et ses parens à souper avec lui et son épouse, sans leur exposer les motifs de cette réunion.

A l'heure désignée par le magicien, il quitte la table, prie les convives de rester à table avec son épouse, et de ne sortir qu'à son retour. Arrivé au lieu où voulait le conduire le magicien, il vit un chœur de sorcières, et je ne sais quelles orgies auxquelles assistait son épouse, et qu'elle partageait même. Le juge retourna à sa maison et y trouva ses amis encore à table, ainsi que son épouse. Ayant demandé si sa femme n'était point sortie de sa place, tout le monde lui assura qu'elle était restée au même lieu. Le juge, alors, ouvrit les yeux sur tant de femmes innocentes qu'il avait fait mourir, et punit de mort le magicien dénonciateur. »

Idem, lib. 3, cap. 8 : « Dans le comté de Horn, des religieuses se trouvaient un jour tourmentées par l'esprit malin. On dit qu'elles avaient été ensorcelées par une pauvre femme qui, dans le carême, leur avait emprunté trois livres de sel, et leur en avait rendu le double le jour de Pâques. Depuis ce temps on trouva dans le dortoir des globules blancs, ressemblant à des graines incrustées dans du sucre, et dont la saveur se rapprochait de celle du sel. On ne pouvait deviner comment ces objets étaient arrivés dans ces lieux. On sentait quelquefois marcher comme une personne qui gémissait, l'on entendait le plus souvent une voix qui appelait une foule de sœurs, et qui les suppliait de l'accompagner auprès du feu, et lorsque les sœurs se portaient sur les lieux, elles ne trouvaient personne. Quelquefois elles se sentaient arrachées de leur lit et porter à quelques pas de là, où on les chatouillait si fort sous la plante des pieds, qu'elles craignaient de mourir à force de rire. A d'autres on arrachait des lambeaux de chair, on leur tordait les jambes, les bras et le visage. D'autres, ainsi mutilées, et n'ayant pris pendant cinquante jours que du jus de betterave en place de pain, vomissaient pourtant une quantité énorme de liqueur noire comme de l'encre, et dont la saveur était si amère qu'elle leur emportait la membrane du palais.

Un jour que treize amies du couvent vinrent les visiter pour les consoler, elles tombèrent sans voix et sans connaissance, et la plupart restèrent étendues, les bras et les jambes contournés. Une autre se sentait élever en l'air, et quoique les assistans s'efforçassent de la soutenir, elle n'en passait pas moins pardessus leur tête et retombait encore comme morte. Quelques-unes d'entre elles marchaient sur le bout de l'os tibia, sans faire usage de leurs pieds; elles grimpaient sur les arbres comme des chats, et elles en descendaient sans changer de position.

La femme qui les avait ensorcelées fut livrée à la justice, et ne voulut jamais faire un seul aveu, même au sein des tourmens les plus affreux. »

SAINT-AUGUSTIN, lib. 1, *de Doct. Christ.* : « Tous les arts qui ont rapport à la magie tirent leur origine d'un pacte horrible fait entre les hommes et les démons. »

SAINT-THOMAS, *in Sen.*, 2, dist., art. 4, assure

« que les enfans qui sont le produit du commerce d'une femme et des démons sont plus puissans que les autres hommes. »

SPRENGER, *Malleus Malefic.*, part. 1, quæst. 15 : « Un de nos inquisiteurs ayant rencontré une ville devenue presque déserte par une mortalité d'hommes, apprit qu'on attribuait ce fléau au pouvoir d'une femme ensevelie, et qui avalait peu-à-peu le drap mortuaire dont elle était enveloppée. On lui dit encore que le fléau de la mortalité ne cesserait que lorsque la morte aurait avalé tout le drap. L'inquisition ayant assemblé tout le conseil, fit creuser la tombe, de concert avec le maire de la ville, et l'on trouva que la moitié du suaire était déjà avalé et digéré. A ce spectacle l'un d'entre eux tira son sabre, coupa la tête au cadavre, la jeta hors de la tombe, et la peste cessa. Après une enquête exacte on découvrit que cette femme avait été adonnée pendant une grande partie de sa vie à la magie et aux sortiléges. »

Idem, part. II, quæst. 13 : « Un homme, s'étant aperçu, aux couches de sa femme, que, contre la coutume des autres femmes, elle n'avait pas voulu d'accoucheuse, et qu'elle n'avait admis dans sa chambre que sa fille qui lui en tenait lieu, voulut en connaître le motif et se cacha dans sa maison. Il lui fut facile de juger de tout le sacrilége, et du pacte que cette femme contractait avec le diable, au nom de son fils. L'enfant, suspendu à une crémaillère, était soutenu en l'air sans le secours humain, et par l'intervention seule du diable qui le promenait invisiblement. Le père, effrayé à ce tableau, et aux paroles terribles qu'il avait entendu prononcer, insista vivement pour que l'enfant fût aussitôt baptisé ; et comme il fallait le transporter dans le village voisin, où se trouvait la paroisse, et qu'on avait un pont à traverser, le père tira son sabre sur sa fille, qui portait l'enfant, à l'entrée du pont, en lui disant : *Ou l'enfant traversera seul le pont, ou tu descendras dans la rivière.* Tous les assistans, à l'exception de deux hommes qu'il avait avec lui, crurent qu'il perdait la raison; mais lui reprit encore: Monstre, tu n'as pu suspendre cet enfant que par ton art magique; fais maintenant qu'il traverse seul le pont, ou je te noie. Forcée par ces paroles, elle place l'enfant sur le pont, invoque le diable, et tout-à-coup l'enfant se trouve sur l'autre bord. Le père ayant convaincu ainsi sa fille de sortilége, la livra au bras séculier. »

Idem, part. 2, quæst. 1, cap. 12 : « Une femme mariée, d'honnête famille, vint déposer un jour ce qui suit, après avoir rempli les formalités de la justice :

J'ai derrière ma maison, dit-elle, un carré de verdure contigu à la propriété de ma voisine. Un jour que je passais de son jardin dans mon parterre, elle me poursuivit en m'accablant d'insultes et de malédictions. Elle me reprochait d'avoir fait des dégâts dans son parterre. Effrayée, parce que je la connaissais, je me contentai de lui répondre que les traces de mes pieds devaient lui faire voir le dégât que j'avais pu faire. Alors cette femme voyant que je ne voulais pas me quereller avec elle, s'en alla en murmurant quelques mots que je n'entendis pas. Mais peu de jours après, je fus saisie d'une douleur des plus vives, on aurait dit que mes reins étaient traversés par des couteaux; la nuit et le jour j'importunais les voisins de mes cris. Un potier du voisinage, l'amant de cette mauvaise femme, vint me voir, et me dit qu'il présumait que ma douleur était l'effet d'un sort ; qu'il parviendrait à le découvrir. Le lendemain, il se hâta de revenir, fit fondre du plomb, le versa dans une soucoupe placée au-dessus de mon corps, et d'après certaines figures il me dit que le sort était sous ma porte. Mon mari et le potier n'eurent rien de plus empressé que de courir à la porte de la maison, et ils y trouvèrent, en creusant, des images de cire, traversées de deux aiguilles, des grains, des semences et tant d'autres objets qu'ils jetèrent au feu, et je recouvrai aussitôt la santé. »

Idem, part. II, quæst. 1, chap. 15 : « On dit qu'un sorcier ayant été conduit devant le juge, celui-ci lui demanda comment ils pouvaient amener les orages et tempêtes; il répondit : Il nous est facile de faire tomber la grêle, mais nous ne pouvons pas la rendre nuisible comme nous le voudrions, à cause des bons anges; nous ne pouvons affliger que ceux qui sont privés des secours du ciel, et non ceux qui se garantissent par le signe de la croix. Voici comment nous nous y prenons. Nous implorons le prince des démons pour qu'il nous envoie un des siens à l'effet de frapper celui que nous lui aurons désigné. Nous immolons après un poulet noir dans l'embranchement de deux routes, nous le jetons en l'air, et le démon qui accepte le sacrifice, excite l'air, fait tomber la grêle, mais pas toujours sur les lieux désignés, parce que la puissance du Très-Haut très-souvent s'y oppose.

VINCENTIUS BELVACENUS, lib. 26 : « Du temps de l'empereur Henri III, il y avait à Rome un jeune homme riche et de noble naissance, qui venait de se marier, et qui donnait à ses amis le festin de noces. Après le repas les amis se réunissent pour jouer à la paume. Le jeune époux détache son anneau, crainte de le perdre en jouant, le place au doigt d'une statue de Vénus qui se trouvait là. Lorsque la fatigue le força d'abandonner le jeu, il va pour reprendre son anneau; mais il trouva la main de la statue fermée, et ne put le retirer. Il n'en parla à personne et revint auprès de ses amis. Au milieu de la nuit il y retourne avec un de ses domestiques, et voit le doigt redressé comme auparavant, et l'anneau n'y était plus. Dissimulant sa perte, il vient se placer auprès de sa nouvelle épouse; cependant ayant voulu la prendre dans ses bras, il ne sentit plus qu'un nuage, et ne pouvait pas même la voir; il entendit une voix qui lui disait : Viens avec moi, tu m'as donné ton anneau, je suis Vénus. Effrayé du prodige, il n'osait ou ne pouvait rien répondre : il ne dormit pas de la nuit, roulant mille pensées dans son âme. Pendant plusieurs jours le même fait lui arriva, toutes les fois qu'il voulait coucher avec sa femme. Du reste, il se portait bien, et il avait toute sa force pour vaquer aux fonctions civiles et pour aller à la guerre. Enfin, cédant aux instances de son épouse, il rapporta tout à ses parens; ceux-ci le rapportèrent à un certain prêtre, qui était adonné à la nécromancie et puissant dans la magie, et qui, se laissant gagner à leurs promesses, compose une lettre qu'il donne au jeune époux, en lui enjoignant d'aller à cette heure de la nuit auprès d'un embranchement de quatre chemins, et de considérer autour de lui; il lui observa qu'il verrait passer devant lui des figures des deux sexes, de tout âge et de toute condition, quelques-unes tristes, d'autres joyeuses; cette foule serait suivie d'un jeune homme, plus grand que les autres, assis sur un char; c'est à lui qu'il devait remettre la lettre pour obtenir l'objet de ses vœux. Le jeune époux remplit toutes ces conditions, et lorsque toute la foule des figures désignées eut passé, il aperçut le jeune homme et lui remit la lettre. Le jeune homme, reconnaissant le cachet, l'ouvrit, et levant les mains au ciel : Dieu tout-puissant, s'écria-t-il, *jusques à quand souffrirez-vous que le prêtre Palumbus jouisse de la vie !* et aussitôt il dépêche des satellites pour détacher l'anneau du doigt de Vénus, qui hésita longtemps et ne le rendit qu'avec peine. Ainsi le jeune époux put jouir des chastes plaisirs de l'hymen. Mais le prêtre Palumbus ayant appris l'invocation du démon, sentit que sa fin approchait, fit pénitence, se donna la torture, et confessa, en présence du peuple romain, des crimes inouis.

BODIN, *Dœmon.*, lib. 2, cap. 3, p. 185 : « J'ai entendu raconter à un abbé, et à un noble polonais, nommé Pricinski, ambassadeur en France, qu'un des plus grands rois du monde chrétien voulant connaître sa fin, fit venir un jacobite adonné à la nécromancie. Après la messe et la consécration de l'hostie, ce prêtre fit trancher la tête à un enfant de dix ans, préparé tout exprès. Il plaça sur son front l'hostie, prononça quelques mots, employa des caractères qu'il n'est pas convenable de rapporter, et lui demanda ce qu'elle voulait. La tête répondit : *on me fait violence.* Aussitôt le roi, furieux, s'écria : Enlevez-moi cette tête, et il expira dans un accès de rage. Cette histoire est regardée comme certaine dans le royaume où elle eut lieu.

CAMERARIUS, *de Natur. et Effect. Dœmon. in proemio*; *Joannes Christ.* FROMMANN, *de Fascinatione*, lib. 3, p. 5, cap. 3, §. 8 : « Dans une ville un juif vint chez une vieille femme, et lui demanda du lait de femme; il lui promit une récompense, si elle lui en apportait. La vieille raconte le fait à une de ses amis, et lui communique un moyen qui lui était venu dans l'esprit pour tromper le juif. Elle avait une truie qui allaitait: elle la trait, et en porte le lait au juif. Celui-ci commençant à opérer entendit un grognement et s'aperçut de la ruse. Cependant tous les cochons du voisinage en périrent.

SPRENGER, part. I, quæst. 1, cap. 9: « Un laboureur, occupé un jour à fendre du bois, frappa un chat d'une moyenne grosseur, et à mesure qu'il le pourchassait, un autre plus gros vint avec le premier lui mordre les jambes. Il eut toute la peine du monde à les mettre en fuite à coups de morceau de bois. Une heure après le juge fit mander le laboureur, et le mit en prison, pour avoir, disait-il, maltraité trois dames de la ville. Le laboureur étonné assure qu'il n'avait maltraité que des chats, et en donna les preuves les plus évidentes. On le relâcha, parce qu'on vit que le diable seul était coupable en cette affaire.

MAJOL, colloq. 3, p. 213: « L'an 1549, sept magiciens de la ville de Nantes ayant promis de faire connaître, avant une heure, tout ce qui se passait aux environs de la ville, à un espace de dix mille pas à la ronde, tombèrent morts sur-le-champ et restèrent trois heures dans un état léthargique. Lorsqu'ils se relevèrent, ils révélèrent tout ce qui s'était fait dans la ville de Nantes et plus loin, et tout ce qu'ils avaient observé en fait d'actions et de localité.

BOETHIUS, lib. 8, Hist. Scot.; CARDANUS, lib. 16,

e *Rer. Varietate*, cap. 93 : « Nous avons appris des témoins oculaires, que naguères une fille noble, et d'une rare beauté, ayant un grand dégoût pour l'hyménée, fut trouvée enceinte. Les parens recherchèrent l'infâme qui pouvait avoir violé leur fille. Celle-ci leur apprit que la nuit et le jour un beau jeune homme venait coucher avec elle, et qu'elle ne le voyait jamais entrer. Quoique les parens n'ajoutassent pas foi à une telle explication, cependant, un jour avertis par la servante, de l'arrivée du jeune homme, ils s'arment de torches et de flambeaux, entrent tout-à-coup dans l'appartement, et aperçoivent dans les bras de leur fille un monstre horrible et épouvantable. Les voisins accoururent à ce hideux spectacle, et en même temps un prêtre d'une conduite irréprochable et instruit dans les saintes Ecritures; celui-ci fit lecture de l'Evangile de Saint-Jean, et lorsqu'il fut à ces paroles, *Et Verbum caro factum est*, le démon enlevant le toit de la chambre, brûlant le mobilier, s'enfuit en poussant des cris horribles.

Trois jours après la jeune fille accoucha d'un monstre hideux, et tel que jamais l'Ecosse n'en avait vu de semblable. Les sages-femmes le brûlèrent pour l'honneur de la famille.

D. N. NAUPPIUS, *Biblioth. portat. pract.*, loc. 4, p. 454, ann. 1565 : « Dans le bourg de Schmin, qui dépend de la juridiction du seigneur Vratislas de Berstem, une femme accoucha d'un enfant du démon, qui, n'ayant ni pieds ni tête, avait une espèce de bouche sur la poitrine, du côté de l'épaule gauche, et une espèce d'oreille du côté droit; au lieu de doigts il avait des pelotes visqueuses comme certains crapeaux, nommés *rainettes ;* tout son corps était de la couleur du foie, et tremblait comme de la gélatine. Quand l'accoucheuse voulut le lever il poussa un cri horrible. Une foule d'habitans avaient aperçu ce monstre quelques jours auparavant. On l'enterra dans la partie du cimetière où l'on met les enfans morts sans baptême. Cependant la mère ne cessa de demander que cet horrible produit fût arraché aux entrailles de la terre, et fût brûlé, afin qu'il n'en restât pas la moindre trace. Elle avoua que le démon, prenant la forme de son mari, avait souvent eu commerce avec elle, et qu'en conséquence il fallait rendre au démon son propre ouvrage. Comme elle était agitée violemment par le démon, elle demanda encore d'être accompagnée de gardes et d'amis de la maison. Enfin, par ordre du seigneur Vratislas, on déterra le monstre, on le mit sur la roue, et on le donna au bourreau pour le brûler hors les murs du bourg. Le bourreau consuma une grande quantité de bois sans pouvoir entamer ce corps; les langes même dont il était enveloppé, quoique jetés au feu le plus violent, restèrent mouillés jusqu'à ce que le bourreau l'ayant mis en pièces, parvint à le brûler le vendredi, après la fête de l'Ascension. »

DELRIO, lib. 2, quæst. 2 : « Pendant que j'étais à Mayence, on punit du dernier supplice, à Trèves, une sorcière très-connue qui faisait venir le lait de toutes les vaches du voisinage dans un vase placé dans le mur. »

SPRENGER, part. 2, quæst. 1, chap. 14 : « Quelques-unes d'entre elles se placent la nuit dans un coin de leur maison, tenant un vase entre leurs jambes; elles plantent un couteau, ou tout autre instrument, dans le mur et dans la colonne, en même temps qu'elles tendent la main pour traire; aussitôt elles invoquent le diable qui travaille avec elles et l'invitent à traire telle ou telle vache qui paraît la plus grasse et la mieux fournie de lait. Le démon s'empresse de presser les mamelles de la vache et de porter le lait dans l'endroit où se trouve la sorcière.

RONDELET, médecin très-célèbre, aperçut à Montpellier un magicien étendu sur le tombeau d'une femme, enterrée de la veille, qui lui coupa une jambe et la dévora de ses propres dents.

SENNER, lib. 3, *de Prax. Med.*, p. 84 : « On ne peut nier que les hommes possédés du démon ne puissent endurer un jeûne très-long, le démon leur fournissant en secret de la nourriture, ou leur conservant les forces de toute autre manière. »

TRENDIUS, quæst. 134, *ex Boissard de Magiæ*, cap. 6 : « Un comte allemand n'avait qu'à regarder la bouche du canon d'un fusil ou d'un mortier pour arrêter l'effet de la poudre. »

JORDANUS, *de Divin.*, cap. 23 : « L'an 1389, un jeune homme ayant envoyé et reçu une foule de cadeaux et de lettres amoureuses, tomba dans une espèce de langueur, et vomit toutes sortes d'ordures, des cheveux de femme, de la laine, du lin, de la soie, des aiguilles à perruque et des aiguilles à coudre, des rognures d'ongles, des débris d'os, de fer, et du sang. Une voix secrète lui ayant fait connaître que les assistans cherchaient le coffre où étaient renfermées les lettres de son amante, il en demanda la clé à grands cris, la saisit, et l'aurait dévorée, s'il n'en eût été empêché. Il la mit ensuite en secret sous son traversin, et perdit l'usage de la vue. Sa mère eut beau l'avertir de rendre la clé qui faisait tout son mal, on n'obtint pas davantage, et l'on crut qu'on l'avait enfin volée. On força la serrure de l'armoire, et l'on y trouva deux lettres d'amour, qu'on jeta au feu. Aussitôt le malade recouvra l'usage de ses sens, et la clé parut aux yeux de ceux qui la cherchaient, au grand étonnement de tout le monde. Le malade se porta de mieux en mieux et fut rendu à la vie. »

CASP. SCHOTTUS, *Mag. univ.*, lib. 4, p. 407, raconte le fait suivant dont il a été témoin dans son enfance, et qu'il a entendu raconter à des témoins plus âgés que lui.

« Deux compagnons sortaient d'une ville, armés d'une épée, et portant leur bagage pour aller travailler dans une autre. L'un d'entre eux, qui avait trop bu, attaque l'autre, qui refuse de se battre avec un homme ivre. Mais ayant reçu un coup sur la tête, et voyant couler son sang, il riposta et perça de part en part le malheureux ivrogne. On accourt aussitôt de la porte voisine de la ville, et parmi les assistans se trouve la femme même du mort. Dans le moment qu'elle donne des soins à son époux, le meurtrier, qui continuait sa route, se sentit saisi par une main invisible et fut entraîné auprès du magistrat. »

D. N. D. CARPZOVIUS, part. I, *Prax. crim.*, quæst. 50, Senten. 25, p. 448 : « Un croque-mort, instruit par le démon, trancha la tête d'un cadavre qui n'était pas encore en putréfaction, et la suspendit entre deux fenêtres dans sa maison. Il en ouvrit le crâne et y versa de la bierre, et du sang tiré de la jambe d'un cadavre disséqué exprès, du lait de femme qu'il avait exprimé des mamelles de deux femmes relevées de couche; il mêla le tout au nom du diable. Lorsqu'il eut besoin de funérailles et d'enterrement, il échauffa la tête du cadavre jusqu'à la transpiration, et l'agita en la tournant comme une fronde. Toutes les gouttes qui tombèrent furent autant d'enterremens qu'il eut, et autant de vivans qui trépassèrent.

DELRIO, lib. 3, quæst. 3 : « Dans une petite ville de la juridiction de Laon, deux hommes vinrent pendant la nuit à l'auberge, se disant très-fatigués. Après le souper ils refusèrent d'aller se coucher, et pressèrent tant l'aubergiste, qu'ils en obtinrent la permission de dormir dans la cuisine. Cependant la servante du cabaret, qui ne voyait pas avec trop de plaisir ces visages étrangers, se cacha près de là pour épier à travers le trou de la serrure ce qu'ils feraient. Au milieu de la nuit elle les voit tirer d'une espèce de sac la main d'un cadavre, en oindre les doigts avec du suif, et les allumer au feu. Tous les doigts s'enflammèrent, à l'exception d'un seul. Les voleurs magiciens ne savaient comment expliquer ce prodige dans un moyen qui leur avait toujours si bien réussi. Ils eurent beau tenter d'allumer le cinquième doigt, ils n'en vinrent jamais à bout. « *Qu'importe*, dit l'un d'entre eux, *si dans toute la maison il n'y a qu'un seul homme éveillé ?* » Et aussitôt plantant cette main sur la cheminée, comme une chandelle à quatre branches, ils sortent du logis et appellent leurs camarades par un coup de sifflet ; la servante s'élance de sa cachette, ferme la porte sur eux, court au lit de ses maîtres, et les trouve profondément endormis, de sorte qu'elle ne peut parvenir à les éveiller. Cependant les voleurs allaient entrer dans la maison par une fenêtre ; la servante accourt et renverse les échelles ; ils ne se découragent pas, et tentent l'assaut sur un autre point ; lorsqu'enfin la servante se souvenant de la chandelle à quatre doigts, et craignant que la cause du sommeil de ses maîtres ne vînt de la lumière, l'éteignit entièrement. Ses maîtres s'éveillent sur-le-champ, accourent à ses cris et pourchassent les voleurs. Quelques jours après ils furent pris et confessèrent le crime.

SAINT-AUGUSTIN, lib. 15, *de C. D.*, cap. 23 : « Rien n'est plus connu, et plusieurs personnes bien dignes de foi l'ont éprouvé et l'ont appris des personnes qui l'ont éprouvé elles-mêmes, les *Sylvains* et les *Innuens*, qu'on appelle ordinairement *incubes*, sont dangereux pour les femmes et recherchent avec avidité leur lit ; et certains démons, que les Gaulois appellent *Dresiens*, sentent et produisent si souvent cette impureté, qu'il y aurait de l'impudence à le nier. »

REMIGIUS, lib. 2, *Dœmon.*, cap. 3 : « Marie, femme d'un cordonnier, nommé Jean, demeurant à Metzer-Esch, nous a raconté que Jeannette, femme de Sonnius Mathieu, ayant avorté, cacha le fœtus qu'elle venait de produire dans un coin de sa maison. Mais certaines sorcières l'ayant reconnu à l'odeur, le déterrèrent aussitôt et en firent un onguent. Cette femme y ayant trempé un jour son balais, sans le savoir, se sentit aussitôt élevée dans les airs et fut transportée à Bruch. Les sorcières, livrées au juge, confessèrent même l'événement.

SPRENGER (*Mall. Malef.*, t. I, part. 2, quæst. 2, cap. 2, p. 241 : « Une sorcière ayant été interrogée sur la manière dont elle tuait les enfans, répondit en ces termes : *Nous recherchons les enfans non bap-*

tisés, et sur-tout les baptisés, quand on ne les garantit pas par le signe de la croix. Nous les tuons au berceau par l'effet de nos cérémonies. Lorsque nous les croyons morts et enterrés, nous les tirons du tombeau et nous les faisons bouillir dans la chaudière, et nous en faisons une liqueur dont on ne peut boire sans s'attacher à notre secte.

On rapporte dans le *Dictionnaire des Matières Médicales,* imprimé de nos jours, à l'article *Cauchemare*, un événement arrivé à tout un régiment français, pendant les guerres d'Italie, et attesté par des chirurgiens et officiers de santé encore existans.

On caserna dans une Eglise abandonnée tout un régiment. Les paysans les avaient avertis que la nuit, sur les minuit, on se sentait presque suffoqué dans ces lieux, et que l'on voyait passer un gros chien sur sa poitrine ; les soldats en riaient, et se couchèrent après mille plaisanteries. Minuit arrive, tous les soldats se sentent oppressés, ne respirent plus, et voient chacun sur leur poitrine un chien qui disparut, et ils reprirent leurs sens. Ils rapportèrent les faits à leurs officiers, qui vinrent y coucher eux-mêmes, et le même fantôme se présenta la nuit suivante.

SALGUE, *Essai sur les Préjugés*, « dit qu'un berger adonné aux sortiléges, et dont la vie était attachée à un sort, fut pris. Traîné devant les tribunaux, on s'occupa long-temps à chercher les instrumens de sa magie. Le berger, qui avait paru tranquille jusqu'alors, s'écria tout-à-coup : Ah ! je vais mourir, on découvre dans l'écurie un pot auquel sont attachés mes jours. Il expira aussitôt. Observez qu'il était à une distance de quelques lieues de l'étable où il faisait ses sortiléges. On confronta l'instant de sa mort avec l'instant de la découverte de ce vase, et l'on trouva que les deux événemens étaient arrivés à la même heure. L'auteur qui rapporte ce fait, malgré son incrédulité à l'égard des événemens des sorciers, est forcé de convenir que celui-ci est appuyé des procès-verbaux les plus authentiques.

Ceux qui désireraient des citations plus nombreuses peuvent lire l'*Enchiridion* du pape Léon X, le grimoire du pape *Honorius*, l'ouvrage du savant père *don Calmet* sur les sorciers, etc., etc., et tant d'autres auteurs que nous nous dispenserons de citer pour ne point grossir le Discours préliminaire, et parce que chacun peut se les procurer facilement. Je me suis contenté de rapporter les faits les moins connus, et j'ai omis l'événement des religieuses de Loudun, du prêtre Gauffredi d'Aix, etc.

Qu'on ne s'étonne pas du désordre qui règne dans la compilation, et de la simplicité du style des traductions; je n'ai pas voulu que l'art influât en rien sur l'opinion de mes lecteurs, et que tout autre moyen que la vérité vînt éclairer leur jugement et mettre ma croyance à l'abri des railleries et du dédain.

Après des preuves aussi évidentes, je ne laisse pas que de m'attendre à un déluge de plaisanteries. Je ne dis pas à un déluge de sarcasmes. La plupart de mes lecteurs feront semblant de ne pas m'en croire digne, et ils auront la charité de ne me vouer qu'au mépris. Hommes de ce monde, je vous pardonne ; il vous a été donné des yeux pour ne point voir, et un esprit pour ne pas comprendre. Ne craignez point que vos dédains aillent se réunir aux nombreux tourmens qui affligent ma débile existence : plût au ciel que je ne fusse exposé qu'à de tels contretemps ! Vous me permettrez sans doute de m'en consoler en silence et de rire de mes propres rieurs. Gardez, gardez vos superbes suffrages, allez sur les bancs du parterre frissonner aux cris funèbres de *Sémiramis*, aux accens d'effroi de *Macbeth* et d'*Hamlet*, et venez, après, livrer mes justes épouvantes au ridicule ! Je vous attends sans vous désirer ni vous craindre, et je soutiendrai votre choc, vos combats, avec cette constance que le ciel m'a donnée pour un plus noble usage. Il est, il est sur la terre une autre classe de mortels dont j'ambitionne le suffrage et dont je recherche le bonheur. Ce ne sont point ces hommes qui, à force de connaissances, font bientôt l'aveu qu'ils ne savent plus rien; ce ne sont point ces hommes qui n'adoptent un fait que lorsqu'il sort d'une chaire des lettres, et qu'il est accueilli par un auditoire, quelque dénué de preuves qu'il puisse être d'ailleurs; ce ne sont point ces hommes qui ne voient la vérité que dans la mode, et le courage que dans une prétendue force d'esprit, et qui méprisent comme des préjugés tout ce que leur faible imagination ne saurait comprendre. Ce sont les esprits simples et favorisés de la providence, dont le cœur dirige la croyance et la foi, dont l'éducation (si souvent mal entendue) n'a point corrompu la morale; qui prisent trop la paix de l'âme, pour ne pas trembler à la vue des dangers qui l'assiégent, et qui n'ont pas encore servi l'esprit de ténèbres et d'erreurs pour n'avoir rien à craindre de sa malice. Voilà, voilà les hommes, les frères, les amis qui compâtiront à mes souffrances, qui sauront y ajouter foi ! voilà les frères que je recherche, que j'affectionne, et pour la sûreté desquels je fais monter au ciel, avec l'encens de mes prières, les saintes fumigations qui purifient les airs, et qui chassent loin de notre couche pacifique les suppôts de l'esprit infernal. Heureux, mille fois heureux, s'il m'a été donné d'en-haut, pour prix des persécutions que j'ai endurées, de pouvoir triompher des efforts de ces ennemis du genre humain, de leur rendre guerre pour guerre, et de venger l'univers ! Ah ! pour atteindre un but si beau, qu'est-ce que le sacrifice de la vie et de la fortune ? Quels obstacles, quels fleuves, quel océan pourraient arrêter les pas de celui dont l'âme, guidée par un instinct sacré, n'annonce que la paix, la tranquillité et le calme et qui veut devenir l'apôtre de l'exorcisme? Aussi je me sens embrasé d'un zèle délicieux, mon courage redouble avec mes succès; il me semble qu'une rosée céleste enivre mon âme, toutes les fois que je puis me flatter d'avoir contribué à la fuite d'un seul de ces ennemis que j'attaque, que je surprends dans tous les lieux où je me trouve, et que je porte quelquefois en triomphe, attachés à ma personne et enchaînés à l'étoffe qui défend mon corps. Que sera-ce lorsque mes semblables, dociles à la voix de ma simplicité, s'armeront comme moi et combattront sous les étendarts de la croix? Que sera-ce, quand, leurs yeux se dessillant, ils pourront par eux-mêmes distinguer ces hordes de génies infernaux qui se pressent autour de nous, et ces escadrons lumineux d'esprits angéliques, ministres de la force de Jéhova, qui voguent dans les airs pour préserver les vrais croyans des coups empoisonnés de l'esprit de ténèbres? O ciel! hâtez pour moi ce jour de triomphe; que mes yeux, avant de mourir, soient témoins de votre victoire, et ma tâche aura été remplie !!!

Mais au moins qu'il me soit permis, en attendant ce jour de gloire, d'instruire mes frères et d'achever de dissiper les doutes qui pourraient encore affliger les esprits.

D'après les exemples multipliés que j'ai cités, et une multitude d'autres qu'ils pourront lire, il est démontré pour tout esprit raisonnable, non-seulement qu'il y a un esprit de ténèbres, mais encore 1° que cet esprit, pour mieux arriver à son but désiré, et pour contre-balancer l'ouvrage du Très-Haut, parvient à lier à ses volontés des hommes et des femmes par un pacte, soit secret, soit implicite. 2°. Que c'est sur-tout aux femmes âgées qu'il s'adresse, parce qu'à l'abri des passions du jeune âge, elles n'ont à redouter dans leurs entreprises diaboliques, ni les obstacles que la beauté et l'amour pourraient opposer à leurs bras, ni les cris d'une conscience encore novice. 3°. Qu'il se sert de ces vieilles pour séduire les jeunes; mais que les jeunes, encore innocentes et étrangères au mal systématique, au lieu de devenir sorcières et magiciennes, ne deviennent que des démoniaques et des frénétiques, parce que l'esprit ayant sans cesse à lutter dans leurs cœurs avec la pureté de leurs mœurs et la simplicité de leur conscience, ne peut manquer, dans cette lutte, de produire des chocs violens et d'ébranler leur corps par des convulsions d'autant plus terribles que la résistance est plus forte. 4°. Que la puissance de ces sorcières est limitée en raison de celle de l'esprit qui les gouverne; que la Divinité lie leur puissance, arrête les progrès de leurs ravages et interrompt le cours et l'effet de leurs prestiges; sans quoi tout serait bientôt bouleversé dans la nature: ces lois si simples, si belles, si fécondes, ne tiendraient pas un instant devant le génie du désordre et du chaos, l'univers croulerait sur la tête de l'innocente et du sage, et n'offrirait plus que le spectacle des victimes de la fureur diabolique ou des esclaves lâches et perfides de son pouvoir.

5°. Qu'ils ne peuvent que nous inviter au mal, nous y engager en nous offrant le tableau séduisant de leurs jouissances, mais jamais nous y forcer; que nous avons toujours le moyen d'échapper à leurs prestiges; que l'asile de la miséricorde divine nous est toujours ouvert, et qu'un ange de paix, comme le dit le psalmiste, est attaché à nos pas pour préserver nos pieds de heurter contre les bords de l'abîme. 6°. Que les hommes animés du démon peuvent appeler les tempêtes à leur secours, soulever les entrailles de la terre, et produire les tremblemens, enflammer le sommet des montagnes, faire descendre la pluie et la grêle; enfin, qu'ils ont à leurs dispositions quelques-unes des lois physiques pendant quelques instans, et que leur pouvoir en cela est très-limité par la puissance divine. 7°. Qu'ils attachent leurs pouvoirs quelquefois à des êtres inanimés; que ces êtres inanimés exercent leur influence à des grandes distances, comme certains corps odoriférans dont les corpuscules viennent chatouiller de loin notre odorat. 8°. Enfin, qu'il est permis à l'homme juste de détruire le charme et conjurer leurs efforts par ses prières et ses bonnes œuvres ; que l'âme pieuse, qui ne se console des difficultés de la vie que par un bienfait, peut se rendre utile à ses semblables et obtenir cette consolation chère à son cœur; qu'il lui est donné d'en-haut d'opposer volonté à volonté, efforts à efforts, puissance à puissance, moyens à moyens ; que la nature semble s'empresser de fournir des secours à son courage ; que tous les règnes de cette belle nature deviennent en ses mains des armes d'espérance et de salut. C'est là la dernière idée que je vais développer, parce qu'elle est la base de tous mes procédés.

Il serait indigne d'un homme raisonnable de penser que la Divinité, bienfaisante par essence, nous exposât à des dangers inévitables, et que, lorsqu'elle nous place en présence de nos ennemis, elle n'armât point nos bras des armes propres à la victoire ; elle n'a semé la carrière de notre vie de tant de dangers et de tant d'écueils, que pour ménager de plus beaux traits au mérite ; et sur le bord de l'abîme le plus noir, sa main n'a jamais cessé de placer une pierre de salut et d'espérance. Ainsi donc, quand nous voyons qu'il a été donné à l'esprit de ténèbres de commander aux élémens et à la nature ; que les minéraux et les végétaux sont mis à sa disposition ; que tout enfin devient entre ses mains parricides un moyen d'attaque et de combat, il est tout naturel de penser que dans cette même nature il existe pour nous des moyens de défense et de succès ; que les mêmes élémens, les mêmes êtres dont il se sert contre nous, peuvent nous servir contre lui et lui rendre ses blessures. Une telle vérité ne peut être niée qu'au détriment de la gloire du Très-Haut.

Mais où trouver ces armes ? Dans quel lieu de la terre la nature a-t-elle caché cet arsenal de salut ? dans quel pays fortuné, dans quelle enceinte sacrée le chercher ? Qui pourra nous en enseigner la route ? — Qui le pourra ? — Ton propre cœur. Apprends seulement à l'entendre.

Au milieu de tes angoisses et de tes afflictions, n'as-tu pas senti un baume délicieux couler dans ton être, à la seule invocation du nom du Tout-Puissant ? L'orage de l'infortune, les menaces des méchans, les embûches de tes ennemis, le malaise de la mélancolie, tout enfin ne s'est-il pas dissipé lorsque tes yeux se sont fixés vers la demeure de l'Etre-Suprême ? Si une voix secrète t'avait dit dans ce moment : *Les cieux sont ouverts sur ta tête, le ciel a reçu ton regard affligé, un ange de paix descend pour te défendre, et le malheur va fuir devant toi*, aurais-tu hésité de le croire ? N'aurais-tu pas reconnu dans ces accens inconnus l'interprétation de ce qu'éprouvait ton cœur ? O mon ami ! tu priais dans ce moment ; oui, les soupirs de la souffrance sont la plus pure prière qui monte jusqu'au trône de l'Eternel ; tu priais, quand tes regards exprimaient au ciel les besoins de ton âme ; et les anges dans leurs coupes d'or portaient ta prière aux pieds de celui qui protège l'infortuné. Eh bien ! aie recours à cette prière toute-puissante, quand l'ennemi de tes jours vient à toi ; élève tes mains pures vers le ciel, écrie-toi dans de saints transports : *Grand Dieu ! la nature se soulève contre moi ; cette nature que tu avais créée pour mon usage, semble avoir oublié l'ordre de son Créateur. Si c'est ta main qui l'agite contre mes jours, je recevrai tes coups avec respect et en silence : tu ne veux m'abattre que pour m'élever davantage, et tu ne frappes que pour m'épurer ; mais si c'est mon ennemi, si c'est celui de ta gloire, ne lui permets point de prévaloir sur ma faiblesse et combats à mes côtés. Montre-moi l'arme que mes mains peuvent supporter ; montre-moi l'être qui doit servir à ma défense, je n'hésiterai point à m'en saisir, et en invoquant ton nom je serai invincible.*

O toi qui m'écoutes, n'en doute point, le ciel sourira à ta prière, et ses secours, comme une douce rosée, descendront dans ton cœur.

C'est cet instinct, qui est dans quelques circonstances l'oracle du ciel, c'est lui qui te désignera autour de ta personne les objets dont tes mains doivent faire usage, les êtres qui doivent servir d'instrumens à la force d'en-haut ; et si Dieu est pour toi, qui sera contre toi ? D'abord, n'as-tu pas observé quel malaise on éprouvait dans des lieux incultes et flétris ? Une nature sauvage, des déserts semés de rocs, jaunis par le sable et coupés par des ravins, ont-ils jamais ramené dans ton âme la paix et le repos ? N'as-tu pas trouvé ton cœur plus juste et plus compatissant dans une campagne riante et fleurie ? L'imagination des poètes, qui devine si souvent la nature, n'a-t-elle pas placé la demeure du père du mal dans les plages desséchées ? Le génie de Raphaël n'a-t-il pas choisi pour le champ de bataille des anges révoltés une scène vaste hérissée de roches aiguës et uniforme dans sa couleur fanée ? N'as-tu pas enfin éprouvé, en flairant la première rose des beaux jours, la violette du vallon, la primevère de la prairie, n'as-tu pas éprouvé la volupté de la vertu? T'aurait-il été possible d'être méchant au milieu d'un beau paysage? Et si ton implacable ennemi s'était alors offert à tes yeux, n'aurais-tu pas volé dans ses bras, en lui criant: *Peut-on se haïr quand la nature est si belle!* Il est donc des lieux qui inspirent plutôt la vertu que le crime; il est donc des lieux, des objets, que l'esprit du mal abhorre, et où il ne retrouve plus sa sechéresse, son aridité et la puanteur de son poison. *Quand le démon*, dit Jésus-Christ, *est entré dans une âme, il la promène dans des lieux arides et raboteux.* Voilà ce que je voulais t'apprendre, ou plutôt voilà le principe que tu savais déjà, et dont je voulais tirer une conséquence.

O mes amis! volons dans ces lieux, à l'approche de l'ennemi; arrachons à la nature les fleurs odiférantes sur le calice desquelles Dieu semble avoir gravé le sceau de sa bonté puissante. Prenons le laurier si fertile dans notre patrie, l'emblême de toutes les victoires et la plante chérie des Français, le thym qui féconde nos brebis et qui fait couler de leurs mamelles des fleuves d'un lait pur et délicieux; la palme de l'Idumée, l'olivier de l'Occitanie, deux rameaux foulés par les pieds du Sauveur de l'univers et du vainqueur des ténèbres; la sauge, le romarin qui parfume nos plaines, l'encens qui a acquis le privilége de fumer sur nos autels. Non, le démon ne peut manier ces plantes salutaires, il fuit à leur approche, crainte de souffrir à leur contact. Croyez-en mon expérience, je l'ai vu quand sa main gigantesque allait frapper mes jours, quand ses bataillons, amis de l'obscurité, s'avançaient silencieusement vers la couche de mon insomnie; je l'ai vu, à la lueur des éclairs, les ministres de sa rage, pâlir, s'enfuir épouvanté à la présence du bouquet qui frappait ses sens; je l'ai vu, poursuivi par mes mains, cerné de tous côtés par mes saintes fumigations et mes fleurs, trembler, s'agiter au milieu des roses qu'il ne pouvait aimer, comme un malheureux qui se roule sur des buissons et des épines ; et alors le cœur poussé par la vengeance, qui devient une vertu contre les démons, j'ai pu le punir de ses outrages, de ses embûches, et racheter enfin quelques jours de calme en lui laissant la liberté.

J'entends déjà qu'on m'objecte que le démon s'est servi de bouquets d'odeur et de roses pour fasciner, pour ensorceler et pour corrompre l'innocence. Et comment, me dira-t-on, la rose, la fleur dont il se sert contre moi, deviendra-t-elle efficace contre lui? Ecoutez-moi : je n'ai point prétendu que le démon, qui prend quelquefois le masque de la vertu, n'ait pu donner aux instrumens dont il fait usage, le coloris, la grâce des objets les plus sacrés ; mais ces objets sont imposteurs chez lui ; il n'a pas le droit de les cueillir dans la plaine, il ne peut que les imiter. La preuve en est que l'odeur de la rose sur la plante qui l'a produite n'a jamais fasciné les cœurs, c'est plutôt un bouquet flétri, abandonné, souillé dans la fange, que la main téméraire a ramassé; c'est une fleur offerte de la main à la main. Mais la fleur que tu cueilleras toi-même ne peut être que la fleur pure et sans tache, le talisman du salut, parce qu'elle est la fille de la nature.

Au reste, s'il lui est permis quelquefois d'imiter les contours et la ressemblance des objets qui nous servent, s'il nous combat quelquefois revêtu de nos propres armes, il nous est donné aussi de l'attaquer avec les siennes, de lui payer ruse pour ruse.

Ce soufre qui brûle dans ses abîmes, ce soufre qui a remplacé aujourd'hui les lieux où furent jadis et Gomorrhe et Sodome, et dont les esprits infernaux alimentent leurs torches, eh bien! ce soufre les fait fuir, quand c'est un enfant de Dieu qui le brûle; et le foie tiré du corps d'un monstre des eaux devient, entre les mains du juste Tobie, le palladium des droits de l'hymen : la vertu sanctifie tous les moyens, et prête de la force à tous les traits qu'elle lance.

Enfans des hommes, devenez enfans de Dieu, et le grand livre de la nature sera le livre de l'exorcisme; les êtres sembleront accourir à votre défense; la plante aromatique se décélera par une odeur céleste, et vos pas seront marqués par des découvertes et des succès.

Eh! qui hésiterait d'adopter ce système? Qui oserait raisonnablement se refuser à cette opinion? Sans elle tout n'est que contradiction, qu'obscurité dans le monde; avec elle tout s'explique, tout s'accorde, et l'harmonie renaît comme la lumière naquit dans le chaos.

Car, enfin, rappelez-vous comment les plus grands génies, ceux qui tant de fois ont surpris la nature et lui ont arraché ses secrets, comment, dis-je, ces génies privilégiés, faute d'avoir trouvé le fil du labyrinthe, ont divagué dans leur supposition et se sont égarés dans leurs pensées. Qu'ils eussent été grands et sublimes, armés de ces puissantes vérités!

que d'absurdités ils auraient épargnées à leur plume, et que de vains tourmens ils auraient épargnés à leur esprit! Ils ont lutté contre la vérité, ils ont bâti sur des mensonges, et le temps, dont la faux est le glaive de la vérité même, a renversé leur fragile édifice.

Voyez comme tout se suit dans le livre des Hébreux et dans l'Evangile, comme les faits expliquent les faits, comme la nature marche conséquente, comme les sciences et cette histoire se prêtent un mutuel secours! Si le mal entre dans le monde, si la première des femmes, si la première des amantes, encore ivre des plus chastes voluptés, elle, dont l'Eternel lui-même de ses regards chastes et purs daignait fixer les suaves jouissances; si cette beauté douce et timide, parée de tous les charmes de la nature, et l'œil toujours humide d'amour; si la tendre Eva conçoit cet orgueil qui ne sied qu'à la laideur, et écoute la voix du mal qui l'entraîne et qui la perd, ah! ce livre sublime me montre sous le feuillage mystérieux le reptile des enfers qui souille de son poison les fruits dorés de l'arbre, et le cœur de la femme, aussi beau que ces fruits. Je vois alors comment le mal est entré dans le monde; l'Eternel tonne et me l'explique. Je vois pourquoi la terre, devenue ingrate, nous paie d'un grain de bled mille gouttes de sueur; pourquoi la rose s'arme d'épines, et le lion de fureur; pourquoi la rosée se change en orage, les montagnes en volcans, les rayons consolans de l'astre du jour en vapeurs brûlantes et rapides; pourquoi l'amour, le plus beau des sacrifices offert à la nature, n'est plus qu'un mouvement brutal et honteux; pourquoi je rougis encore plus d'aimer que de haïr, et pourquoi je recherche les antres et la nuit pour assouvir cette passion aveugle et humiliante, qui n'était dans Eve et Adam qu'un épanchement simple et exquis auquel souriait la nature entière.

Caïn donne le premier l'exemple du fratricide, il lève son bras et l'innocent succombe. C'est le démon de la jalousie qui a pénétré dans son cœur, qui le presse, qui l'aiguillone, qui le dessèche, qui l'étourdit. Dès ce moment son âme sacrifie tout à sa vengeance, il ne voit plus qu'un objet qui le gêne, et les douceurs de la fraternité et le bonheur de vivre sous le même chaume, dans les mêmes vallons qui nous ont vu naître, et la puissance des lieux qui ont été témoins de nos premiers jeux, de nos premières caresses; le regard d'un père, regard consolateur au milieu des champs, et qui semble se ternir dans les villes, rien enfin ne calme son âme effarouchée: un démon cruel l'agite; il obéit, et l'âme d'Abel, et sa patrie, et ses coteaux, et la chaumière maternelle, tout s'enfuit loin de lui; il erre comme l'esprit qui le gouverne; ses mains encore sanglantes élèvent la première ville, et l'assassin de son propre frère fonde le premier trône de l'univers.

Les enfans de Dieu s'allient aux enfans des hommes, c'est-à-dire aux enfans animés du souffle de Satan. Tout-à-coup la colère du Tout-Puissant s'allume, le ciel se couvre de nuages, l'obscurité profonde enveloppe le globe, les cavernes rendent leurs eaux, et les cataractes du ciel ouvrent leurs réservoirs immenses, et l'univers est submergé, et l'onde purifiante lave la terre de ses souillures et détruit l'œuvre des démons.

Les enfans du plus juste des hommes voient leur père dans une ivresse mystérieuse ; l'un d'eux en rit et oublie le respect qu'il doit à un père : c'est l'esprit de rébellion qui l'a entraîné dans le crime, c'est l'esprit de rébellion qui le possédera, et la malédiction s'étend sur sa race. En voulez-vous la preuve? Dans le partage l'Afrique lui échoit, l'Afrique, pays maudit par le ciel, où l'œil du voyageur n'aperçoit qu'un océan de sables et ne rencontre, après avoir long-temps erré, que quelques îles insuffisantes dont la surface se hérisse de quelques arbustes desséchés que le ciel n'arrose que de quelques larmes ; désespéré, seul au milieu du monde, étendu sur l'arène, les regards détournés d'un ciel qu'il ne saurait fixer, il le prie sans le voir, et attend la mort ou la rosée ; c'est là que les côtes sont inhospitalières et les habitans inhumains ; c'est là que l'homme se confond avec la bête, que les mêmes arbres abritent le mortel et l'orang-outan, que l'homme regarde comme son frère et qu'il honore d'une commune origine ; c'est là que les caïmans cuirassés, voguant entre deux eaux ou s'élançant comme un trait sur le rivage, poursuivent les troupeaux et les bergers, et infestent la contrée ; c'est là que l'énorme serpent foule les forêts et les moissons dans sa rapide marche, élève son front large au-dessus des palmiers, ne redoute ni le fer, ni la foudre de nos bronzes, et, seul, se voit attaqué comme une citadelle ; c'est là que l'habitant stupide a fléchi le genou devant le crocodile qui le poursuit et devant le serpent qui le dévore ; c'est là que l'esprit est sans conception et les doigts sans adresse, que la nature s'est montrée vraiment marâtre, et qu'elle ne fait naître que pour tourmenter. Voilà le pays que le ciel assigne à celui qu'a maudit son père et que possède le démon. Aussi il n'est point de pays où les magiciens, les farfadets et les sorciers abondent davantage; les Psylles, dont la main était à l'abri de la morsure des serpens; ces familles entières qui ont le droit héréditaire de fasciner les moissons et les mortels; ces hommes incendiaires qui errent la nuit dans les champs, précédés de larges sillons de flammes, et qui forcent les habitans désespérés des villages d'abandonner le toit de leurs aïeux, etc., etc.; rien, enfin, n'y est plus commun que ces monstres, et rien n'y est plus terrible. La main du Seigneur s'appesantit sur la race d'un fils ingrat et imprime partout le sceau de sa vengeance.

Saül, l'oint du Seigneur, dont le trône était consacré par le choix du prophète, se laisse entraîner par la jalousie; des fureurs l'agitent sans cesse, de ses mains tremblantes de dépit il lance plusieurs fois le javelot qui doit satisfaire sa vengeance; au lieu d'avoir recours à ces explications de la science, de nous parler *d'ébranlement, de crispation de nerfs*, etc., l'Ecriture nous montre le génie du mal, et le phénomène s'explique.

Et l'Evangile! et l'Evangile! n'explique-t-il pas encore la nature d'une manière sublime? Jésus-Christ ne nous montre-t-il pas partout le génie méchant empressé à mal faire, séduisant, corrompant les hommes, soulevant les élémens, se précipitant dans le corps immonde de ces animaux que la loi interdisait à la table du Juif? Ne vous dit-il pas: *Il viendra des faux prophètes qui vous tromperont par de faux miracles?* Et comment ces faux prophètes pourront-ils faire des miracles sans le secours de cet esprit caché qui travaille d'une manière invisible, et qui nous trouble si souvent parce qu'il connaît mieux la nature que nous?

O vous! qui tentez d'expliquer les grandes révolutions des empires, qui allez chercher dans les intérêts des cours, dans les manœuvres des mécontens, dans la tyrannie des princes, dans les abus du pouvoir, dans la vétusté du trône et dans la lassitude des sujets, les causes de ces commotions terribles qui jettent les rois dans la foule et livrent les peuples à ses vengeances et à ses propres fureurs, ouvrez, ouvrez l'Apocalypse, lorsque vous aurez assez bâti système sur système, et reconnaissez la simplicité victorieuse de la voix de Dieu : *Il est des temps, vous dit-elle, où l'abîme s'ouvre, et sa fumée épaisse et fétide se répandant sur la surface de la terre, aveugle les esprits, souille les cœurs*. Ces temps sont alors marqués par les vertiges des têtes, l'imprudence des projets et la malice de ces suppôts de l'abîme, qui poussent le peuple vers sa perte et s'applaudissent en secret au milieu des décombres et des ruines sanglans des trônes renversés. Je le répète, tout s'explique avec cette opinion, et tout est délire sans elle. Oui, sans elle, je vois les philosophes les plus célèbres de l'antiquité se débattre parmi les difficultés, forger et reforger leurs opinions;

nous donner un monde qui est Dieu, dont toutes les parties sont parties divines; tout informe et insultant à la divinité, où l'ordure dégoûtante vient s'associer à l'or et à la lumière, où la pensée gît dans la fange, où le mal et le bien ne sont que relatifs et arbitraires, où enfin tout est Dieu hors celui qui mérite de l'être. Sans notre opinion, Descartes s'enfonce dans ses tourbillons, dans ses mondes, il crée une nouvelle nature au lieu de deviner la nôtre, et il ne laisse à son siècle que ses mensonges, après avoir le premier indiqué la route de la vérité. Heureux génie, génie privilégié, qui, pour avoir ignoré un seul chaînon de la nature, en a brouillé tous les anneaux.

O science humaine! qui n'est qu'une ignorance plus opiniâtre, tes calculs échouent à chaque pas, tous tes échafaudages s'écroulent en les construisant, et plus tu t'enfonces dans les ténèbres, plus tu nous vantes ta clarté! Deviens enfin plus raisonnable, écoute la simplicité de ceux que tu traites d'ignorans, et souviens-toi qu'il a été donné à des malheureux pêcheurs de convaincre le monde !

Car enfin, en persifflant leurs devanciers, ces docteurs honorés expliquent-ils mieux les lois de la physique? Ils rient de ces savans vieillis qui répondaient sur le ton des oracles : *La nature a horreur du vide*. Et eux, qui nous parlent sans cesse d'affinité des corps entre eux, d'attraction de la matière, ont-ils vu ce pacte d'affinité, ces chaînes, ces cordages qui attirent la matière vers la matière? Ils nous disent que la tempête est un air agité! l'air est toujours agité : pourquoi n'avons-nous pas toujours des tempêtes? quelle est la force qui l'agite? Si c'est la force émanée d'un corps, ce corps étant sans volonté, son action sera toujours constante et uniforme, et nous aurons ainsi toujours la gelée ou la chaleur, l'orage ou le calme; car je ne vois pas pourquoi aujourd'hui le corps agirait plus puissamment que demain. Ah! qu'ils nous montrent chaque jour évidemment l'insuffisance de leurs règles ! Le baromètre marque beau temps, et nous avons la pluie par ondées ; le thermomètre est à dix degrés au-dessus de la glace, et je transpire. Rien de certain, rien de fixe dans leurs calculs et leur système ; et si jamais j'avais l'audace de m'endormir d'après leurs règles, je risquerais de m'endormir pour toujours. Le médecin m'ordonne un remède pour une indisposition, et mon mal empire : je ne veux point redire tous les reproches, toutes les railleries dont on a chargé leur science ; mais ne conviennent-ils pas eux-mêmes de son insuffisance en se réunissant par troupes, par assemblées, dans leurs consultations ? Ne conviennent-ils pas tous les jours que la maladie leur est inconnue, et que les remèdes sont nuisibles ; que leur science est encore dans le chaos, et qu'elle y restera peut-être encore des siècles ? Eh bien ! pourquoi veulent-ils payer un bienfait par des insultes, et m'accuser de monomanie quand je tâche de leur expliquer la nature, et que le succès couronne mes efforts? Non, non, si l'on veut être de bonne foi, on ne pourra se refuser à l'évidence, on confessera hautement ce que je confesse; au lieu de me dénigrer on me consolera de mes dangers et de mes fatigues, en acceptant mes bienfaits.

Alors on conviendra que lorsque la maladie afflige nos corps, c'est cet esprit infernal, ou ses enfans, qui nous frappe; que lorsqu'après une fortune brillante le malheur nous accable et nous humilie, c'est Satan qui nous renverse sur le fumier, de dépit de n'avoir pu nous faire accepter ses infernales complaisances. Quand la tempête froisse nos moissons, renverse nos édifices, inonde nos guerets; quand la foudre du ciel frappe, brûle, dévore et l'homme et la plante, souvenons-nous que l'esprit de ténèbres peut faire tous ces maux, et nous arriverons bien mieux à des explications satisfaisantes, qu'en admettant les fluides électriques, les courans de l'air, que chaque jour nous trouvons en défaut. N'en le

doutez pas, il n'est pas un fait, une circonstance de la journée où ma règle ne puisse s'appliquer, et qu'elle n'explique d'une manière victorieuse. Rappelez-vous ces changemens subits d'humeur et d'impressions; rappelez-vous que toujours inconstans dans vos pensées, inconstans dans vos plaisirs, il serait presque impossible de vous trouver les mêmes dans les instans qui se suivent. Vous ne savez comment expliquer ces variations. Il est vrai que sans mon système on ne saurait en trouver une solution raisonnable; car enfin, où la trouver? Dans la température? Mais c'est auprès du même feu, c'est dans le même appartement, c'est sous le même feuillage que ce tourbillon de pensées et de sentimens s'empare successivement de notre âme. Est-ce dans la providence de la divinité? Mais la divinité, dont l'essence est d'être immuable, et qui a imprimé son image sur nos fronts, serait-elle la cause d'une inconstance qui dément une telle origine? Est-ce dans le changement des circonstances? Mais c'est le même rayon d'espérance, c'est la même veine de bonheur qui nous voit changer de la sorte, et l'objet que nous avions appelé de tous nos vœux semble fuir notre cœur dès qu'il tombe entre nos mains. Rien de sûr, rien de fixe, rien de conséquent dans tous les instans de notre vie; heureux encore quand cette inconstance et ces variations continuelles nous rendent plutôt malheureux que coupables. Eh bien! ne cherchez pas si loin les causes de ces phénomènes journaliers, n'allez point bâtir des systèmes; la vérité est là, elle qui ne change jamais, elle vous crie: La véritable cause des mouvemens qui t'agitent est autour de toi; mais elle est invisible. *Ce sont des esprits infernaux qui te tourmentent, ce sont des farfadets secrets qui les servent dans l'œuvre de ta tribulation.* Non, non, n'en doutons plus, pourquoi lutter contre la vérité et contre l'expérience? Point de faux ménagemens!... Point de ces considérations puériles, de ce *qu'en dira-t-on*, qui n'est une règle que dans les mœurs. Voyons partout l'esprit de ténèbres ou ses ministres ; et quand leurs faits diaboliques décéleront leur présence, ayons recours à la prière, aux moyens sacrés, aux fumigations puissantes et à l'invocation du Très-Haut.

Ma tâche est remplie ; j'ai démontré, je pense, avec l'accent de la conviction, l'existence, les moyens des esprits infernaux, et les armes dont on peut les combattre. Je me hâte de commencer le récit de mes espérances, de mes malheurs. Mon style sera simple, parce que j'ai eu à noter des détails ; si quelquefois il offre des plaisanteries échappées à mes angoisses, ou des longueurs dans le récit, qu'on pardonne à un persécuté de n'oublier aucune circonstance de la torture, et de se livrer, après la victoire, à des ébats, quelqu'enfantins qu'ils puissent être, et aux amusemens innocens de l'allégresse et de la joie.

O vous ! esprit de paix, qui veillez sur ma vie ; ministres de la bonté du ciel, qui consolez la nature après l'orage, et l'âme de l'homme après la douleur ; vous qui tant de fois avez soutenu mon bras fatigué et rendu les forces à mon âme défaillante ! ô vous, qui puisez dans le sein de la divinité le feu sacré qui vous dévore ! Esprits guerriers, dont le cri de guerre est toujours *qui est semblable à Dieu ?* venez sur un nuage aromatique, venez guider ma plume novice encore, et soignez un ouvrage que je vous consacre ; je vais décrire vos bienfaits. L'enfer aura beau faire naître des obstacles, entraver ma carrière et appesantir ma main ; non, je ne me découragerai pas : anges de salut, je vous saurai près de moi, et mes craintes seront évanouies.

Mais quel doux frémissement s'empare de mon cœur ? Quel mouvement, présage de félicité, me transporte et m'enivre ? D'où viennent les nouvelles forces qui raniment mon âme et provoquent ma sainte impatience ? Anges du Seigneur, je reconnais votre présence et votre voix, je vous suis ; rien n'arrête plus mes efforts, désormais je finirai mon ouvrage : un feu pur comme la vertu m'enflamme ; je ne résiste plus, anges du Seigneur, vous l'ordonnez, je commence.

D'où viennent ces accens funèbres,
Ces craquemens, ces tristes voix ?
Je vois s'entasser les ténèbres !
La flamme de ma torche a pétillé trois fois !
Est-ce l'innocence qu'attire
Le bruit de mes secours nouveaux ?
Non, c'est le crime qui soupire ;
Je vais prendre la plume et décrire mes maux.

Venez, venez, troupe infernale !
Armez tous vos bras monstrueux,
Ebranlez ce vaste dédale,
Où j'ai cru vainement échapper à vos yeux.
Mais qui les fait fuir en silence ?
Ciel ! je vois les traits les plus beaux !
C'est l'ange de la bienfaisance !....
Je vais prendre la plume et décrire mes maux.

Ah ! salut, ange pacifique,
Dont les regards purs et sereins
Ont rempli ma demeure antique
De l'éclat des rubis et du nectar des Saints !
Agite ta lyre vermeille ;
L'enfer fuira dans ses cachots,
L'univers prêtera l'oreille ;
Je vais prendre la plume et décrire mes maux.

LES FARFADETS,

OU

TOUS LES DÉMONS

NE SONT PAS DE L'AUTRE MONDE.

CHAPITRE PREMIER.

Introduction.

Je souffrais depuis bien long-temps tout ce qu'il est possible d'imaginer ; je le devais en commémoration des souffrances de Notre-Seigneur Jésus-Christ. Je gardais le silence, parce que je croyais en cela obéir à sa volonté ; mais il a eu pitié de mes peines, il m'est apparu et m'a permis de les faire connaître. Je dois me hâter de lui obéir.

J'ai bien souffert, je souffre bien encore ! Depuis vingt-trois ans, des démons, des sorciers et des farfadets ne me laissent pas un instant de repos ; ils me poursuivent partout :

à la ville, à la campagne, à l'Eglise, dans mon domicile, dans mon lit, ils sont toujours avec moi : il n'est pas de torture qu'ils ne m'aient fait endurer, et je ne puis me rendre raison de leur affreuse persévérance. Ma tête est bonne, mon corps est sans aucune défectuosité, je suis fait à l'image de notre Rédempteur : pourquoi donc m'a-t-on choisi pour principale victime ? Je n'en murmure que parce que je connais que telle n'est pas la volonté du Très-Haut. Je le prie avec plus de ferveur, parce que je sais qu'il me réserve une place dans le ciel pour la vie éternelle : il m'éprouve en même temps qu'il veut connaître jusqu'à quel point les pervers porteront leur audace et leur scélératesse. C'est au moment qu'il m'appellera vers lui qu'il les précipitera dans les abîmes infernaux pour aller rejoindre les démons avec lesquels ils ont fait un pacte. Je ne transigerai jamais avec mes persécuteurs, je n'entrerai jamais, comme ils m'en ont fait la proposition, dans leur société diabolique. Ils voudraient que je devinsse le disciple de Satan..... Mille fois plutôt la mort que d'en avoir seulement l'idée! En me soumettant à tout ce qu'ils voudront me faire souffrir encore, j'aurai du moins la consolation de les avoir dévoilés à mes semblables. Je serai malheureux toute ma vie ;

mais j'aurai préservé des souffrances que j'endure ceux à qui on voudrait les faire partager ; je les mettrai à l'abri de leur fureur. Je sauverai mon âme qui doit être toujours à Dieu. Peut-on acheter trop chèrement la vie éternelle ? Quelques années de tribulations sur la terre ne sont rien, quand on les compare à cette éternité.

CHAPITRE II.

De la Cour infernale, et de celle qui la représente sur la terre.

Je me suis peut-être rendu coupable lorsque je me suis permis d'ouvrir le Dictionnaire infernal ; mais, Dieu nous l'a dit lui-même, c'est pour apprendre à l'éviter qu'il nous est parfois nécessaire de connaître le mal.

C'est donc en ouvrant ce Dictionnaire, au chapitre intitulé *Cour infernale*, que j'ai trouvé la composition de cette cour. La voici :

Princes et Grands dignitaires.

Belzébuth, chef suprême ;
Satan, prince détrôné ;

Eurinome, prince de la Mort;
Moloch, prince du pays des Larmes;
Pluton, prince du Feu;
Pan, prince des Incubes;
Lilith, prince des Succubes;
Léonard, grand-maître des sabbats;
Baalberith, grand-pontife;
Proserpine, archi-diablesse.

Cette cour infernale a ses ministres, ses ambassadeurs; elle a aussi ses représentans sur la terre, qui sont ceux qui, en son nom, persécutent les malheureux humains : ses mandataires sont innombrables; mais chacun d'eux a la mission particulière de s'attacher aux pas de la victime qui lui est désignée. Je dois, avant d'entrer en matière, faire connaître à l'univers ceux qui me tourmentent sans pitié : j'en donnerai la nomenclature d'après le degré de leur puissance. La voici :

Moreau, magicien et sorcier à Paris, représentant de Belzébuth.

Pinel père, médecin à la Salpêtrière, représentant de Satan.

Bonnet, employé à Versailles, représentant d'Eurinome.

Bouge, associé de Nicolas, représentant de Pluton.

Nicolas, médecin à Avignon, représentant de Moloch.

Baptiste Prieur, de Moulins, représentant de Pan.

Prieur aîné, son frère, marchand droguiste, représentant de Lilith.

Étienne Prieur, de Moulins, représentant de Léonard.

Papon Lominy, cousin des Prieur, représentant de Baalberith.

Janneton Lavalette, la Mansotte et la Vandeval, représentant l'archi-diablesse Proserpine, qui a voulu mettre trois diablesses à mes trousses.

Chay, de Carpentras, représentant de Lucifer, qui est le grand-justicier de la Cour infernale.

Tous les autres farfadets dont j'aurai occasion de parler dans mon ouvrage, sont les représentans d'Alastor, exécuteur des hautes-œuvres, également attachés à la cour infernale.

CHAPITRE III.

Détails d'une partie des Pouvoirs qui sont donnés par les Démons à leurs représentans sur la terre.

Je dois, avant de faire connaître les persécutions auxquelles j'ai été en butte, donner un aperçu des pouvoirs des farfadets qui sont sur la terre pour agir d'après les ordres de la cour infernale.

D'abord ils cherchent à faire connaissance avec les personnes qu'ils veulent persécuter. Ils ont les dehors trompeurs ; ils affectent la politesse la plus raffinée, ils leur font mille protestations d'amitié, se servent des expressions les plus flatteuses pour ceux à qui elles s'adressent ; ils font même quelquefois des sacrifices pour pouvoir s'introduire dans leurs maisons ; mais une fois qu'ils y sont entrés et qu'ils ont pris connaissance des lieux et du caractère de leurs victimes, ils agissent d'après leurs pouvoirs.

C'est par eux que nous viennent tous les

maux qui désolent l'humanité; ils ne se plaisent que dans les désastres; ils fomentent le mal et empêchent le bien : c'est par l'orgueil et l'ambition qu'ils séduisent la plupart des hommes; ils désunissent les familles, ils suscitent les guerres, ils empoisonnent le lait d'une mère qui nourrit son enfant; ils attisent la férocité du soldat, ils font naître les tempêtes pour faire naufrager les vaisseaux qui sont sur la mer; ils procurent des inondations lorsque la terre aurait besoin des rayons vivifians du soleil; ils rendent ses rayons plus brûlans que dans la zône torride, lorsque la sécheresse désole nos guérets; ils font augmenter le prix du comestible pour rendre le peuple malheureux et l'exciter par-là à la révolte; ils font peur sans faire du mal : en d'autres occasions, ils font du mal sans faire peur; sous le nom d'Incubes, ils jouissent nuitamment des femmes, sans qu'elles puissent s'y opposer; sous celui de Succubes ils commettent envers les hommes le crime de Sodome et de Gomore; ils persécutent les animaux qu'on appelle domestiques; les chevaux, les bœufs, les ânes, les chiens, les chats, les écureuils, les coqs, les poules, les canards, sont en butte à leurs cruautés; ils se nichent dans les poils des uns et dans les plumes des autres; ils se métamorphosent en puces, en poux ; ils prennent la figure qui leur convient le mieux pour exécuter leurs projets. Pendant le jour, ils sont dans le chapeau, sur le corps, dans la manche de l'habit, dans le poil des vêtemens, dans les souliers des malheureux qu'ils persécutent : la nuit, ils se placent dans leurs lits, ils s'insinuent dans leurs oreilles, dans leurs narrines et même dans leur anus. Quand on cherche à les chasser, ils voltigent au-dessus de la main qui voudrait les frapper ; enfin, en pactisant avec le démon, celui-ci met tous les élémens à leurs dispositions. Il serait trop long, dans ce chapitre, d'énumérer tous leurs pouvoirs ; on en aura une idée lorsqu'on aura pris connaissance de tout ce qui m'est arrivé et m'arrive journellement. Je vais les mettre sous les yeux de mes lecteurs.

CHAPITRE IV.

Commencement des persécutions auxquelles j'ai été et suis encore en butte.

JEU DU TARO.

C'est en 1796 que je quittai Carpentras, ma ville natale, pour venir me fixer à Avignon.

T.e 1 pag 8

Quinart 1821.

Lith. de Langlumé

En y arrivant, je logeai pendant quelques années dans une maison bourgeoise où se trouvait une fille qui vint m'offrir ses services, et qui, quelque temps après, lorsque je me fus mis dans mes meubles, vint me proposer de me faire faire *le jeu du taro*. Après maints refus de ma part, je consentis à regret à ce qu'elle me fît venir une femme nommée la Mansotte, qui fut celle qui me fit le jeu, et qui y ajouta, malgré moi, une cérémonie qui doit avoir été celle qui m'a mis entre les mains des farfadets. C'est ainsi qu'en promettant aux mortels crédules de leur faire connaître le présent et l'avenir, on les livre à toutes les tortures diaboliques qui les font un peu trop tard repentir de leur condescendance. Enfin, voici comment opérèrent ces deux femelles, disciples de Satan: Elles se procurèrent un tamis propre à passer de la farine, sur lequel on attacha une paire de ciseaux par chacune de ses pointes. Un papier blanc fut placé dans le tamis; il était plié, et on ne voulut pas me dire ce qu'il contenait. On fit tenir à la Mansotte et à moi les deux anneaux du ciseau, de manière que le tamis était, par ce moyen, suspendu en l'air. A chacun des mouvemens du tamis on me faisait différentes questions. — Voyons d'abord si vous serez heureux. Croyez-vous devenir possesseur d'un héritage? Aimez-vous l'argent? Et enfin mille autres questions qu'il est ici inutile de détailler, et qui devaient saus doute servir de renseignemens à ceux qui désiraient de me mettre en leur possession. Sur ces entrefaites, les sorcières se procurent trois pots, dans l'un desquels on renferma quelques-unes des cartes qui étaient étendues sur la table, et préférablement celles à figures. Ce fut alors qu'on me banda les yeux pour choisir les cartes que je voudrais de celles qui étaient étendues sur la table, pour en mettre quelques-unes dans le pot, qu'on couvrit d'une assiette. Le second pot fut garni avec du sel, du poivre et de l'huile; le troisième avec du laurier. Tous les trois furent couverts et placés dans une alcove. Tout cela terminé, et attendu qu'il se faisait tard, les deux sorcières prétextèrent, pour se retirer, que leur magie avait déjà produit ce qu'elles en attendaient. Le lecteur en sera bientôt convaincu. Heureux, si ce que je vais lui apprendre dissuade ceux qui veulent connaître leur avenir, de se livrer aux sorciers qui font les cartes, qui ne sont réellement que des farfadets. Mes souffrances auront alors eu quelque chose de bien utile; elles préserveront mes semblables de tomber dans le piége où je me suis laissé entraîner, et duquel je serai retiré, j'en suis certain, lorsqu'on connaîtra la position où je me trouve, position de laquelle je n'ai pas voulu me tirer moi-même par des moyens qui ne seraient pas approuvés par mon Dieu créateur.

CHAPITRE V.

Évènemens qui me sont survenus après m'être fait faire le jeu du Taro, suivi de sa magie.

En sortant de chez moi, je me suis livré à mes occupations ordinaires. A dix heures et demie du soir je me retirai et je trouvai mes trois croisées ouvertes. J'écoute et j'entends dans mon appartement et au-dessus de ma tête un bruit extraordinaire. J'allume mon flambeau ; je ne vois rien, toutes mes recherches sont infructueuses. Le bruit que j'entendais, sans que je pusse voir d'où il partait, ressemblait au mugissement des bêtes féroces. Je me déterminai à me mettre au lit. Je n'y fus pas plutôt placé, que les mêmes bruits se firent entendre plus près de moi. On frappa sur tout ce qui m'entourait, particulièrement au-dessous de mon lit. Effrayé, je me lève pour me placer sur un sopha, où je croyais devoir être plus tranquille. Hélas ! il en fut de même à cette place ; ce qui me détermina à sortir de mon appartement, où je ne retournai qu'à l'heure à laquelle je savais que ma femme de ménage avait habitude de venir pour faire ma chambre, et à laquelle effectivement elle arriva. En la voyant, je n'eus rien de plus empressé que de lui demander pourquoi dans la nuit j'avais entendu tant de bruit sous mon lit et sous mon sopha ? Elle me traita de visionnaire, en m'assurant que je n'entendrais rien la nuit suivante. Elle savait que ce devait être d'une autre manière qu'on me persécuterait. La nuit arrive, je me couche et m'endors bientôt après. Le sommeil appesantit mes paupières jusqu'au lendemain. En m'éveillant, je me sentis le corps et les membres brisés ; il semblait qu'on m'avait passé par la torture. Ma ménagère arrive en ce moment ; je lui fais part de mes souffrances : elle veut m'affirmer que tout ce que je ressentais ne pouvait provenir que de quelque mauvaise position que j'avais prise en dormant. Ce soir, me dit-elle, placez-vous mieux, et vous verrez que vous n'éprouverez pas les mêmes souffrances. Elle savait bien, le monstre, qu'il n'en serait rien ; mais il fallait qu'elle affectât, sous des dehors trompeurs, de me donner des conseils, et une seconde fois je me mis au lit, pressé par le besoin de m'y mieux trouver. Le lendemain, mes souffrances furent les mêmes. J'attendais ma prétendue consolatrice pour l'accabler sous le poids de mes nouveaux reproches, qu'elle crut pouvoir repousser par les observations de la veille; ce qui me détermina à faire encore un troisième essai qui ne fût pas couronné d'un meilleur succès. J'étais, cette troisième fois, déterminé à laisser s'exhaler ma colère. Dans ce moment le monstre arriva et feignit de ne pas croire à tout ce que je lui racontais, en le traitant d'invraisemblable. Les deux misérables avaient besoin de m'amuser pendant tout le temps qui leur était encore nécessaire pour terminer leur sortilége.

CHAPITRE VI.

Suite des événemens extraordinaires pendant l'opération des deux Sorcières.

Le soir que les deux sorcières commencèrent leurs travaux, il s'éleva un temps affreux qui, peut-être, n'a jamais eu son pareil. Je leur demandai la cause d'une pareille bourrasque, elles me dirent qu'elle était nécessaire à l'opération dont j'étais l'objet et qui devait durer huit jours. En effet, le mauvais temps cessa à la minute qu'elles avaient désignée. Pendant l'intervalle que dura leur infâme manège, elles ne cessaient de me demander de l'argent, et elles exigèrent que pendant deux jours je ne sortisse pas de la ville. Il fallait que je fusse là pour leur procurer du sirop, des rafraîchissemens et des comestibles, tant il est vrai que pendant ce temps leurs entrailles devaient être dévorées par le feu de l'enfer qui les a vomies sur la terre. Des rubans de différentes couleurs leur furent nécessaires pour agir, elles s'en emparèrent et ne me les ont jamais rendus.

Pendant les huit jours qu'elles mirent à leur magie, je fus d'une tristesse accablante. Un bruit sourd se faisait entendre chez moi jour et nuit. Je fus obligé d'en passer plusieurs hors de mes appartemens, croyant par-là me mettre à l'abri des persécutions auxquelles j'étais en butte. Ce fut vainement.

Le quatrième jour, elles se métamorphosèrent en chats, venant sous mon lit pour me tourmenter. Je leur en fis des reproches; mais je me déterminai à ne plus me coucher. D'autres jours elles venaient en chiens. J'étais accablé par le miaulement des uns et l'aboiement des autres. Dieu! que ces huit jours furent longs! Je croyais que ce n'était qu'à leur expiration que mes tourmens devaient avoir un terme, mais ils devaient se prolonger! Je fus exposé à bien d'autres alarmes. Tourmenté jour et nuit, on ne me laissa pas tranquille, même dans le temple du Seigneur. Si je portais mes pas sur le bord du Rhône; ils étaient là pour me prendre par l'habit, afin de m'entraîner dans le courant du fleuve; si j'allais sur une élévation, ils cherchaient à me précipiter dans la plaine. Pendant quinze jours je quittai mon domicile pour vivre dans un autre pays. Je ne fus pas plus tranquille. Je revins à Avignon, bien décidé que j'étais, en y arrivant, de chasser cette domestique qui était la cause de tous mes malheurs, et qui se déchaînait ainsi contre moi, dans la crainte que je contractasse un mariage qui devait la punir de son peu de fidélité. Aussi fit-elle tout ce qu'elle put pour l'empêcher. Elle ne voulait pas même que je communiquasse avec mes parens qui venaient me voir à Avignon, et qui cherchaient à me débarrasser du poids qui m'accablait. Vainement encore je voulus retourner à Carpentras ma patrie, le pouvoir diabolique m'en empêcha. Il fallut me résigner à ce qu'il me fut impossible d'empêcher.

CHAPITRE VII.

Divers autres événemens qui étonneront le lecteur. Apparition de Jésus-Christ.

Je ne puis passer sous silence une grande partie des événemens qui me sont arrivés, et que j'abrégerai pourtant dans leurs détails.

Un faiseur de cartes, qui vint à Avignon un jour de foire, me fit part des manœuvres des deux femmes dont j'ai tant à me plaindre. Je veux, me dit-il, vous mettre à l'abri de leurs infamies; car, tandis qu'elles vous poursuivront de leur côté, de l'autre je m'attacherai à leurs pas pour paralyser leurs tentatives. J'étais déterminé à accepter; mais la crainte de me livrer avec trop de confiance à un homme que je ne connaissais pas, et la somme d'argent qu'il me demanda, me firent repousser sa proposition. Mes souffrances, alors, devinrent plus cruelles; il me fut impossible de reposer dans mon lit. Je ne quittais mes amis, à qui jusqu'alors je n'avais rien confié, que lorsqu'ils avaient besoin eux-mêmes d'aller se reposer. Je courais les rues pendant que tous les habitans de la ville fermaient leurs paupières. Je ne prenais de la nourriture que lorsque le besoin le plus pressant m'en faisait une obligation. Je n'entrais chez moi que pendant le jour; et comment aurais-je pu me déterminer à y rester pendant la nuit! c'était alors que le calme était banni de ma chambre, et que dans celle qui était au-dessus, on frappait à coups redoublés; c'était alors qu'on déchaînait contre moi toutes sortes d'animaux qui couraient, sautaient et dansaient sur mon lit et sur ma personne quand j'étais couché. Ce qui donnera la preuve que les farfadets n'en voulaient qu'à moi, c'est que je demandais à mes voisins et aux personnes qui logeaient au-dessus de moi s'ils entendaient le vacarme qui se faisait dans la maison, et qu'ils ne répondaient toujours que négativement, et paraissaient montrer de l'étonnement de ce que je leur faisais de pareilles questions.

Un autre jour, mon secrétaire était ouvert, il y avait au-dessus quelque argent, sans que je puisse savoir quelle en était la somme. Une flamme brillante s'y arrêta un instant et disparut dans un instant. Quelques jours après, cette même flamme tomba à mes pieds, et y resta pendant deux minutes, ce qui m'occasionna une grande frayeur, n'ayant jamais vu pareille chose.

Pour me soustraire à toutes ces horreurs, j'allais me promener quelquefois à la campagne, et j'en revenais le soir même. Je me mettais en route avec le plus beau temps du monde; tout-à-coup, des nuages épais se rêuuissaient sur ma tête. Il faisait calme, et ils s'amoncelaient pourtant comme s'ils étaient poussés par le vent le plus impétueux. Des flammes sortaient de dessous mes pieds et produisaient bientôt l'éclat du tonnerre. Les nuages se fondaient et inondaient la terre de telle sorte, que l'eau qui couvrait les chemins était de niveau avec celle des fossés qui avaient débordé. Je n'avais d'autres guides que les arbres et les éclairs qui éclairaient mes pas : c'était ainsi que je me dirigeais vers le but que j'avais en vue.

La vie m'était insupportable, j'étais accablé des plus cruels tourmens; et ne pouvant les endurer davantage, après trois ans de souffrances, n'ayant de repos, ni nuit, ni jour, je m'adressai et m'entretins alors avec Dieu, Jésus-Christ, sa sainte Mère et le Saint-Esprit. Ce n'est que d'eux seuls que je pouvais attendre un changement à ma triste position. Seigneur, lui disais-je, votre volonté sera toujours la mienne; j'attends qu'elle m'appelle auprès de vous, pour être délivré de la cruauté de mes ennemis; mais si vous me l'inspirez, je devancerai moi-même ce moment fortuné, et je ferai le sacrifice de ma vie pour me mettre auprès de vous. Pour cela, j'ai ici une urne que je remplirai d'huile, avec cinq lampions qui brûleront au-dedans. Un flambeau gros et grand sera de l'autre côté. Je réglerai mes affaires; et pour que personne ne soit soupçonné de ma mort, j'écrirai sur un papier: *Ne faites aucune recherche, c'est moi-même qui me suis donné la mort*, et je signerai cette déclaration.

Une pareille résolution de ma part devait toujours rester secrète; aussi, en faisant tous les préparatifs qui devaient précéder ma mort, je feignais de conserver un air de gaîté, qui n'était que sur ma physionomie, et je promenais ma douleur, en attendant la réponse de mon souverain maître. Trois jours après, au sortir de mon dîner, à une heure après midi, mon corps est saisi, et j'entends une voix qui me dit à l'oreille: *Il faut se coucher ce soir.* Avant de répondre, je laissai pendant quatre fois prononcer les mêmes paroles, et j'y répondis alors par la confidence de ma résolution. Il n'est pas encore temps, dis-je à la personne invisible, que je me couche, bientôt je me coucherai pour long-temps.

Je continue mon chemin, et pendant ce temps j'entendais souvent à mon oreille se reproduire les mêmes paroles : *Il faut se coucher ce soir*. J'étais déterminé à ne pas obéir. En attendant, j'étais fort gai à la société des personnes avec qui je me trouvais, et toujours on me répétait les mêmes paroles. Sept heures sonnèrent. Je restai chez moi pour souper, et j'en sortis sitôt que mon repas fut fini, pour me rendre dans une des maisons où j'avais coutume de passer mes soirées. En y arrivant, la maîtresse du logis me dit qu'on était déterminé, pour ce soir, à se coucher à dix heures. Pour ne pas la gêner, je regardais à chaque instant à ma montre, et lorsqu'elle marqua neuf heures cinquante minutes, je me levai pour sortir, lorsqu'on me dit qu'il n'était pas encore l'heure indiquée, et que je pouvais rester jusqu'à ce qu'elle fût sonnée. L'airain nous la transmit bientôt, et nous nous séparâmes. Je dirige mes pas vers une autre maison où je croyais pouvoir passer encore quelques heures, j'entends alors de nouveau la voix qui me disait d'aller me coucher, frapper mon oreille droite. Ma résolution était toujours la même. Je devais m'endormir bientôt et pour toujours. Je veux frapper, une main invisible m'empêche de prendre le marteau, et me force à me retirer à l'instant chez moi. En y entrant, j'éclaire le flambeau, et me mets à la disposition du Très-Haut, en lui disant : Seigneur, j'obéis à vos ordres. Je ferme mes croisées, je fais ma prière; et en entrant dans mon alcove, dont je fermai les rideaux, je place ma chandelle à mon côté gauche; et relevant ma couverture pour entrer dans mon lit, je m'en couvre la tête pour me soustraire à l'action de mes ennemis. Il y avait trois ans que je n'y étais entré. J'éteins la lumière et me couche sur mon côté gauche. Un quart-d'heure après, j'éprouve un malaise au côté sur lequel je reposais. Je me tourne pour me placer du côté droit; et, en faisant ce mouvement, j'aperçois dans mon alcove une clarté blanchâtre qui me fit craindre que le feu n'eût pris chez moi. Je fixai ce spectacle nouveau pour mes yeux : rien de plus beau ne les avait jamais frappés. Un nombre infini d'étoiles, au milieu desquelles était une bobèche plate, d'où sortait une lumière éclatante, produisirent en moi un enthousiasme difficile à décrire. Un trône resplendissant de diamans, de rubis et de toutes pierres précieuses, était dans l'enfoncement où les étoiles semblaient être attachées. Jésus-Christ en occupait le milieu. Son attitude annonçait le Rédempteur des hommes. Pendant trois grandes heures je le contemplai en me livrant aux réflexions les plus douces et les plus suaves. Je pris la liberté de lui faire entendre ma voix tremblante de plaisir et étouffée par des sanglots d'admiration. Seigneur, lui dis-je, votre présence me fait oublier tous les maux que j'ai soufferts jusqu'à ce moment; qu'il me soit permis de contempler votre majesté divine, de jouir du bonheur de vous voir. En effet, je soulève mon traversin, j'y appuie ma tête, et je restai ainsi dans l'extase jusqu'à la fin de la nuit. A la pointe du jour, je fermai mes paupières et m'endormis. Ainsi s'explique d'où partait la voix qui pendant tout le jour m'invitait à me coucher.

En me réveillant, je n'eus rien de plus empressé que de fixer la place qui avait été occupée par le Fils de Dieu. Tout le tableau miraculeux avait disparu; il n'en restait pas la moindre trace. En m'habillant, comme en sortant de chez moi, j'étais encore préoccupé de la faveur dont j'avais été l'objet, et qui est d'autant plus honorable pour moi, que peu de personnes en jouissent. Je résolus pourtant de n'en faire part à qui que ce fût, pas même à mes meilleurs amis, qui surent pourtant lire sur ma physionomie qu'une joie concentrée s'était emparée de mon âme. Ce fut en vain qu'ils m'interrogèrent à ce sujet, mes réflexions n'étaient que pour moi ; elles roulaient principalement sur le projet que j'avais eu de me donner la mort, et duquel je devais me repentir, puisqu'en y pensant j'avais commis le crime d'avoir voulu attenter à une existence qui ne m'appartient pas. J'attendais tout des nouvelles révélations que Dieu voudrait me faire.

CHAPITRE VIII.

Nouveaux Miracles.

Après avoir réfléchi pendant toute la journée au bonheur que je me promettais, je me mis au lit, car la confiance avait remplacé ma frayeur, les plus belles idées flattaient mon imagination. Je passai la nuit à réfléchir sur ce que j'avais aperçu et sur l'idée que j'avais eue de me donner la mort, et pendant toute la journée je fis les mêmes réflexions, quoique je fusse accompagné de quelques amis. Ceux-ci, surpris de me voir ainsi préoccupé, m'en demandèrent la raison. Je leur répondis que ce n'était rien, et qu'ils ne fissent pas attention à cela. Le moment de me retirer étant arrivé, je me rendis dans ma chambre et me couchai : je ne fus pas plutôt au lit, que je fus agité par des inquiétudes sur tout ce qui s'était passé ; et m'adressant au Seigneur : Seigneur, lui dis-je, je désirerais n'être aperçu de personne ; je ne veux être qu'en votre seule présence. Je sors alors de mon appartement, et parcourant la ville à grands pas, j'arrive à la campagne sans avoir rencontré personne. Je m'adresse encore alors au Seigneur, et lui dis : Me voici au lieu où je voulais être. Arrivé dans un grand chemin, j'observe le ciel, et je jette un regard sur la terre ; elle me présenta un spectacle remarquable. Elle était dépouillée de tous ses ornemens, sans culture ; on ne voyait sur sa surface ni arbres, ni plantes : j'y aperçois un sillon qui paraissait sans fin, de droite et de gauche. Seigneur, dis-je, faites-moi connaître ce que signifie ce phénomène ? Et comme je m'avançais par un grand chemin, je fus arrêté par le feu de ce sillon, qui allait de l'est à l'ouest ; il brillait de six à sept couleurs différentes et bien distinctes. Je ne savais à quoi attribuer ce que je voyais. Etait-ce un volcan? Ils ne sortent que du sommet des montagnes. Dieu seul pouvait m'apprendre ce qui n'est pas à la portée de l'intelligence humaine. Je lui en fis la prière à plusieurs reprises, et le sillon descendit à l'instant à un demi-pied au-dessus du sol qui me portait. Il s'embrasa, et je vis dans ses flammes des hommes et des femmes en faveur de qui j'implorai la miséricorde divine. Dieu de bonté! m'écriai-je, délivrez-les des souffrances qu'ils endurent; que leur punition ne soit pas éternelle.... Alors les flammes reprirent leur hauteur, et me parurent plus enflammées encore. Elles ne me laissèrent apercevoir qu'une femme d'une blancheur éblouissante, symbole de pureté. Elle avait la tête et les mains levées au ciel, elle était à la suite de plusieurs anges qu'elle-même me fit apercevoir. C'est ainsi qu'elle m'apprit que les malheureux en faveur de qui je venais d'intercéder, ne souffriraient pas éternellement. En effet je fixais dans ce moment les flammes dans lesquelles je les avais vus, et ils avaient disparu.

Tous ces événemens remplissaient mon âme d'une joie que je ne pouvais cacher: aussi, chaque jour, mes amis me faisaient les mêmes questions qu'ils m'avaient déjà faites, et j'étais loin de répondre à leur curiosité.

Plusieurs jours et plusieurs nuits se passèrent à-peu-près de cette manière. Les défauts de mes semblables me procuraient toujours de nouvelles inquiétudes, ce qui me fit encore sortir de la ville à pas précipités. Pour ne rencontrer personne, et toujours en demandant à Dieu son assistance pour cela, j'évitais de prendre le grand chemin qui était devant moi; je voulus, au contraire, longer un sentier qui n'avait pas un pied de large. En ce moment la campagne m'offrit le contraste de ce qu'elle m'avait présenté quelques jours auparavant. Des arbres de différentes qualités en faisaient l'ornement. Je marchais sur un tapis de verdure, le ciel était serein, le plus doux zéphir rafraîchissait mes sens; j'entendis un écho qui porta à mon oreille droite les sons les plus harmonieux. Me voilà dans la route de la félicité, elle était couverte d'arbres qui portaient les plus beaux fruits. Au loin, j'aperçois une femme baissée dans l'herbe, haute d'un peu plus d'un pied, tantôt se courbant et puis se relevant. Je m'avance d'elle pour lui parler, et je lui demande d'où partait le son d'une musique qui venait de frapper mes oreilles, et que j'entendais encore dans ce moment-là, et si j'avais pris la bonne route pour arriver jusqu'à cet endroit. Oui, me dit-elle, en suivant cette route vous arriverez au paradis, que vous pourrez contempler tout à votre aise. Cette indication de la part de cette femme me la fit regarder encore; et c'est alors que j'appréciai les beautés de son corps, les grâces de sa personne. Ses honnêtes procédés me touchèrent, elle m'affirma que le chemin étroit sur lequel je me trouvais, me conduirait à la porte même du paradis, de ce lieu de bonheur inaccessible à tant de mortels. Je la quittai pour suivre ma route. Chemin faisant, de nouvelles réflexions vinrent m'agiter. Peut-être, me disais-je, les environs de ce lieu de délices sont occupés par des soldats porteurs d'armes meurtrières, vêtus effroyablement et inspirant l'horreur et le dégoût. Cependant j'étais décidé à tout surmonter, et dans ce moment d'autres réflexions frappaient mon imagination. Je m'écriai : Comment aurai-je la force de supporter la présence de ceux qui entourent la Majesté divine? Et je me pénétrai bientôt que cela ne pouvait être exécuté que par des êtres vertueux, nus, mais couverts du manteau de la pudeur, décorés de sublimes vertus, enfin de tout ce qui encourage l'homme de bien; car ce n'est que sur la terre qu'on peut rencontrer le vice, les passions, qui exercent sur les humains la tyrannie la plus affreuse, et les exposent ainsi à tout ce qui peut et doit entraîner leur malheur.

CHAPITRE IX.

Description du Paradis.

J'ÉTAIS dans un enthousiasme difficile à décrire, lorsque j'aperçus devant moi un bâtiment d'une longueur incroyable, et autour duquel on voyait une grande plaine verte. La porte, que j'aperçus de loin, était illuminée par un nombre considérable de flambeaux ornés de guirlandes de fleurs; l'aile gauche était en saillie sur l'aile droite, et je ressentis, à cet aspect, la joie et le désir que j'eus à le contempler. En arrivant, ma surprise dut être grande de n'y trouver personne pour me demander où j'allais et ce que je voulais. Il n'y avait ni sentinelles, ni domestiques d'aucune espèce. J'aurais pu pénétrer dans l'intérieur, et si je ne le fis pas, c'est parce que je fus retenu par la crainte que j'ai toujours eue de me rendre importun. Voici pourtant une idée succincte de ce que j'ai entrevu et pu apercevoir.

J'entendis les sons harmonieux d'une musique céleste, et je vis le plafond de la pièce qui faisait suite à la grande porte dont j'ai parlé, orné de superbes guirlandes de fleurs ; cette grande pièce avait beaucoup plus d'étendue en longueur qu'en largeur : je vis devant moi un nombre infini de prêtres chrétiens, vêtus comme aux cérémonies de la Fête-Dieu, marchant sur trois de front. Ceux qui étaient au milieu portaient un Saint-Sacrement, éclairé par des flambeaux, qu'avaient en main ceux qui étaient sur le côté. Ils se rendaient tous ainsi, et à pas précipités, dans le paradis, en plaçant, les uns après les autres, leurs Saints-Sacremens sur une longue table qui était disposée au milieu de cette grande pièce, et dans toute sa longueur. Emerveillé de tout ce que je venais de voir et d'entendre, édifié par les cérémonies augustes dont je venais d'être témoin, je me retirai du lieu saint pour reprendre le chemin de ma maison. Celui que je parcourus pour y revenir flattait mes sens ; les arbres étaient chargés d'une quantité prodigieuse de fruits, la terre était couverte de la plus belle verdure.

J'arrive enfin chez moi ; toutes mes réflexions se portaient sur ce que je venais de voir, et ce fut encore en vain que les personnes de ma connaissance me demandèrent de leur expliquer ce qui se passait dans mon âme.

CHAPITRE X.

Description du Jugement dernier.

La nuit du quatrième jour, je sentis le besoin de rester seul et de fuir la société, pour ne m'occuper que des prodiges célestes et terrestres, et éviter par mes méditations les piéges que ne cessent de tendre les esprits infernaux pour la corruption des humains ; je parcourus la campagne ; les chemins étaient beaux, mais la terre stérile, la nature l'avait privée de toute espèce de production ; le ciel était couvert de sombres nuages, tout annonçait le dernier jour des mortels. J'arrivai au pied d'une montagne, où tout chemin me fut interdit ;.... j'y fis une invocation au Seigneur sur le triste tableau que m'offrait ce jour, lorsque, levant mes yeux au ciel sur la droite du firmament, j'aperçus tout-à-coup dans cette voûte obscure un rond resplendissant : l'immense distance me priva du plaisir de voir ce qu'il contenait. Des réflexions se succédèrent les unes aux autres : au même instant j'entends des trompettes célestes, j'élève les yeux, je vois quatre anges se tournant le dos, formant le carré, et sonnant la trompette aux quatre coins de la terre : de ce rond brillant sortirent Dieu le Père, le Fils, et le Saint-Esprit, sur des nuages éblouissans, et placés sur un trône au sommet de la montagne au pied de laquelle j'étais prosterné. Au même instant cette même montagne fut couverte d'hommes, la terre me parut en mouvement : plusieurs caisses en sortaient, elles s'ouvrirent, et les hommes qu'elles renfermaient me parurent aussi frais que s'ils n'eussent jamais cessé de vivre ; ils prirent leur rang sur la montagne : ceux qui avaient été enterrés sans caisses, par un mouvement de têtes et des épaules ressortaient de la terre, ouvraient les yeux et paraissaient comme s'ils n'avaient jamais été enterrés ; ils se prosternaient aussitôt pour entendre prononcer par l'Être-Suprême leur jugement dernier, bien consolant pour les justes, mais terrible pour les méchans. Ne voulant pas être témoin de la condamnation de ceux-ci, et craignant de les voir transporter aux enfers par les diables et les démons qui couvraient l'atmosphère, je remerciai Dieu, et je retournai chez moi; la terre était couverte d'hommes obéissans au son de la trompette.

CHAPITRE XI.

Entrevue avec les deux Sibylles.

Je ne pouvais concevoir que deux misérables femmes à qui j'avais eu la faiblesse de me confier dans l'espoir qu'elles devineraient le passé, le présent et mon avenir, prépareraient à loisir le tourment de ma vie; mais le sort en était jeté; j'allai leur faire part de ce que j'avais vu, de l'effet que ce tableau avait produit sur mon âme, et leur demander quels moyens salutaires elles devaient employer; elles me promirent de consulter leur magie et de détruire les impressions qu'avaient produites sur moi ces apparitions; mais bien loin d'en diminuer les effets, elles ne s'occupèrent qu'à prolonger et augmenter mes souffrances. Je ne fus pas longtemps à m'apercevoir de leur duplicité. Le découragement s'était emparé de moi, lorsque j'avais conçu l'horrible projet de terminer ma pénible existence; mais en me rappelant des promesses qui m'avaient été faites par de prétendus amis avec les deux sybilles, elles me firent concevoir des espérances flatteuses et détruisirent ma résolution. Je rendis grâce à la Providence de cette sainte inspiration. Le séjour de la campagne me devint nécessaire pour ne m'occuper que de l'avenir, et éloigner de ma pensée les moyens que j'avais conçus pour me délivrer de mes persécuteurs. Vains efforts! ils poursuivirent leur victime dans les lieux les plus solitaires. Il convenait à ma position d'employer tous les moyens pour diminuer mes souffrances : je supposai qu'en m'éloignant du lieu que j'habitais, le pouvoir de mes ennemis s'affaiblirait, puisqu'alors ils emploieraient leur art sur quelques autres malheureux; mais je ne pouvais échapper à leur surveillance. Je parcourus divers bourgs et villages, distans de cinq à six lieues de la ville que j'habitais: la puissance des scélérats s'étend bien plus loin que je ne le pensais, mes espérances devinrent inutiles.

CHAPITRE XII.

Nouveau Jubilé annoncé à toute la France.

Un nouveau jubilé fut annoncé dans toute la France, j'en conçus les plus grandes espérances, dans la conviction que les ministres d'un Dieu miséricordieux déjoueraient les farfadets et porteraient le calme dans mon âme accablée par les persécutions. Les habitans d'Avignon, dont je faisais partie depuis ma sortie de Carpentras, s'empressèrent de suivre avec ferveur les exhortations religieuses de nos respectables missionnaires. J'allai trouver celui qui m'avait inspiré le plus de confiance, et lui fis ma confession générale, en lui parlant des maux que me faisaient éprouver depuis trop long-temps mes ennemis, et dont je ne pouvais connaître la cause. Il fortifia mon courage et prit le plus grand intérêt à ma position. Il me conseilla de ne point cesser d'implorer la puissance divine, et ajouta que, pour parvenir à un avenir heureux, il fallait bien supporter de pareilles épreuves; qu'elles étaient toujours proportionnées aux fautes commises. Après ce consolant entretien, le missionnaire monta en chaire, et à la fin de l'exorde de son premier point il fit une pause et s'écria d'une voix tonnante : *Mes frères, vous le croirez à peine ! Oui, des hommes pervers, sans foi, méconnaissant les lois de la nature, de la société, foulant aux pieds tous les préjugés, livrés à la débauche la plus effrénée, et cherchant par tous les moyens de satisfaire leurs luxurieux plaisirs, invoquent les démons et méconnaissent l'auguste divinité.* A peine eut-il fini cette dernière phrase, qu'un bruit horrible se répandit dans toute l'église. Des froissemens de chaînes se prolongèrent long-temps sur les têtes de l'auditoire ; tous les cœurs étaient glacés d'effroi. *Rassurez-vous*, dit le prédicateur, *ce que vous venez d'entendre n'est que l'effet de la colère de notre Dieu, terrible pour les méchans, miséricordieux pour les bons*, et il continua son sermon, qui produisit tout l'effet qu'on devait en attendre, mais bien plus particulièrement sur moi, pour qui le tableau que ce prédicateur venait de tracer sur les réprouvés de Dieu avait tant d'analogie avec ce que j'avais communiqué à mon digne confesseur. Je me rendis chez moi, pénétré de la saine morale que je venais d'entendre. Je fis une légère collation, je me mis ensuite au lit, et réfléchis à ce que je devais faire le lendemain. A l'apparition du jour, j'offris à Dieu ma première pensée, et je m'acheminai vers l'église, où j'entendis la messe et reçus la sainte hostie à la communion des prêtres : d'autres personnes pieuses la reçurent aussi. Je me retirai chez moi tout recueilli de la grâce que je venais de recevoir. J'y pris un léger déjeuner, à la fin duquel il me revint un goût délicieux que je n'attribuai qu'à celui de la sainte hostie, et qui prolongea la joie que me procura la réception de Jésus-Christ. Je me rendis, peu de temps après, à la grand'messe, et me retirai ensuite pour dîner, conservant constamment ce goût délicieux, que je ne puis définir. J'assistai également aux offices divins qui eurent lieu l'après-midi, et je rentrai chez moi pour y prendre un repas frugal, toujours jouissant de ce goût délectable. Je me mis après au lit pour y chercher le sommeil, tout en énumérant mes actions de la journée. Ce fut encore en vain que je demandais le repos, il devait me fuir pour long-temps encore.

CHAPITRE XIII.

Description de ma sortie d'Avignon pour me rendre à Lagne.

Je ne devais pas m'attendre, le lendemain que les deux malheureuses sorcières continueraient à exercer sur moi leur pouvoir et me feraient éprouver de nouvelles persécutions. Peu de temps après, j'eus le bonheur de faire la connaissance d'un vénérable prêtre à Avignon, qui attendait sa nomination à la cure de Lagne, située à trois lieues sud-est de la ville, près de la fontaine de Vaucluse, site que la nature a orné des charmes les plus séduisans, et que les poètes les plus renommés décrivent dans leurs ouvrages. Dès l'instant que M. le curé eut obtenu l'ordre de se rendre à sa cure, il me le communiqua avec invitation réitérée de le suivre, persuadé que l'éloignement de ma résidence et ses bons conseils me feraient trouver du soulagement à mes maux. J'adhérai à sa proposition. Nous quittâmes la ville et fûmes nous établir en pension chez un de mes anciens amis, en attendant que le presbytère fût réparé et en état de nous loger. Je reçus de l'un et de l'autre tous les égards dus au malheur, ce qui n'est pas toujours mis en pratique; mais ces douces consolations devaient nécessairement faire le désespoir de mes persécutrices : aussi mirent-elles en jeu toute leur magie pour redoubler mes douleurs, ce qui me rendait sombre et mélancolique. Le bon père, ainsi que mon ami, employaient tous les moyens de me distraire. Ils me demandaient sans cesse les motifs de mon silence, mes réponses n'étaient pas satisfaisantes; mais l'intérêt que le prêtre prenait à ma position m'inspira une confiance entière. Je lui fis part de ce qui me tourmentait, il me répondit : Mon ami (c'est la qualification qu'il me donna, qualification assez banale dans ce bas monde, et dont on rencontre très-rarement la véritable application), nous allons habiter le presbytère, et j'espère que le changement de domicile, le genre d'occupation auquel nous allons nous livrer, apporteront un changement à votre position. Les prévenances, les promenades, les conversations amusantes, mais toujours morales, ainsi que beaucoup d'autres agrémens, tout fut employé par ce bienheureux prêtre pour me distraire et diminuer mes souffrances ! Hélas, vains efforts ! l'opiniâtreté du pouvoir diabolique qui, par le travail des deux sybilles, continuait de me persécuter plus particulièrement la nuit, où j'avais le plus besoin de repos, les fit frapper sur mon lit, sur tous les meubles de mon appartement; elles mirent tout en désordre; ce qui me jeta dans la consternation. Je ne puis décrire mes souffrances. M. le curé, convaincu que les moyens employés jusqu'alors n'avaient produit aucun effet, me donna une lettre pour M. le grand-vicaire, qui, aussitôt que je la lui eus remise, en prit connaissance, et me donna la réponse que j'apportai de suite au presbytère de Lagne. Le digne curé, après l'avoir lue, me témoigna sa satisfaction sur l'activité que j'avais mise dans l'exécution de cette dernière démarche; et le lendemain, après avoir entendu la messe, nous entrâmes dans la sacristie, nous nous enfermâmes seuls; il ôta sa chasuble, me fit mettre à genoux, et fit les prières et les cérémonies d'usage à l'exorcisme. Cela fait, il m'assura qu'aucun malin esprit ne s'était introduit en moi; mais que les deux femmes dont nous avons déjà parlé, ayant le pouvoir de se rendre invisibles, pouvaient seules prolonger mes tourmens. Nous nous quittâmes quelques jours après, et je rentrai à Avignon, en promettant à mon protecteur de revenir le voir aussi souvent que je le pourrais : ce que je fis.

CHAPITRE XIV.

Description de mon retour de Lagne à Avignon.

De retour à Avignon, je trouvai l'occasion d'être employé dans un bureau de loterie, dans lequel je passai plusieurs années, espérant que ce nouveau genre de travail pourrait influer sur mon repos et diminuer mes inquiétudes. Mes ennemis mirent tout en œuvre pour me procurer des distractions, afin de rendre mon travail imparfait et m'attirer par-là de justes reproches. Les sybilles employèrent des métamorphoses de différentes espèces, elles me firent apparaître un grand nombre de chiens et de chats, des oiseaux d'une forme effrayante qui voltigeaient dans les airs et venaient s'abattre sur mes croisées, en poussant des coassemens et des cris sinistres.

L'économe de l'hospice civil et militaire de Sainte-Marthe-d'Avignon étant dans l'intention de quitter cette place, quelques-uns de mes amis en furent instruits et vinrent m'engager à la demander, croyant que je l'obtiendrais facilement, et que ce changement d'occupation pourrait devenir utile à mon repos. Après quelques réflexions je me présentai à l'administration, j'en fis la demande, et elle fut accueillie avec les formes les plus honnêtes. Je priai les administrateurs de vouloir bien attendre que le directeur du bureau dans lequel j'étais occupé, se fût procuré un remplaçant. Je n'eus pas de peine à l'obtenir. Je reçus de MM. les médecins, chirurgiens, pharmaciens et receveur de cet hospice, la lettre la plus flatteuse. Ils se félicitaient de me compter au nombre de leurs collègues, et m'invitaient à les joindre au plutôt. Cette conduite de leur part me détermina à leur rendre une visite ; j'en reçus le baiser amical, et fus présenté à M. le directeur, ainsi qu'à celui que je devais remplacer, et je reçus mêmes honnêtetés de leur part. Huit jours après, étant remplacé dans l'emploi que j'occupais au bureau de loterie, je fis porter à l'hospice, dans l'appartement qui m'était destiné, une partie de mes meubles, et me mis en fonction. L'individu qui devait en sortir, resta huit jours et plus pour me diriger et m'indiquer la marche que j'avais à suivre. Il ne me fallut que très-peu de temps pour mériter l'éloge de mes chefs. La partie dont j'étais chargé était extrêmement pénible, elle employait tout mon temps, mais ne me préservait pas des persécutions de tout genre. J'étais constamment taciturne et rêveur. L'on ne tarda pas à s'en apercevoir. J'avais inspiré de l'intérêt à tous mes chefs par la sévérité de ma conduite. Chacun me demandait d'où pouvait provenir cette mélancolie. Je n'étais pas assez familier avec eux pour leur en communiquer les motifs. Cependant, M. Bernard, chirurgien, élève d'un de mes parens, m'inspira une entière confiance. Je me livrai à lui, je lui fis part du motif de mes inquiétudes. Je lui dis qu'elles n'étaient occasionnées que par les deux méchantes femmes que j'ai déjà plusieurs fois désignées. Il fut étrangement surpris et indigné de leur conduite, m'engagea à prendre du courage et à ne pas trop m'abandonner à moi-même ; il devait voir M. Guérin, médecin de l'hospice, le lendemain à sa visite, et lui parler de moi ; ce qu'il fit. M. Guérin le chargea de me dire qu'après la visite du soir il désirait s'entretenir avec moi seul dans mon appartement. Le soir nous nous y rendîmes. Il me fit plusieurs demandes auxquelles je répondis, elles étaient toutes relatives à mon état et à son origine. Je lui donnai même les noms de mes persécutrices. *Janneton la Valette*, et la *Mançot*, sœur du nommé Mançot, maçon à Avignon. Cette dernière fit son apprentissage sur moi, d'après ce que m'en a dit un physicien dont j'ai déjà parlé. D'autres renseignemens que je ferai connaître lorsqu'il en sera temps, prouveront jusqu'à l'évidence qu'elle a été élevée et immiscée dans les pouvoirs des esprits infernaux. Le docteur me témoigna le plus vif intérêt, me rassura dans l'espoir d'une guérison radicale. Je lui témoignai combien j'étais sensible à l'intérêt qu'il prenait à ma position, et j'attendais les plus grands effets de ses salutaires conseils. Après nous être séparés, je repris mes occupations ordinaires, jusqu'à l'heure de mon coucher. Je passai une nuit beaucoup plus tranquille que je n'avais fait depuis bien longtemps, quoique les malheureuses femmes missent en jeu des exercices qui m'avaient été jusqu'alors inconnus. Le lendemain je lui fis part du mieux que j'avais éprouvé, et il me persuada qu'il se prolongerait. J'ai toujours ignoré les moyens qu'il employa pour y parvenir; mais pendant huit jours il ne s'occupa que de cela. Il fit un temps affreux et un vent si impétueux, que les habitans craignaient pour leurs maisons. Je repris la gaîté que j'avais perdue depuis très-long-temps, j'exerçai ma place avec bien plus de plaisir. Je procurais aux malades les alimens que je croyais leur être les plus agréables et les plus nécessaires au genre de leurs maladies. J'exerçai pendant quatorze mois, à la grande satisfaction de mes supérieurs, l'emploi qu'on m'avait confié.

M. Castagne, directeur de cet hospice, en l'an 2 (1794), jaloux peut-être des témoignages d'estime que me prodiguaient MM. les officiers ainsi que les employés subalternes, conçut injustement le projet de me contrarier dans l'exercice de mes fonctions et de m'engager par-là à donner ma démission ; flatté d'une part, dénigré sans motif de l'autre, je me déterminai à abandonner mon poste, dans le seul espoir de trouver plus de repos. Je ne fus pas long-temps à m'apercevoir de l'effet contraire ; j'en fis part à M. Guérin : celui-ci me promit de voir M. Nicolas, médecin de l'Hôtel des Invalides à Avignon, afin de se concerter sur les moyens à employer pour trouver un soulagement à mes maux ; il me fut indiqué un rendez-vous chez M. Guérin, où les deux docteurs devaient se trouver. Je m'y rendis à l'heure. M. Nicolas me fit différentes questions sur ma maladie, son principe et sa cause. Je me hâtai de répondre : il me fit asseoir au milieu du salon, pied contre pied ; il se mit devant moi, sortit de la poche de sa culotte une petite baguette d'acier, qu'il passa en tous sens autour de mon corps sans me toucher, en prononçant ces mots : *Ah ! je vous tiens maintenant, vous n'y rentrerez plus.* Et s'adressant à moi : *Je viens de les extraire de votre corps, vous ne serez plus inquiété par elles, vous allez sous peu recouvrer la santé.* Il pria M. Guérin de me conduire au Jardin des Plantes pour me placer près d'un arbre utile à de nouvelles opérations et à ma guérison. J'acceptai volontiers sa proposition, et me rendis le lendemain chez lui. J'y trouvai M. Bouge père, qui m'y attendait. Nous nous rendîmes au lieu désigné ; nous trouvâmes M. Guérin, qui y était déjà arrivé. On chercha du côté du nord un arbre qui fût bien à découvert et susceptible d'être magnétisé. Ce que fit M. Nicolas, en prononçant quelques mots et agitant sa baguette. Cette opération finie, il me dit de prendre un verre d'eau, de m'asseoir sur un banc de bois qui était placé au pied de cet arbre, qui servait aux élèves de M. Guérin ; il me fit étendre mes jambes sur ce banc et appuyer le dos et la tête fortement contre cet arbre. Il trempa la baguette dans le verre d'eau et l'y laissa environ dix minutes, la retira, et m'engagea à boire l'eau qu'il contenait, et qui venait de recevoir la vertu de la baguette ; à peine fut-elle dans mon estomac, que je vomis extraordinairement. Les docteurs n'en furent pas surpris, ils s'attendaient que les moyens qu'ils venaient d'employer devaient nécessairement produire cet effet.

CHAPITRE XV.

Effets des conseils et de la baguette magique de M. Nicolas.

MM. Bouge et Guérin prirent congé de moi pour vaquer à leurs affaires, et je restai seul avec M. Nicolas, à-peu-près trois-quarts d'heure. La conversation roula sur différentes choses, ensuite sur la baguette : il me la présenta, et me demanda si je n'apercevais pas un petit point blanc à une des extrémités. Je lui dis que oui, quoique cela ne fût pas. Il me dit, avant de nous séparer, de faire faire une petite baguette semblable à la sienne et en acier, que je tiendrais renfermée dans un étui en ferblanc. M. Nicolas me fit promettre de me trouver le lendemain, avant le lever du soleil, sur le même lieu : il devait s'y trouver également. Je me rendis exactement au lieu indiqué, et peu d'instans après M. Nicolas vint me joindre ; il me fit asseoir où je l'étais la veille. Je repris la même position. Il prépara un verre d'eau ; et après y avoir trempé sa baguette, il m'invita de prendre le spécifique ; un quart-d'heure après, il me demanda si je ne voyais pas tomber quelques gouttes d'eau des feuilles de l'arbre auprès duquel nous étions. Je lui répondis qu'oui. Comment vous trouvez-vous maintenant ? Je me sens envie de vomir. Bientôt j'en ressentis les effets. Peu de temps après arriva M. Bouge, il demanda à M. Nicolas si les moyens qu'il avait employés avaient produit de bons effets ?— Mais, oui, répondit le docteur. La conversation s'engagea sur différentes choses, et particulièrement sur ces deux misérables femmes dont l'artifice diabolique, joint à celui d'autres esprits infernaux, fait le tourment de ma vie. Nous causâmes ainsi à-peu-près trois heures, et nous nous séparâmes après nous être promis de revenir le lendemain. J'allais chercher la baguette que M. Nicolas m'avait dit de me procurer. Je me retirai chez moi. A l'entrée de la nuit, je me mis au lit, où je reposai assez tranquillement. Le lendemain je me rendis au lieu indiqué, porteur de ma baguette et d'un verre. M. Nicolas vint me joindre peu de temps après, et me trouva dans la même attitude que celle qu'on m'avait indiquée les jours précédens. Je lui présentai ma baguette, il la trouva fort bien, et la magnétisa avec la sienne. Il m'invita de m'en servir. Je la plongeai dans mon verre d'eau, et un quart-d'heure après je bus l'eau qu'il contenait.

Nous nous sommes entretenus pendant quelque temps de l'agrément qu'offrait le jardin, de la variation des arbres et des plantes, et de leurs vertus; il me demanda si le remède avait agi efficacement. Je lui répondis qu'il avait agi au-delà de mes espérances, et que j'avais recouvré ma gaîté ordinaire. C'était le plus bel éloge que je pouvais faire de son talent. Il me dit de frapper avec la pointe de ma baguette, aussi long-temps que je le voudrais, l'arbre sur lequel je m'étais appuyé plusieurs fois, et de continuer tous les jours jusqu'à parfaite guérison. Il magnétisa également ma canne, et me recommanda expressément d'en frapper avec la pointe la terre partout où je passerais, en prononçant ces mots : *Coquines, vous souffrez maintenant!..* Il en fit de même avec sa baguette et sa canne, en proférant les mêmes mots; il m'invita de venir souvent visiter ce séjour délicieux où la nature déployait ses charmes. Il me fit part que sous peu je serais surpris d'un événement extraordinaire, et que pour cela je devais mettre sur ma table une écritoire et du papier sur lequel j'écrirais ces mots : *Au nom de Jésus-Christ vivant, que demandes-tu ?* Plusieurs jours se passèrent sans que rien se manifestât, j'aperçus seulement un objet que je ne puis définir, et qui se fit entendre dans mon appartement par un léger bourdonnement. Je soupçonnais que MM. Nicolas et Bouge étaient auteurs de cet événement. Des circonstances qui n'ont été connues que de moi, et que personne ne pouvait leur avoir communiquées, m'en ont donné par la suite l'assurance. J'allai me promener au jardin. Une partie de mes concitoyens avait été instruits de la magnétisation qui avait eu lieu dans le jardin, beaucoup s'y rendirent pour examiner l'arbre magnétisé, auprès duquel j'étais pour continuer les opérations que les médecins m'avaient ordonné de faire. Ma position excitait le plus vif intérêt. Plusieurs questions me furent adressées par les différentes personnes qui se promenaient dans ce jardin, lorsqu'on me vit faire usage de la baguette et de ma canne. Au milieu de nos colloques, arriva M. Guérin, accompagné de ses élèves, pour apprendre à ces derniers le nom des plantes, leur vertu, et le moyen de s'en servir dans les différentes maladies.

CHAPITRE XVI.

Consultation et changement de jardin.

En me voyant, M. Guérin parut surpris de mes exercices, il m'engagea à les abandonner, en me disant qu'ils me seraient plutôt nuisibles que salutaires, et que le conseil qu'il me donnait, était celui d'un homme qui s'intéresse au malheur. Je fus extraordinairement surpris de cette diversité dans les opinions des deux docteurs : l'un ordonne, et l'autre défend ; quelle conduite devais-je donc tenir ? Je fus alors chez quelques amis dans le courant de la journée et les jours suivans. Plusieurs d'entre eux, instruits déjà que je m'étais fait magnétiser dans l'espoir de trouver quelque soulagement à mes maux, me persuadèrent, au contraire, que ces moyens tenaient du sortilége et devaient nécessairement les augmenter. L'on vous abuse, prenez-y garde, me dirent-ils. Ces observations de leur part me jetèrent dans des réflexions plus cruelles les unes que les autres. Cependant je persistai et me rendis dans le jardin, à l'effet de continuer mes exercices, toujours dans cette aveugle confiance qu'ils seraient efficaces. Un dimanche, vers les deux heures de l'après-midi, étant assis près de l'arbre magnétisé, je sentis sur ma tête un poids qui augmentait par gradation et qui me devint insupportable. Je levai la tête pour en connaître la cause, rien ne me l'indiqua : j'entendis seulement un bruit qui sortait du corps de l'arbre. Cet événement inattendu m'indigna et me fit changer de résolution. Je pris mon chapeau, ma canne, ma baguette et mon verre, et me rendis de suite chez M. Nicolas; je lui témoignai mon mécontentement sur les moyens absurdes et diaboliques qu'il m'avait fait employer jusqu'alors pour parvenir à une entière guérison. Je lui fis part de l'événement extraordinaire qui venait de se passer auprès de l'arbre magnétisé, de l'effet qu'il avait produit sur moi, et de la résolution où j'étais de ne plus revenir à ce jardin. Il parut prendre quelque intérêt à mon récit, quoiqu'il feignît de ne pas y croire. Le ton pathétique qu'il employa pour me persuader du contraire, son sourire malin et sa figure hypocrite, réveillèrent mes soupçons : je lui en donnai la preuve ; mais craignant que les habitans d'Avignon fussent instruits de l'effet de cette magie infernale, il tâcha de me rassurer, et me promit de chercher un autre jardin dans lequel on ferait tout ce qui serait nécessaire pour y magnétiser un arbre, avec promesse qu'il ne m'arriverait rien, et nous nous séparâmes. Quelques jours après, je rencontrai M. Nicolas, il me donna l'assurance qu'il avait trouvé un jardin convenable. Je vis également M. Bouge : ce dernier me demanda si l'on s'était occupé de trouver un nouveau local ; sur l'assurance que je lui en donnai, il m'assigna le jour et l'heure à laquelle je devais me rendre chez M. Nicolas, où il se trouverait. Nous fûmes exacts l'un et l'autre au rendez-vous. Nous allâmes (autant que je puis m'en souvenir), chez M. Jouvin, dont la maison est située près du jardin, rue de l'Hospice, vis-à-vis de l'église des Pénitens bleus ou violets. Rendus à ce jardin, nous le parcourûmes. M. Nicolas choisit l'arbre le plus exposé au nord, et le magnétisa. L'on fit apporter des chaises, sur l'une desquelles on me fit prendre la même position que celle que j'avais prise à l'autre jardin. Je restai dans cette attitude une partie de la matinée. Je causai avec les personnes qui faisaient partie de notre société, mais plus particulièrement avec M. Nicolas et le propriétaire du jardin. Celui-ci me demanda comment je me trouvais. Je lui répondis : Assez bien. Mais il n'y avait pas assez de temps que le remède opérait, pour en ressentir l'efficacité ou la nullité. Il me témoigna le plus grand intérêt, et m'invita à venir me promener dans son jardin toutes les fois que cela pourrait me faire plaisir et que je le croirais utile à ma santé. Je lui en témpignai toute ma reconnaissance. Je laissai là ma société, mes grandes occupations m'appelaient ailleurs.

CHAPITRE XVII.

Nouvelles consultations. Conduite perfide des docteurs Bouge et Nicolas.

Le lendemain matin je me rendis au jardin que j'avais quitté la veille, et j'y pris la position indiquée. MM. Nicolas et Bouge ne tardèrent pas à me joindre. La conversation s'engagea bientôt sur divers objets. Plusieurs personnes qui se promenaient dans le jardin, s'approchèrent de nous et se mêlèrent dans nos discussions. Quelques-unes me demandèrent comment je me trouvais, et me témoignèrent le désir qu'elles auraient à voir terminer ma pénible maladie. Je leur répondis qu'il y avait du mieux, mais qu'il n'y avait pas encore assez de temps pour que le remède eût pu opérer. Les deux docteurs prirent congé de moi pour aller visiter leurs malades. Je restai encore trois-quarts d'heure. J'allai remercier le propriétaire des bontés qu'il avait pour moi, et je sortis pour me rendre chez M. Nicolas, auprès duquel je trouvai M. Bouge. Je demandai à ce dernier si je devais continuer les mêmes exercices : il me répondit qu'il le fallait encore pendant quelque temps, en ce qu'ils ne pouvaient qu'améliorer ma position. L'un d'eux avoua qu'il avait chez lui un cercle de dames magnétisées, l'autre lui répondit qu'il en avait magnétisé considérablement, et que cette application physique avait produit les plus grands effets. M. Nicolas dit à M. Bouge, en me regardant et en riant : J'ai envie de le faire danser avec l'ourse ou avec la grande ourse. M. Bouge fut surpris de cette proposition et lui en demanda le motif. Je le veux bien, répondit le docteur, c'est qu'il faut l'amuser. Ils continuèrent ainsi leurs différentes plaisanteries sur les effets physiques auxquels mes connaissances ne me permettaient pas de prendre part. Je pris congé d'eux, et me retirai pour me rendre chez moi. De là, j'allai faire quelques visites à mes anciennes connaissances, où j'étais toujours bien accueilli. Chacun s'empressait de s'informer de l'état de ma santé et de l'effet que produisaient sur moi les exercices magnétiques que les deux docteurs m'avaient ordonnés. Le vif intérêt qu'ils prenaient à moi, les égards que je croyais devoir à mes deux esculapes, tout m'engageait à répondre que j'allais de mieux en mieux, quoiqu'il n'y eût pas de changement et que mes persécutions fussent à-peu-près les mêmes.

CHAPITRE XVIII.

Plusieurs autres maléfices employés par mes ennemis.

Je quittai Avignon pour me rendre à Carpentras, où des affaires de famille me retinrent pendant l'espace d'un an. Mes ennemis employèrent pendant ce temps tous leurs moyens pour me rendre la vie insupportable ; ils imaginèrent de nouvelles épreuves. Des apparitions plus extraordinaires les unes que les autres se succédèrent : mes lecteurs vont en être surpris; ils peuvent y ajouter la plus grande foi : ce que je vais leur dire est un faible aperçu des tourmens qu'on éprouve quand on est poursuivi par les esprits diaboliques. J'avais dans ma chambre à coucher un violon et une guitare ; dès l'instant que je fus au lit pour chercher le repos si nécessaire à ma pénible existence, l'on pinça les cordes du violon ainsi que celles de la guitare, assez fort pour me priver du sommeil; mais je n'osai m'en plaindre, dans la crainte de troubler le repos des personnes qui n'étaient séparées de mon appartement que par une légère cloison. Quelques jours après, en me promenant à la campagne avec quelques amis, je me séparai d'eux un moment, pour jouir tranquillement de la beauté que m'offrait une vaste prairie au milieu de laquelle je m'étais placé pour admirer le coloris des fleurs produites par la simple nature, et dont l'éblouissant émail, qui me ravissait, produisait des effets magnifiques. A ce tableau se mêlait le doux ramage du rossignol et de la plaintive tourterelle, dont le roucoulement était en harmonie avec ma triste position : tout me faisait faire des réflexions sur la beauté de la nature et le pouvoir suprême du Tout-Puissant.

Il n'entrait point dans le plan des esprits infernaux, de laisser leur victime jouir du repos plus long-temps. Ils inventèrent de nouvelles persécutions. Les belles idées morales et religieuses qui m'avaient occupé un moment, n'étaient pas de leur goût. Tout-à-coup j'entends, à six pas de moi, une voix effrayante qui, semblable à celle d'une bête féroce, se dirige de mon côté. Ne sachant ce que tout cela m'annonçait, je jette par-tout mes regards; mais cette voix était enveloppée de l'ombre du mystère. L'effroi s'étant emparé de mon âme, je cherche vainement à rejoindre ma compagnie. Un souffle impétueux m'arrêtait de tous côtés et rendait mes pas incertains. Je cherchais des armes pour ma légitime défense, lorsque je vis devant moi deux pierres dont j'armai mes deux mains. Tout-à-coup le souffle cesse, et je m'empressai de rejoindre mes amis, auxquels je me gardai bien de faire part de ce qui venait de m'arriver, persuadé qu'ils n'y auraient pas ajouté foi. Malgré cet événement imprévu, je passai le reste de la journée dans la plus grande gaîté. De retour à Carpentras, je n'eus rien de plus empressé que d'écrire à M. Bouge, pour lui faire part de ce qui venait de m'arriver. Il m'exhorta, dans sa réponse, à la patience, et sur-tout au courage, en me disant qu'il fallait tout attendre du temps. Peu de jours après, je tombai malade. Dans cet intervalle, j'appris que mon oncle Berbiguier, résidant à Paris, était en procès avec une partie de sa famille. Je formai le dessein de venir l'y trouver, quoique je ne fusse pas entièrement remis, et malgré les instances réitérées de mon médecin et de ma famille, de ne pas me mettre en route dans l'état où je me trouvais ; mais je bravai tous les dangers, et je volai auprès d'un oncle que je chérissais ; il m'importait de prendre connaissance du procès, afin de le seconder dans les démarches qu'il avait à faire.

CHAPITRE XIX.

Mon voyage à Paris. Procès de mon Oncle. Mes soins pour en assurer le succès.

Les fatigues du voyage, ou ma convalescence, me procurèrent des enflures aux jambes, qui me mirent dans l'impossibilité de me présenter à mon oncle avant le deuxième jour de mon arrivée dans cette immense capitale. Je me présentai à lui, il me fit l'accueil le plus flatteur et me combla d'amitié. Je fus également bien reçu de madame son épouse ; l'un et l'autre me firent promettre de venir dîner le lendemain avec eux. Après avoir accepté leur invitation, je me retirai dans mon hôtel. Je ne manquai point de me rendre chez mon oncle à l'heure qu'il m'avait indiquée ; il me donna les plus grands détails sur son procès ainsi que sur les ridicules prétentions d'une partie de sa famille. Je ne fus pas long-temps à me convaincre combien elles étaient injustes. Je lui témoignai la part que je prenais à une attaque aussi scandaleuse. Je lui offris mes conseils et mes services. Mon inviolable attachement pour lui n'était pas équivoque : il ne fut pas long-temps à s'en apercevoir, et bientôt il m'en donna des preuves. Il voulut savoir où était mon appartement, je le lui indiquai : il le trouva beaucoup trop éloigné ; et désirant me rapprocher de lui, il me fit part qu'il était lié d'amitié avec M. Rigal, tenant alors l'hôtel Mazarin, rue Mazarine, n°. 54, lequel devait venir passer la veillée chez lui, et avec qui il voulait que je fisse connaissance. En effet, M. Rigal ne manqua pas de s'y rendre ; et, lorsque la conversation fut entamée, mon oncle lui demanda s'il n'avait pas un logement pour moi dans son hôtel, vu que celui que j'occupais était beaucoup trop éloigné de lui, et qu'il était bien aise de me voir souvent. M. Rigal s'empressa de satisfaire à son désir, et il resta convenu avec ce dernier, qu'en nous retirant tous les deux, je prendrais connaissance du logement qu'il se proposait de me donner, pour savoir s'il me conviendrait. Nous prîmes congé de mon oncle et de son épouse. J'allai voir le logement de M. Rigal, et nous restâmes d'accord que je viendrais l'occuper le lendemain. Après avoir rempli cette promesse, j'allai en faire part à mon oncle, il m'en témoigna sa satisfaction. Son air rêveur et mélancolique m'affligea et me fit craindre pour ses jours. J'employai tous les moyens pour le distraire des chagrins que lui causait son injuste procès ; il faisait le tourment de sa vie. Mes prévenances, mes conseils, calmèrent sa position. Il me pria d'écrire à ceux de ses parens qui n'avaient pris aucune part à l'attaque. Deux seulement daignèrent répondre; mais les expressions outrageantes que contenaient leurs lettres étaient faites pour exciter mon courroux. Cette conduite de leur part me détermina, à l'insu de mon oncle, à faire un mémoire que j'adressai au gouvernement, en 1813, pour l'instruire des imputations calomnieuses que des parens avides avaient dirigées contre lui. Ce mémoire produisit tout l'effet que j'avais lieu d'en attendre. Peu de temps après, un jugement fut rendu en sa faveur. Cette cause avait attiré beaucoup de monde au tribunal : on était impatient d'en connaître le résultat, le public fut bientôt satisfait. M. le procureur-impérial, ainsi qu'on le nommait alors, fit son réquisitoire, il donnait gain de cause à mon oncle ; et M. le président, dans un résumé éloquent, rempli de la plus saine morale, fit ressortir les vertus du respectable vieillard, âgé de quatre-vingt-cinq ans, que des parens impatiens de jouir de sa fortune voulaient faire déclarer en démence et frapper de nullité, pour pouvoir, avant sa mort, se partager ses dépouilles. Il rappela avec une grande force d'éloquence le devoir des parens envers ceux dont ils attendent le bien : ils doivent, dit-il, l'attendre de la reconnaissance, plutôt que de montrer une impatience criminelle pour en jouir. Ce discours produisit une impression vive et touchante sur tout l'auditoire. Chacun désirait de connaître ce respectable vieillard et le féliciter de sa victoire. (Le discours de cet éloquent magistrat, ainsi que celui du procureur-impérial, se trouveront au nombre des pièces justificatives, s'il est possible de se les procurer avant l'impression des pièces qui feront suite à mon ouvrage.) Je me rendis aussitôt chez mon oncle, pour lui faire part de la justice qu'on venait de lui rendre, par le gain de son procès, et des moyens que j'avais employés pour en obtenir le succès. Je fus le seul de sa famille qui se réunît à lui pour combattre les injustes prétentions de ses adversaires. Il fallait les lui annoncer. Je craignais que la joie qu'il en ressentirait, ne fît sur lui une trop grande impression; mais, assuré de la justice de sa cause, il attendait avec sécurité et confiance l'arrêt que devait prononcer le tribunal dans une attaque aussi injuste. Il fut extrêmement sensible aux peines et soins que je m'étais donnés; et convaincu de mon attachement pour lui, il me fit part de ses dernières volontés, en présence de son épouse, de sa nièce et de plusieurs autres personnes qui, dans ce moment, se trouvaient chez lui. La conduite de sa famille avait été révoltante à son égard, elle ne pouvait trouver grâce auprès de lui; tous ses parens y avaient pris, soit directement, soit indirectement, une part criminelle, en voulant, contre sa volonté, s'immiscer dans la jouissance de sa fortune. Apprenez, me dit-il, qu'elle vous appartient après mon décès, parce que vous en ferez un noble usage, et que vous soutiendrez dignement le nom des Berbiguier. Vous ne le souillerez pas par des prétentions réprouvées. En effet, j'avais trouvé celles de mes parens injustes ; mon seul attachement pour mon oncle m'avait, sans aucun motif d'intérêt, imposé le devoir de combattre ses ennemis, sans cependant les trahir. J'implorai la clémence de mon oncle en leur faveur. Je le sollicitai pour les faire participer à ses bienfaits ; mais la plaie était trop fraîche pour qu'il revînt de la résolution qu'il avait prise contre eux. Il me fit part de ses dispositions qu'il voulait de suite mettre à exécution ; et il m'invita, à cet effet, de me rendre chez lui le lendemain, et qu'alors il me communiquerait sa dernière résolution. Mais les choses restèrent en cet état pendant plus de six mois. La veille de sa mort, j'avais pris congé de lui, en réfléchissant aux moyens que je pourrais employer pour le faire revenir de sa résolution envers ses parens. A huit heures du soir, mon oncle persistait encore à vouloir me nommer son héritier universel ; depuis le jugement du procès jusqu'au moment de sa maladie surprenante, il n'avait jamais eu d'autre intention.

CHAPITRE XX.

Mort de mon Oncle.

Le lendemain, j'étais encore à midi dans mon appartement, et je me disposais à me rendre chez mon oncle, lorsque je vis entrer la nièce de son épouse, qui me dit d'un ton alarmant de me rendre de suite chez lui. Vîte, vîte, me dit-elle.

Tout me faisait craindre quelque funeste événement, je sortis aussitôt. Arrivé chez mon oncle, madame Berbiguier me fit monter dans son appartement, où je le trouvai dans un état désespérant : je lui fis plusieurs questions, qui restèrent sans réponse. J'en fus d'autant plus étonné, que la veille il m'avait fait des protestations d'amitié, et que je l'avais laissé en bonne santé. J'interrogeai Madame ; elle me répondit qu'à son lever elle avait été dans l'appartement de son époux, et qu'elle l'avait trouvé dans cette situation ; qu'elle avait fait de suite appeler son médecin, et que les remèdes qu'il avait ordonnés lui avaient été administrés sans qu'ils eussent produit aucun effet; que sa respiration devenait de plus en plus pénible et provoquait une toux qui ne lui permettait pas d'articuler un seul mot. Le docteur, qui connaissait mieux que nous sa position, ne tarda pas à revenir auprès de lui. Je m'empressai de lui faire plusieurs questions auxquelles il répondit d'une manière peu satisfaisante; il se contenta de dire que c'était sa maladie ordinaire, mais qu'elle prenait un caractère alarmant. Il fallait redoubler de soins : mon devoir était de ne plus quitter mon oncle, je devais le servir jusqu'à son dernier moment. Le docteur fut bientôt convaincu de tout mon attachement pour lui : il employa tout son art pour diminuer mon affliction; mais, vaines espérances ! après avoir usé des remèdes temporels, il fallut en venir aux spirituels. Je n'étais pas connu des ministres de l'église paroissiale de Saint-Sulpice, dont mon oncle était un des fidèles, je priai M. le docteur de m'y accompagner pour réclamer les secours spirituels. Un des vicaires ne tarda pas à venir le voir. Il lui parla, mais inutilement; il n'était plus en son pouvoir d'articuler un seul mot : il lui administra les secours que sa situation permettait de lui donner, et il se retira.

Madame Comaille, sa nièce, ainsi qu'une

autre dame, qui ne venaient pas ordinairement chez mon oncle, se présentèrent pour demander des nouvelles de son état, qui ne donnait pas beaucoup d'espérance; elles m'offrirent leurs services, elles lui prodiguèrent tous leurs soins, mais inutilement. L'arrêt du grand Juge était prononcé, et rien ne pouvait en retarder l'exécution. Le jour de cette cruelle séparation arriva. Ce tableau est sans cesse dans mon souvenir. Oncle respectable que je chérissais, tu faisais le bonheur de ma vie ! Puisse le ciel, la religion que tu servais si bien, t'avoir conduit au bonheur éternel !...

Vingt-quatre heures après son décès, le cortége funéraire vint enlever le corps. Je l'accompagnai jusqu'au cimetière. La Providence me réserva le plaisir de pouvoir contempler pendant vingt-quatre heures la caisse qui renfermait le corps inanimé de cet oncle chéri. La fosse qui devait le recevoir n'était pas faite, elle ne le fut que le lendemain. Je me rendis sur le lieu, et je fis déclouer cette caisse pour m'assurer si c'était bien le corps de mon oncle qu'elle renfermait. Je lui fis mes derniers adieux. Je me prosternai avec toute la ferveur que m'inspirait cette douloureuse et pénible séparation, et j'implorai pour lui la grâce du Tout-Puissant.

Je me rendis ensuite chez la veuve, je lui fis part de ce que je venais de faire, et du dernier devoir que j'avais rendu à mon digne protecteur : mon affliction lui était un sûr garant de mon sincère regret. Je pris congé d'elle pour me rendre chez moi : j'avais un besoin pressant de prendre du repos, toujours en réfléchissant à la perte que je venais de faire.

CHAPITRE XXI.

Conduite des parens, et ce qui s'ensuivit.

Peu de temps après la levée des scellés en présence des parens et des procureurs fondés des absens, nous fûmes extraordinairement surpris de ne pas trouver l'argent ou les effets que nous avions tout lieu d'espérer, d'après la fortune présumée de mon oncle. Chacun murmura, des soupçons se manifestèrent. Je cessai de voir la veuve, et je ne communiquai avec elle que lorsque le cas l'exigeait. Ce n'était point l'intérêt qui en était le motif: j'en avais donné des preuves, lorsque mon oncle voulait me faire donation de sa fortune, à laquelle je ne voulais prétendre qu'au préalable il n'y fît participer ses autres parens. Ceux-ci attaquèrent le testament du défunt. Le juge-de-paix intervint comme conciliateur, et pria les réclamans de lui faire part de leurs prétentions, espérant parvenir à un arrangement qui pourrait convenir à tous les parens, et à les réunir d'estime et d'amitié. Toutes ses propositions furent sans effet, ils persistèrent dans leur première résolution. La perte que je venais de faire avait si extraordinairement attaqué ma santé, que j'étais devenu méconnaissable ; j'avais besoin de repos. Les prétentions des parens, le désir d'arrêter une procédure scandaleuse et ridicule sous tous les rapports, fit qu'on leur proposa une somme d'argent qu'ils refusèrent, et l'affaire fut portée devant les tribunaux. Ce n'était point cela seulement qui contribuait à me rendre la vie insupportable, c'était encore les moyens que ne cessent d'employer contre moi les magiciens et sorciers. Eloigné que je suis de cent soixante lieues de mon pays, où les esprits infernaux ont commencé à diriger contre moi leurs attaques diaboliques, je ne puis les éviter, ni espérer de m'en délivrer. Je m'étais persuadé que l'éloignement affaiblirait leur pouvoir ; mais je n'ai pas tardé à me convaincre du contraire, par les souffrances qu'ils ne cessent de me faire endurer. Je voyais quelques personnes qui s'intéressaient à moi, je leur fis part de mes persécutions; elles me témoignèrent l'intérêt qu'elles prenaient à ma position, et elles me conseillèrent de consulter M. Moreau, physicien célèbre dans cette science. Je pris la résolution d'aller chez lui. Il me donna audience et m'invita à revenir le lendemain. J'y vins à l'heure convenue. Arrivé, il me fit entrer dans son cabinet et me pria de lui faire part du motif de mes inquiétudes et de mes persécutions, et particulièrement des causes qui pouvaient les avoir provoquées. L'intérêt qu'il parut prendre à ma situation m'inspira de la confiance, et je me vis forcé de répondre à ses pressantes sollicitations. Je lui donnai connaissance du commencement de mes malheurs, des moyens employés par mes ennemis, et de mon étonnement de ce que, quoiqu'éloigné de cent soixante lieues de ma résidence habituelle, ils conservaient sur moi la même influence. M. Moreau me répondit qu'il ne trouvait rien d'extraordinaire dans cela; que ses vastes connaissances en physique, et différentes expériences diaboliques qui l'avaient, dans certaines circonstances, fait admettre dans cette société, l'avaient initié dans tous ses mystères; que cette société avait une correspondance générale, et que sa puissance s'étendait sur tout le globe terrestre; que, participant à ce pouvoir, il avait celui de me soustraire à mes persécuteurs; mais que, pour y parvenir, je devais me soumettre à sa toute-puissance. Pour sortir de mon pénible état, j'aurais fait toutes sortes de sacrifices; mais, réflexion faite, tout m'éloignait de ce qu'il voulait exiger de moi. Je me disais que c'était à Dieu seul que j'appartenais, que je devais tout souffrir plutôt que de m'exposer à ne plus mériter sa grâce divine; que l'expérience du passé et la religion même me défendaient d'approuver sa proposition : il me répondit que mon obstination ferait mon malheur, et que rien ne pouvait me soustraire à mes ennemis; qu'ils me poursuivraient jusqu'au bout du monde. Cette réponse m'affecta extraordinairement. Je lui payai deux visites que je lui avais faites pour le consulter, dans la persuasion que je trouverais avec lui quelque soulagement; mais en le quittant, je fus convaincu que je venais, malheureusement pour mon repos, de me faire un ennemi de plus qui me poursuivrait jusqu'au dernier retranchement. En effet, il se réunit avec ceux d'Avignon, et il ne tarda pas à s'introduire dans mon appartement, la nuit et le jour, sous des formes invisibles, pour exercer sur moi toute sa vengeance et me faire éprouver les plus cruels tourmens.

CHAPITRE XXII.

Je fais connaissance d'une autre magicienne aussi perfide que celles qui l'avaient précédée.

Quelque temps après, je fis connaissance de deux dames, la mère et la fille, logées dans l'hôtel Mazarin, où j'avais conservé mon appartement. La mère me pria d'accompagner sa fille chez madame Vandeval. Rendu chez cette dernière, cette demoiselle la pria de lui tirer les cartes. Pendant le temps de cette jonglerie, la sybille avait les yeux fixés sur moi. Mon air pensif et rêveur provoqua sa curiosité, et elle m'en demanda le motif, en m'engageant à me laisser faire le jeu des cartes; qu'elle espérait trouver la cause de mes inquiétudes et m'en indiquer le remède. Je consentis à cette opération. Elle me dit que plusieurs hommes s'étaient réunis pour me faire beaucoup de mal; mais qu'il en était un, en ce moment, qui m'inquiétait davantage, et qui me tourmenterait toujours. Personne mieux que moi ne pouvait être convaincu des vérités qu'elle me disait. Je lui demandai si elle pourrait me dire, aidée de ses opérations magiques, si je serais toujours malheureux. Elle me répondit que non; que, si je le voulais, elle me guérirait des maux présens et à venir, et que je pouvais moi-même faire le remède. Quoique trompé déjà plusieurs fois par de semblables personnages, je crus à ce qu'elle me conseilla. Il faut, me dit-elle, acheter une chandelle de suif chez la première marchande dont la boutique aura deux issues, et avoir attention, en payant, de vous faire rendre sur une pièce de la monnaie dans laquelle se trouveraient deux deniers. Elle m'observa de sortir ensuite par la porte opposée à celle par laquelle je serais entré, et de jeter en l'air les deux deniers; ce que je fis. Je fus grandement surpris d'entendre le son de deux écus, au lieu de celui des deux deniers. L'usage qu'elle me dit de faire de la chandelle, fut d'allumer d'abord mon feu, et de jeter dedans du sel, d'envelopper ensuite la chandelle avec du papier sur lequel j'aurais écrit le nom de la première personne qui m'a persécuté; que je piquerais ce papier dans tous les sens; et qu'après l'avoir fixé à ladite chandelle avec une épingle, je la laisserais brûler jusqu'à extinction. Aussitôt que j'eus exécuté ce que cette devineresse m'avait ordonné, ayant eu auparavant la précaution de m'armer d'un couteau en cas d'attaque, j'entendis un bruit effroyable dans le tuyau de ma cheminée; et quoiqu'elle m'eût prévenue de l'effet que cela pouvait produire, je n'en fus pas moins épouvanté. Je me persuadai bientôt que, malgré ma vive résistance, j'étais au pouvoir du magicien Moreau, à qui ses collègues avaient délégué leurs pouvoirs; qu'il s'était ainsi introduit d'une manière invisible dans mon appartement, pour exercer contre moi toute sa vengeance, en raison du refus que je lui avais déjà fait, et de l'efficacité du remède que je venais d'employer; le bourdonnement qui se manifestait dans mon appartement m'en donnait l'assurance. Un physicien infernal participait à mes maux, et une sybille magicienne les adoucissait. Je passai ainsi la nuit à alimenter le feu, en y jetant de grosses poignées de sel et de soufre, afin de prolonger le supplice de mes ennemis.

Le lendemain, je dis à madame Vandeval qu'ayant mis à exécution ses conseils, leurs résultats m'avaient inspiré la plus grande confiance; elle en fut satisfaite. Elle me dit en souriant, que si je voulais tuer M. Moreau et sa suite, je n'avais qu'à continuer ce que j'avais fait la nuit précédente, et à jeter dans le feu la même quantité de sel. Ma réponse fut que je me contentais de les faire souffrir autant qu'ils me faisaient souffrir moi-même. Elle approuva ma résolution, et m'engagea à continuer pendant neuf jours la même opération de jeter au feu le sel et de la chandelle toujours enveloppée d'un papier sur lequel j'aurais écrit le nom d'un de mes persécuteurs, après l'avoir piqué dans tous les sens, et de la laisser ainsi brûler jusqu'à extinction. Je fis part à madame Vandeval de ma crainte que le son des deux deniers jetés en l'air, en tombant par terre, ne fût le même que celui des deux premiers, et que dans ce moment quelque passant, entendant ce même son, ne fût tenté de les ramasser et de les garder; que si, au contraire, je les jetais dans la rivière, j'aurais alors l'assurance qu'ils ne seraient pas relevés, et que par cette précaution j'aurais payé mes ennemis de leurs forfaits. Madame Vandeval goûta mes observations, et m'autorisa à les jeter dans la rivière, observant que le résultat en serait le même. J'entrai avec elle dans d'autres détails, sur lesquels elle me rassura: elle m'engagea à la patience, et sur-tout au courage, m'assurant que sous peu de jours je ressentirais les bienfaits de ses conseils : elle me tira les cartes, et elle se fortifia dans l'assurance que mes ennemis souffraient beaucoup de mes opérations, malgré tous les moyens que les esprits infernaux leur faisaient employer pour vaincre toutes les attaques que je leur opposais ; mais qu'ils succomberaient. Elle me parla de la succession de mon oncle, elle croyait qu'elle était cause en partie de mon humeur sombre et mélancolique ; que j'aurais dû exécuter ses volontés, lorsqu'il voulait me nommer son héritier universel. M. Moreau m'avait tenu le même langage. C'est par cette réunion des vérités qui m'ont été annoncées par tous ces personnages, que je me suis convaincu de leur association avec les esprits infernaux pour tourmenter les humains. Je répondis à madame Vandeval que l'intérêt n'avait jamais dirigé mes actions, mais bien l'honneur et la justice ; que cette marche ne conduisait pas toujours au bonheur terrestre, que je dédaignais, n'ayant jamais ambitionné que le bonheur céleste; que je laissais tout à la volonté de la divine Providence. J'étais extrêmement impatient de savoir si, après le temps que m'avait fixé madame Vandeval, je serais débarrassé de mes persécuteurs, et si je reprendrais ma liberté première. Vaine espérance ! tout était déchaîné contre moi : l'intérêt que cette dernière paraissait prendre à ma situation n'était chez elle que perfidie ; elle avait mis tout en œuvre pour m'inspirer de la confiance, afin de me tromper avec plus de facilité. Devais-je m'attendre à des bienfaits de la part d'une femme réprouvée de Dieu ? Que faire lorsque tout m'abandonnait ? Je ne pouvais trouver de consolation que dans les bras de l'Eglise, dans un Dieu juste et miséricordieux que j'aurais toujours dû consulter dans toutes mes actions.

CHAPITRE XXIII.

Consolation à mes maux apportée par les Ministres de la Religion.

Je faisais souvent de justes réflexions, lorsque, passant un soir devant Saint-Roch, j'aperçus l'intérieur de l'église éclairé, un grand nombre de fidèles rassemblés, et beaucoup d'autres qui se réunissaient à eux : cela piqua ma curiosité et me détermina à demander à une dame quel était le motif de cette réunion. Elle me répondit que c'était la conférence qui a lieu ordinairement tous les ans pendant le carême. Je m'empressai de me placer aussi près que possible du ministre qui devait par sa morale indiquer à son auditoire le chemin du bonheur. Son discours et son exhortation produisirent sur mon âme un effet salutaire. Ses conseils contrastaient extraordinairement avec ceux que j'avais déjà reçus des gens qui, sous le masque de l'amitié, avaient fait jusqu'ici mon malheur. Je pris alors la résolution de suivre cet exercice religieux jusqu'à Pâques. A cette époque je me préparai à communier, mais il fallait m'en rendre digne. Je fus trouver un prêtre de ma paroisse, et le priai de me confesser; il voulut bien satisfaire à mes désirs. J'entrai dans différens détails relatifs aux événemens malheureux de ma vie; je le suppliai de m'indiquer des moyens pour adoucir mes maux et me délivrer des malins esprits. Le bon prêtre, qui ne voulait pas me bercer par de vaines promesses et tergiverser avec ses devoirs, m'adressa au grand-pénitencier de l'église métropolitaine de Paris. Je ne tardai pas à me présenter à lui. Après m'avoir entendu, il m'adressa à M. le grand-vicaire. Rendu chez ce dernier, je lui exposai le motif de mes démarches et des événemens qui en sont les funestes causes. Il m'écouta jusqu'au bout et me témoigna tout l'intérêt qu'il prenait à moi ; mais il me dit qu'il ne pouvait rien faire à cela : il me conseilla de me jeter dans les bras d'un bon prêtre, et d'espérer tout de la bonté de Dieu. Cette réponse n'était pas entièrement satisfaisante, et je me retirai. Quoi ! me disais-je, je serai constamment la proie de mes ennemis, et je ne trouverai jamais aucun moyen de m'en délivrer ? Abandonné, comme un réprouvé, de la nature entière, mille réflexions plus noires les unes que les autres s'emparèrent de moi et me livrèrent au plus cruel désespoir. Les mauvais génies profitant alors de ma situation, me tourmentèrent encore si violemment, que je fus vivement tenté de me jeter dans la rivière, et c'était à quoi ils voulaient m'entraîner ; mais la Providence ne m'abandonna pas, elle vint à mon secours et me donna la force de revenir à moi :

Je m'aperçus bientôt que ce n'était qu'une inspiration diabolique que les mauvais esprits font ressentir à tous ceux qui se donnent eux-mêmes la mort, soit en se jetant dans la rivière, soit par tout autre moyen non moins criminel. Le calme revint dans mon âme, et je me sentis alors soulagé de tous mes maux. Ah ! Seigneur, que les conseils de tes ministres sont salutaires, et combien ceux des esprits infernaux sont pernicieux !

Je fus à l'Abbaye Saint-Germain revoir mon confesseur, lui faire part de l'entretien que j'avais eu avec le grand-viciare de Notre-Dame, et du peu d'espérance que j'en avais obtenu ; il en fut surpris, et me conseilla de me présenter une seconde fois chez le grand-pénitencier, que ma cause était de sa compétence. Je me rendis donc chez lui, et je lui fis l'historique des événemens que j'avais éprouvés, et de ceux que j'éprouvais encore. Il m'invita de venir souvent le voir, afin de connaître à fond ma maladie, et de chercher un remède salutaire à ma guérison, et, en attendant, de prendre patience et de faire des invocations au Tout-Puissant, de lui demander pardon des fautes que je pouvais avoir commises ; qu'étant tout miséricordieux, et mes maux n'étant peut-être que des épreuves pour assurer mon salut, je devais les supporter avec résignation ; que le Dieu de bonté ne m'abandonnerait pas, et qu'il m'offrirait dans le Saint Sacrifice de la messe. Je pris congé de lui, en lui témoignant combien j'étais sensible à ses honnêtes procédés, combien ses conseils étaient efficaces, et combien toutes ses consolations étaient nécessaires pour me rendre le repos.

CHAPITRE XXIV.

Ouverture du Testament de mon oncle. Mes sacrifices pour éviter un procès.

Du vivant de mon oncle un procès avait été intenté contre lui, par ses parens, pour le faire déclarer en démence, incapable de gérer ses affaires, et hors d'état de pouvoir disposer de ses biens par des actes légaux, dans l'intention de se partager sa fortune.

L'affaire fut portée au tribunal d'appel. Je plaidai moi-même la cause de mon respectable oncle, et je remportai une victoire complète, comme je l'ai dit, en citant la plaidoirie de M. le procureur-impérial, et l'éloquent discours de M. le premier président, lors du prononcé du jugement.

Après la levée du scellé, on fit l'ouverture du testament, dans lequel la volonté de mon oncle était légalement consignée d'une manière claire et précise; mais rien ne pouvait faire revenir les parens de leur première prétention. C'était à sa fortune qu'ils en voulaient, leur but ne tendait que là ; leur avidité se montrait sans déguisement. Ils appelèrent du jugement du tribunal de première instance ; et quoique persuadé qu'ils ne seraient pas plus heureux dans leur appel, toujours désintéressé moi-même, et désirant en voir la fin, je leur fis proposer des moyens de conciliation, par des hommes de lois, qui louèrent ma générosité. Des propositions leur furent faites ; elles étaient acceptées par les uns et refusées par les autres. Fatigué de tant d'obstination, ainsi que les personnes que j'avais employées pour terminer cette affaire, j'en fis part à madame Berbiguier, et lui dis que j'étais prêt à faire de nouveaux sacrifices pour voir la fin de nos discussions et acheter ma tranquillité. La veuve adhéra à cette proposition, et nous promîmes de nous rendre le lendemain chez le notaire pour y passer une transaction. Accablé par mes réflexions, je parcourais l'appartement de mon oncle ; mes yeux le cherchaient de tous côtés, mais je ne le voyais plus, je n'entendais plus ses sages conseils. J'étais dans un tel affaissement, qu'étant rendu chez moi, je gardai le lit pendant quatre jours. Mes forces m'avaient entièrement abandonné, au point que je n'étais pas encore remis, lorsque je fus chez le notaire, où je m'étais pour ainsi dire traîné. Je mis trois heures pour me rendre à pied de la rue Mazarine chez le notaire, logé près du Palais-Royal. M. le notaire fut surpris de me voir; mais il le fut encore plus lorsqu'il apprit tous les sacrifices que je voulais faire. Il m'observa que, d'après l'avis de mon avocat, ces sacrifices étaient trop forts. Je lui répondis que j'étais sensible à l'intérêt que lui et mon avocat prenaient à moi; mais qu'ayant toujours dédaigné la fortune, je ne faisais jamais rien pour elle; que mes besoins se bornaient à bien peu de chose; que j'étais, au contraire, très-envieux de mon repos et du bonheur à venir; que je méprisais les richesses de ce monde. D'après cette résolution bien prononcée, la transaction devait se passer avec tous les cohéritiers des biens de mon oncle, ainsi que nous en étions convenus avec la veuve, et elle fut par nous deux signée. Cette convention entre la veuve et moi devait amener au même résultat tous les prétendans : en conséquence, je priai M. le notaire de faire part de cette décision à ceux qui se trouvaient présens, et d'écrire aux avocats des absens, afin de les réunir. Tous se rendirent en effet; mais les fondés de pouvoirs des absens ne se croyaient pas assez autorisés pour adhérer à toutes les propositions qui furent faites, sans en prévenir leurs commettans; ce qui entraîna des longueurs fatigantes pour moi ; et malgré les difficultés qui se succédaient les unes aux autres, cette pénible affaire se termina à la fin de décembre 1816. Je m'empressai d'en faire part à mon avocat, qui parut fâché de ce que tout avait été fait sans en avoir été prévenu, improuvant sur-tout les grands sacrifices que j'avais faits ; mais il n'avait pas éprouvé les maux que m'avait occasionnés l'existence de ce procès, il eût alors, tout comme moi, terminé bien vîte. Je le priai instamment de vouloir bien faire payer à chacun des parens ce qui leur revenait d'après la transaction. Plusieurs d'entre eux attendaient avec impatience cette répartition : elle produisit sur eux un effet particulier ; ils vinrent me rendre visite, et me témoignèrent leur surprise sur mon désintéressement ; mais ils furent convaincus que je préférais mon repos à mes intérêts. Je venais de me rendre tranquille de ce côté, mais je ne le fus pas plus de celui de mes ennemis. La féroce Vandeval ne me perdait pas de vue ni le jour, ni la nuit ; elle employait contre moi tous les pouvoirs qui lui avaient été donnés par les esprits infernaux pour me faire souffrir. Je m'en plaignis à M. le grand-pénitencier de Notre-Dame, qui en parut très-étonné. Il me témoigna tout l'intérêt qu'il prenait à ma situation : je lui donnai également des détails sur les tourmens que j'éprouvais de la part de mes ennemis de Carpentras et d'Avignon. Il ne savait que penser de la ténacité de ces monstres odieux : tantôt il craignait que cela ne fût provoqué que par un bouleversement général des humeurs. Il m'adressa à M. Pinel père, médecin en chef à la Salpêtrière.

CHAPITRE XXV.

Consultation de M. Pinel.

Le 24 avril 1816, je me rendis chez M. Pinel, sur l'indication que l'on m'en avait donnée; mais il logeait alors rue des Postes, près l'Estrapade, n°. 12. Rendu chez lui, sa domestique m'introduisit. Je lui dis que je me présentais à lui de la part du grand-pénitencier de Notre-Dame, qui m'avait fait espérer que je trouverais quelque soulagement à mes maux. Je lui fis alors l'exposé de leur commencement, des lieux où les malins esprits avaient exercé sur moi leurs pouvoirs et leur haine. Après m'avoir entendu avec la plus grande attention, ce docteur me répondit que les maladies de cette nature étaient de sa connaissance; qu'il avait déjà traité plusieurs personnes qui en étaient attaquées, et qu'il les avait guéries radicalement; que je pouvais assurer, de sa part, M. le grand-pénitencier, qu'il me guérirait également. Cette promesse avait déjà porté la joie dans mon cœur. Nous étions aux approches du mois de mai, il m'ordonna de prendre huit bains pendant ce mois. Je lui avais dénoncé M. Moreau et la femme Vandeval comme mes plus cruels ennemis. Il me promit de les voir le soir même, et de savoir tout ce qu'ils faisaient chez moi, et il m'engagea de venir le lendemain chez lui, dans la matinée : je le lui promis. Mais je devais, avant tout, rendre compte à M. le grand-pénitencier de la conférence que j'avais eue avec le docteur, ainsi que des promesses qu'il m'avait faites. Ce respectable ministre en parut très-satisfait, et se félicita de m'y avoir envoyé. M. le docteur m'avait demandé si lorsque je me plaignais des souffrances que l'on me faisait éprouver, je voyais des animaux? Je lui répondis que non, que c'était un bruit qui se faisait entendre sous mon traversin, ou des attouchemens sur moi quand j'étais au lit. Alors il se mit à rire, en me disant que ce n'était rien et qu'il y mettrait ordre. Je restai toute cette journée à réfléchir sur les demandes et réponses faites de part et d'autre dans cette entrevue avec le docteur. Je me dis, le soir, en me retirant : Je dois me coucher, cette conversation me rassure et j'ai espoir de retrouver le repos. Etant au lit, je sentis, sur les minuit, un attouchement et un travail particulier : je ne dis rien, je laissai faire et pris patience jusqu'à la fin. Je m'abandonnais à bien des réflexions sur les promesses de M. Pinel, et je me flattais d'obtenir bientôt un changement favorable. Après mon lever je me rendis de suite chez le docteur ; sa domestique me dit qu'il était parti pour sa campagne, et qu'il ne serait de retour que le lendemain à midi ; qu'alors seulement je pourrais le voir. J'avais envie, en l'absence de M. Pinel, de voir M. le grand-pénitencier, pour lui faire part de ce que j'avais éprouvé la nuit ; mais je pensai que ses momens pouvaient être employés plus utilement pour lui, et je changeai de résolution. Je me rendis chez M. le docteur à l'heure que m'avait indiquée la domestique : je le trouvai effectivement et lui fis part de ce que j'avais enduré la nuit dernière ; je le priai de vouloir bien me délivrer du pouvoir de mes ennemis. Je ne lui cachai point que les épreuves faites sur moi les deux nuits précédentes me faisaient croire qu'il n'était point étranger à toutes ces menées, et que je le priais très-instamment d'employer son art, et sur-tout ses liaisons avec les farfadets, à mon entière guérison. Il sourit à ces observations qui le blessaient peut-être, et m'engagea à prendre les bains qu'il m'avait ordonnés, m'ajoutant que j'en ressentirais bientôt les heureux effets. Ma réponse fut celle d'un homme qui ne dévie jamais du droit chemin, quoiqu'il prenne conseil des individus qu'il croit être utiles à sa guérison, et qui trop souvent abusent de sa crédulité. Il doit tout espérer, celui qui n'a jamais cessé d'implorer la Providence! Je pris congé de M. Pinel. Je m'attendais, d'après les explications franches que je venais de lui faire, et d'après les assurances qu'il m'avait données, d'obtenir quelque amélioration à mes persécutions; mais ce fut en vain. Qu'attendre de créatures qui ne respirent que vengeances et ne se réjouissent que du mal qu'elles peuvent faire! Je m'aperçus donc bientôt que le docteur ne valait pas mieux que la Vandeval; qu'il était de la même société et agissait de concert avec elle. J'allai faire part au grand-pénitencier du peu de confiance que le docteur m'inspirait d'après tous les maux que j'éprouvais, ne trouvant pas plus de repos pendant la nuit, et ma position étant toujours pire. Ce bon prêtre, qui ne croit que le bien, et non le mal, m'engagea à suivre exactement ses ordonnances ; alors je l'instruisis des quatre apparitions dont j'ai déjà parlé, et j'entrai là-dessus dans les plus grands détails. Il me recommanda d'avoir constamment recours à la divine Providence, et de me rendre de sa part chez M. Audry, docteur en médecine, rue du Temple, n° 118. Après lui avoir témoigné combien j'étais sensible à l'intérêt qu'il prenait à moi, je me rendis de suite chez le docteur, à qui je fis le récit fidèle de tout ce que j'avais éprouvé depuis l'origine de mes souffrances, jusqu'au moment de ma visite ; je lui fis connaître les noms de ceux que je croyais être les auteurs de mes maux, sans que j'eusse provoqué sous aucun rapport leurs vengeances : il m'écouta très-attentivement jusqu'au bout, et m'ordonna des calmans. Il ajouta que ma santé était altérée par les souffrances que j'avais éprouvées ; qu'il s'apercevait que j'avais le sang très-agité ; que je devais donc employer des adoucissans, et qu'il n'y avait d'autre remède à faire pour le moment. Je lui observai que ceux dont j'avais fait usage jusqu'à ce jour, quoiqu'ordonnés par des médecins dont la réputation était connue, n'avaient produit aucun bon effet, et cela parce que ceux qui me les ordonnaient se réunissaient à mes ennemis pour me persécuter. Le docteur se rendit à mes observations, il m'invita de revoir le grand-pénitencier, ce que je fis, en le priant d'intercéder pour moi la Providence, afin de me délivrer des êtres invisibles qui m'apparaissaient sous différentes formes pour me tourmenter et interrompre entièrement mon repos. Ce vertueux ministre calma mes inquiétudes par une conversation morale, et m'ordonna de ne jamais consulter d'autres médecins que le Tout-Puissant, étant le seul capable, par sa divine bonté, de me délivrer de ces monstres ennemis de l'espèce humaine, qui chaque jour nous prouvent indubitablement que toutes leurs actions ne sont dirigées que pour faire opérer le mal en flattant quelquefois par des jouissances perfides ceux qu'ils entraînent ainsi avec eux dans un abîme éternel. Il m'invita de réfléchir avant d'agir, afin de prévenir leurs tentatives, de me mortifier par une suite de sobriété, et d'observer surtout les jeûnes ordonnés par l'Eglise. Je ne fus pas longtemps à édifier mon digne pasteur, en lui faisant un rapport vrai de ma conduite journalière; il m'en témoigna sa satisfaction, et je me plais à croire que les épreuves morales qu'il m'ordonna lui furent inspirées par le Dieu suprême, qui voulait se convaincre si, par une résistance obstinée à éviter le mal, je parviendrais à mériter sa bienveillance ou à la démériter par mes actions.

Toujours persécuté par les malins esprits, je fus engagé par le bon prêtre à le voir souvent pour l'instruire de mon état et l'assurer par là de l'effet que pouvaient produire sur moi ses sages conseils. Son invitation prévenait mes désirs. Je ne manquai pas de le visiter par affection particulière ; mais je ne me suis jamais trouvé dans une position à pouvoir lui annoncer une amélioration ; ce qui parut singulièrement l'affecter, par l'intérêt qu'il prenait à moi. Alors il me conseilla de voir le grand-vicaire-général, M. Joubert, à qui je fis une première visite et l'historique de tout ce que l'on me faisait éprouver depuis si long-temps, et particulièrement M. le docteur Pinel. Le vicaire me demanda si j'exerçais les devoirs que notre religion nous impose ; je lui répondis que non-seulement j'en remplissais les obligations, mais que je faisais tout ce que je croyais pouvoir être agréable à Dieu ; alors il m'ordonna de visiter tous les jours quatre églises, Notre-Dame, Saint-Amorain près Sainte-Geneviève, Saint-Germain-l'Auxerrois et Saint-Roch. J'exécutai scrupuleusement cet ordre, rien n'aurait pu m'y faire manquer.

CHAPITRE XXVI.

Je prends la résolution de mener une vie sobre et retirée, pour éviter et éloigner les mauvais Esprits.

Je pris alors un nouveau régime pour être dans le cas de remplir mes obligations avec plus de facilité : je cessai de prendre mes repas chez le restaurateur, et je fis moi-même mon ordinaire, afin de ne le composer que d'alimens peu succulens, propres seulement à me substanter ; je me bornai à deux médiocres repas, composés de légumes peu assaisonnés, l'un à une heure de l'après-midi, l'autre à deux heures du matin ; époque à laquelle mes quatre stations étaient faites et à laquelle j'avais médité sur mes actions de la journée, pour m'assurer si elles étaient dignes d'être offertes à Dieu. Je me privai, comme je me prive même encore, de toute jouissance de la vie, trop heureux, par ces légers sacrifices, si je pouvais m'affranchir des fautes involontaires que je puis avoir commises.

Il faut cependant quelque délassement à

l'homme pour ne pas tomber dans les inconvéniens d'une vie trop sévère ; mais je choisis alors ce qui me parut le plus innocent pour servir à mes récréations. J'avais fait l'achat d'un petit écureuil de deux mois, afin de l'élever plus facilement à mes volontés ; mais il n'entra pas dans les combinaisons de mes ennemis de me laisser jouir de ce plaisir innocent. M. le docteur Pinel, jaloux d'un délassement qui ne pouvait être contrarié que par des monstres tels que ceux qui me poursuivent, se rendait invisiblement chez moi pour tourmenter ce petit animal, afin de le rendre indocile par des persécutions, et me priver des jouissances qu'il pouvait me procurer. Tout était mis en œuvre par ces déhontés : ils me croyaient assez petit maître pour me présenter souvent devant une glace que j'avais à ma cheminée ; ils y dessinèrent avec une matière grasse dont l'odeur était celle de l'huile, un paysage : ma domestique employa tous les moyens pour le faire disparaître ; mais il ne lui fut pas possible d'y parvenir ; et comme il m'importait de faire connaître aux personnes qui venaient me voir les moyens qu'employaient mes ennemis pour me rendre la vie dure, j'écrivis au bas de ce paysage : *n'y touchez pas, c'est l'ouvrage de M. Pinel.*

Tous les moyens sont employés par les farfadets : ils cherchent à nous faire naître des jouissances qui flattent nos sens; parfois ils nous font apparaître des choses épouvantables ; enfin ils font tout pour nous attirer la colère de Dieu. Mais toutes leurs tentatives sur moi, de ce côté, ont été sans effet ; je ne dévierai jamais des devoirs que m'impose ma sainte religion. La pluie, la neige et la grêle ne m'ont pas détourné de passer trois heures par jour à Saint-Roch pour y implorer la grâce de Dieu et de sa sainte mère, afin de me délivrer, s'ils m'en trouvaient digne, de mes persécuteurs, ou de me donner la force de résister à toutes leurs tentations et à leurs méchancetés. J'assiste également les dimanche, mardi et jeudi de chaque semaine, à la prière du Rosaire, qui a lieu à la chapelle de la Vierge dans la même paroisse. Personne mieux que moi n'a peut-être éprouvé les heureux effets de ce pieux devoir, par la jouissance des apparitions. J'ai vu pendant quatre fois ce que les autres assistans n'avaient pas aperçu : une guirlande de feu entourait l'enfant Jésus, et sa sainte mère en tenait quatre, sur lesquelles ils restèrent l'espace de cinq minutes!..... Est-ce une grâce particulière que Dieu a bien voulu me faire, en faveur de ma résignation à tout souffrir pour lui, à ne faire que sa volonté?

Oui, sans doute, je ne ferai jamais celle de M. Pinel, dont les apparitions diaboliques ne sont faites que pour ébranler ma foi et me jeter dans un abîme où il a été entraîné. Il aurait dû s'apercevoir depuis long-temps que tout ce qu'il fait et se propose de faire est en pure perte; que je suis dans la bonne voie, et que je n'en prendrai jamais d'autre. Il a tout fait pour me contrarier, au point que, lorsque je me rendais à Saint-Roch par un temps de pluie, j'avais à peine fait la moitié du chemin, que sous des formes invisibles il s'emparait de mon parapluie et me le brisait, dans l'espoir que cette privation me conduirait dans toute autre direction. Détrompez-vous, esprits infernaux, infâmes farfadets, rien ne pourra ébranler ma foi; faites-moi tout souffrir, j'y suis résigné depuis long-temps, parce que j'ai toujours présent à mon esprit tout ce que Dieu a souffert pour nous. Je méprise les richesses et les jouissances de ce monde; elles ne sont rien pour moi, c'est l'avenir que j'ai en vue; voilà ma résolution inébranlable. Que mes ennemis soient donc convaincus que je n'entrerai jamais dans leurs projets; que s'ils me font des attaques, je leur riposterai par des contre-attaques.

Les apparitions dont j'ai eu le bonheur de

jouir m'ont fait naître l'idée d'offrir et faire brûler dans la chapelle de la Vierge un cierge que je voulais donner du poids de cinq livres ; mais, craignant que cette grosseur ne piquât trop la curiosité de quelques personnes indiscrètes, et qu'on n'en demandât le motif, je me suis décidé à le faire mettre d'une livre seulement, et à continuer ce don, à titre de fondation, quoique je ne doive pas rester toujours dans la capitale.

CHAPITRE XXVII.

Mêmes résolutions, mêmes tourmens.

Je sentais la nécessité de rendre visite à monsieur le grand-pénitencier pour lui faire part de mes agitations continuelles ; il m'invita encore à voir monsieur le grand-vicaire, où je fus en effet. Ce bon prêtre fut surpris de me voir toujours dans le même état ; il me demanda quel était mon régime de vie ? je lui répondis qu'une sévère frugalité présidait à tous mes repas ; que ma nourriture ordinaire était des légumes peu assaisonnés, point de viande, point de vin, ni aucune friandise. Il blâma ma trop grande abstinence, et m'ordonna de faire usage du gras les jours permis par l'Eglise, et du maigre les jours d'obligation; il ajouta que les prières que je faisais la nuit altéraient ma santé, et que je devais user d'une meilleure nourriture pour pouvoir continuer mes exercices religieux. Malgré toutes ses pressantes invitations à me faire changer mon régime de vie, je crus ne devoir pas y adhérer. Je continuai à me mortifier, pour me rendre maître de mes passions et combattre plus facilement mes ennemis, en me rendant plus digne de la miséricorde de Dieu. Monsieur le grand-vicaire me dit de continuer mes stations et mes prières, et m'invita à faire mes dévotions, en me disant qu'il verrait ensuite le grand-pénitencier, pour me faire exorciser. Cela fut en effet exécuté par ces deux respectables et vertueux ministres, qui ne prévoyaient pas qu'en suivant les conseils des apôtres de la vérité, je ne ferais qu'accroître l'andace de M. Pinel et de l'exécrable Vandeval et consorts.

En effet, leur acharnement alla toujours croissant: ils poussèrent l'insolence et le mépris, jusqu'à me passer sous le nez, au moment de mes prières, des ordures, que par décence je n'ose nommer, mais que je dois désigner pour faire connaître mes ennemis au monde entier, et particulièrement aux incrédules. Les monstres! non-contens d'avoir commis cette indécence dans mon appartement, ils l'ont renouvelée à St.-Roch au moment de mes prières, et cela pour me prouver qu'ils pouvaient s'introduire par-tout pour y exercer leur pouvoir, et que leur puissance était immense. Ah! combien de faibles humains se laisseraient ainsi tenter, s'ils ignoraient que pour mériter la grâce de Dieu, il faut passer à des épreuves et que rien n'arrive dans ce bas monde sans son ordre et ses commandemens; que tout ce qui existe est son ouvrage; qu'il peut le détruire aussi aisément qu'il l'a créé.

C'est par la résistance à toutes les épreuves du diable qu'on peut mériter la clémence de Dieu. Voyez les apôtres, lisez la vie des saints, vous y verrez toutes les épreuves auxquelles ils ont été exposés: tentés par les démons, ils ont été quelquefois ébranlés, mais sans perdre jamais de vue leurs devoirs; ils les ont repoussés en invoquant le Tout-Puissant. Ce n'est que par cette ferme résolution qu'ils ont mérité leur sainteté et la gloire éternelle. C'est ainsi qu'en suivant leurs exemples nous déjouerons les manœuvres des mauvais esprits, et que nous vaincrons tous les satellites de Satan. Je ne veux pas finir ce chapitre sans citer quelque nouvelle tentative de mes ennemis. L'hiver approchait, je fis mettre un poële dans ma chambre, et pour me mettre à l'abri de la fumée je fis passer le tuyau de ce poële dans la cheminée, que je fis fermer hermétiquement: cette opération terminée, j'entendis, à minuit, du bruit au bas de la cheminée; j'écoutai avec attention, et je reconnus la voix du docteur Pinel, qui, conjointement avec quelqu'un de sa troupe, cherchait à s'introduire dans mon appartement. Mais j'avais tout prévu. J'avais fermé jusqu'à la clef du tuyau. Je me mis à rire aux éclats, et je leur dis : Eh bien! entrez, aimable Pinel, avec votre compagnie; que faites-vous donc dans ce petit réduit? ne restez pas ainsi à la porte...... Je les entendis chuchoter et proférer des injures, me menacer, et dire que les moyens que j'avais employés ne les empêcheraient pas de s'introduire dans ma chambre toutes les fois qu'ils le voudraient. En effet, ils firent répandre dans mon appartement beaucoup de fumée pour m'empêcher de me chauffer et de faire ma petite cuisine. Je me serais bien passé de leurs visites ainsi que mon Coco, c'est le nom que je donnais à mon petit écureuil, qui n'était pas plus exempt que moi de leurs persécutions. Mais ce qui m'étonnait le plus de la part de M. le docteur Pinel, c'est qu'il ne me demandait pas le montant des fréquentes visites qu'il m'avait faites, sans parler de celles qu'il se proposait de faire : il peut se présenter, je suis prêt à le satisfaire et à solder en entier son mémoire.

CHAPITRE XXVIII.

Nouvelles persécutions de mes ennemis ou des Esprits malins pour mettre à l'épreuve ma probité et celle de tous ceux qui habitaient la même maison que moi.

C'est assez ordinairement dans les hôtels-garnis qu'on fait de nouvelles connaissances. C'est dans l'hôtel Mazarin que je fis celle de M. Prieur, fils de M. le Docteur en médecine de ce nom, habitant à Moulins. Ce jeune homme fut envoyé à Paris pour entrer au séminaire ; il y resta un certain temps, s'en dégoûta, et fut rappelé chez lui par ses parens : après avoir fait quelque séjour au sein de sa famille, il fut renvoyé à Paris, pour y étudier la profession de médecin : cet état, quoiqu'honorable, ne lui convint pas. Son père ne fut pas long-temps à s'en apercevoir, et lui conseilla d'entrer à l'Ecole de Droit : il exécuta la volonté de son père ; mais, inconstant par caractère, d'après le rapport même de ses parens, il ne tarda pas à se dégoûter d'un état qui n'était pas plus de son goût que les deux premiers. Le hasard m'avait procuré sa connaissance. Un besoin pressant m'ayant appelé aux lieux d'aisance, je trouvai une pièce de cinq francs qu'un ami de M. Prieur avait laissé tomber : ne sachant à qui elle pouvait appartenir, je crus devoir la remettre à M. Rigal, propriétaire de l'hôtel, pour qu'il la rendît à la personne qui la réclamerait. En effet, M. Rigal la remit à celui à qui elle appartenait, en lui disant que c'était M. Berbiguier, n°. 3, qui l'avait trouvée. Ce Monsieur, accompagné de M. Prieur, son ami, vint m'en remercier. Je dis à ces Messieurs que je n'avais fait, en la rendant, que rendre à César ce qui appartenait à César, comme je rends à Dieu ce qui appartient à Dieu. Nul doute que c'étaient les farfadets qui m'avaient tendu ce piége, croyant que je m'approprierais un bien qui ne m'appartenait pas. Détrompez-vous, race maudite, vous pouvez mettre tout en œuvre pour prolonger mes souffrances, j'y suis résigné : je les offre toutes à Dieu en expiation des fautes que je puis avoir commises ; mais ma conduite sera toujours invariable. Je suivrai les préceptes de l'Eglise ; je mépriserai les richesses et les grandeurs de ce monde, pour me rendre digne d'un bonheur à venir.

Cette particularité me lia d'amitié avec ce jeune homme. Nous allions souvent nous promener ensemble. Nous fûmes à la fête de Saint-Cloud, et peu de jours après nous visitâmes le Calvaire. Le bon ton de ce jeune homme, ses prévenances, tout m'avait inspiré pour lui la plus grande confiance. Je lui fis connaître mes ennemis, tous les maux qu'ils me faisaient éprouver, et le désir que j'avais de m'en délivrer. Il avait eu connaissance de ce que le docteur Pinel avait écrit sur ma glace, ainsi que de l'inscription que j'avais mise au bas afin d'en faire connaître l'auteur. J'y mettrai ordre, me dit-il, il faut absolument prendre un parti pour vous délivrer de vos persécuteurs et recouvrer votre liberté. Il me fit faire la connaissance de Monsieur son frère, logé dans le même hôtel, n°. 4, vis-à-vis de mon appartement. Après avoir causé quelques momens avec M. Etienne Prieur, nous résolûmes d'aller voir la belle machine de Marly. Rendus sur les lieux, nous avons discouru long-temps sur la perfection de cette invention, ainsi que sur les progrès extraordinaires des arts. Nous fûmes dîner à Saint-Germain : nous parcourûmes ensuite la campagne, et nous y admirâmes les productions de la nature ; tout cela nous inspira des réflexions morales. Comment se peut-il, disions-nous, que cet ordre qui règne dans la nature, puisse tenir du hasard, d'après le système de quelques impies ? Insensés ! comment fructifierait la terre, si elle n'était pas vivifiée par un Dieu tout-puissant ; si cet astre resplendissant ne parcourait pas méthodiquement sa carrière par un arrangement admirable ? Il n'y a que les esprits infernaux qui puissent inspirer des idées aussi criminelles et si contraires à celles que nous devons nous faire de ce Dieu créateur de tout ce que nous voyons. Ils s'apercevront, mais trop tard, ces impies, de leurs coupables erreurs, et ils en seront punis par des souffrances éternelles. Que de réflexions à faire sur cette éternité de malheurs au lieu d'une éternité de bonheur ! Cette espérance est si consolante, qu'elle seule devrait régler notre conduite dans ce bas monde, nous éloigner de toute inconduite, de toute inspiration des malins esprits, qui ne cherchent qu'à nous jeter dans l'abîme.

CHAPITRE XIX.

Confidence de M. Prieur. Ma confiance en lui.

M. Prieur me confia ses peines, il me dit qu'il souffrait beaucoup sans en pouvoir deviner la cause; qu'il était décidé à consulter un prêtre de la paroisse Saint-Louis, M. Imbert, ancien ami de son père, sur notre position, et qu'il espérait qu'il trouverait dans ses sages conseils quelque consolation. Je le priai de m'y présenter, et je ne lui laissai pas ignorer que j'avais, pour les ministres de ma religion, une entière confiance. Il refusa mon offre, en m'assurant qu'il se chargerait de tout ce qu'il croyait nécessaire à notre intérêt commun; qu'il ne devait y avoir que lui seul pour cela. Je n'insistai pas davantage, et j'attendis avec impatience le résultat promis.

J'eus le plaisir de revoir M. Prieur le soir, et il m'assura que M. Imbert emploierait tous les moyens que lui inspirerait son saint ministère, pour donner quelque soulagement à nos maux. Le lendemain, en causant avec les deux messieurs Prieur, l'un d'eux, M. Baptiste, dit à l'autre : Ne pourriez-vous pas administrer vous-même les remèdes que vous ordonnera le bon prêtre ? Non, répliqua le frère, j'aime mieux que ce soit M. Imbert. Il se passa plusieurs jours sans qu'il fût question de cet homme vertueux. Une vive impatience s'était emparée de moi. Les malheureux espèrent toujours, et cette seule idée provoquait mon impatience.

La conduite que ces deux frères tenaient à mon égard, les personnes honnêtes qu'ils fréquentaient, avait inspiré en leur faveur toute ma confiance : ils m'avaient présenté plusieurs de leurs amis, à qui on fit voir ce qu'avait écrit sur ma glace M. Pinel, et l'inscription que j'avais mise au bas pour en faire connaître l'auteur.

Le 24 octobre, au matin, j'eus la visite de M. Prieur, pour m'apprendre qu'il allait chez M. Imbert le supplier de nous indiquer quelque soulagement à nos maux. Je le priai encore de me permettre de l'accompagner ; que, mieux que personne, je lui peindrais ma situation. Il me répondit, ainsi qu'il l'avait déjà fait, qu'il croyait nécessaire à nos intérêts qu'il se présentât seul, et qu'il l'instruirait de tout, sans oublier aucune circonstance. Je me rendis volontiers à ses observations, et j'en attendis avec impatience le résultat. De retour de chez ce bon prêtre, après avoir eu avec lui une longue conférence sur tous nos malheurs, pour le mettre en état d'agir avec connaissance de cause et employer les moyens salutaires, M. Prieur me dit que ce bon pasteur l'avait engagé à faire dans mon appartement une chose qu'il ne pouvait me communiquer que lorsqu'elle serait exécutée.

Cette confidence me parut fort extraordinaire. L'expérience du passé sur des promesses de cette nature, a tourné contre moi d'une manière si désavantageuse, que j'étais devenu moins crédule, sur-tout envers les personnes que je ne connaissais que très-imparfaitement. Je lui répondis que je ne consentirais jamais à ce qu'il se permît rien chez moi, sans que je fusse sûr de ne point me livrer, contre ma volonté, à un pouvoir inconnu ; que je préférais supporter les tourmens de mes implacables ennemis, plutôt que d'avoir recours à des moyens qui pourraient déplaire à Dieu. Il parut édifié de ma réponse ; mais il m'assura que l'intention du père Imbert n'avait d'autre but, que de me délivrer de toute persécution et me rendre entièrement libre de mes actions, et que je ne pouvais autrement espérer aucun soulagement. Le ton persuasif avec lequel il me parla, me fit consentir à le laisser faire. Il prit mon bénitier, et jeta de l'eau bénite aux quatre coins de mon appartement, en faisant le signe de la croix avec l'aspersoir, et en récitant un vers et du *de profundis*; il continua de réciter, au milieu de ma chambre, les autres versets de ce psaume, et en prononçant le *requiescant in pace*. Il m'assura alors que Pinel, Moreau, la Vandeval et toute la troupe infernale, sans en excepter aucuns, étaient anéantis et hors d'état de nuire à leur victime.

Il prit ensuite mon grand couteau de cuisine, frappa trois fois sur une falourde qui se trouvait à ses pieds, et dit : « Monstres que vous êtes! parlant à MM. Pinel, Moreau, la Vandeval et consorts, que le diable vous en fasse autant.» Tous ces misérables, me dit-il, souffrent horriblement dans ce moment. Il répéta plusieurs fois la même cérémonie, en prononçant souvent le nom du Saint-Esprit; et il m'assura, que tout était fini, que j'étais entièrement délivré de mes persécûteurs. Cette promesse était certainement très-consolante; mais ne nous réjouissons pas d'avance, attendons-en les effets.

Les conjurations n'étaient pas encore terminées, qu'il coupa jusqu'aux pieds toutes les tiges d'un vase de verveine que j'avais dans ma chambre; il en fit cinq petits paquets, qu'il mit à chacun des angles de mon appartement, et le dernier sur mon piano. Je suis à présent content, me dit-il, d'avoir fait toutes mes opérations, sans que personne ne soit venu les interrompre. Il reprit son grand couteau, frappa encore sur le bois, en répétant les mêmes paroles, et en m'assurant de nouveau que je pouvais être tranquille, qu'il garantissait mon entière liberté. Je lui demandai pourquoi il laissait le couteau si avant dans le bois, l'y ayant enfoncé avec force. Il me répondit que c'était pour que cela devînt plus sensible à l'exécrable Pinel à ses abominables collaborateurs; qu'il les avait mis dans l'impuissance de me nuire.

Je me félicitai du triomphe qu'il venait de remporter par l'entremise et les conseils du vertueux pasteur M. Imbert. Il me donna toujours l'assurance qu'à l'avenir rien ne troublerait plus mon repos, et il se retira peu de temps après.

CHAPITRE XXX.

Nouveaux bruits, et nouvelles confidences de M. Prieur. Ses raisons pour me convaincre.

Les malheureux espèrent toujours, bien plus particulièrement quand ils implorent la Providence. L'événement qui venait de se passer, les promesses réitérées d'un avenir plus heureux, tout avait porté la joie dans mon âme ; et je me disais souvent que je devais me féliciter d'avoir un ami comme M. Prieur, qui voulait me soustraire à tous mes maux. A peine avais-je fait cette réflexion, que j'entendis un bruit extraordinaire, semblable à celui d'une affreuse tempête que les démons suscitent lorsqu'ils veulent fixer leur planète pour amener la pluie. Cet événement inattendu me fit subitement passer de la joie à la stupeur. Je crus alors que les promesses qui venaient de m'être faites ne l'avaient été que pour mieux me tromper et m'empêcher d'avoir recours à des moyens plus efficaces ; et comme il n'est jamais entré dans ma pensée d'accuser personne sans en avoir acquis la preuve, je voulus observer si l'infâme Pinel et ses acolytes reviendraient encore d'après les conjurations et les promesses de M. Etienne Prieur.

Je désirais revoir le jour pour faire part à ce jeune homme du résultat de ses opérations. L'heure de le voir arrive. Je m'empresse de lui apprendre que Pinel et sa troupe infernale, ainsi qu'il me l'avait promis, n'avaient pas reparu, mais que je n'en étais pas plus heureux pour cela; que je m'étais bien convaincu d'être tranquille de leur côté; mais que par un nouveau travail, d'autres s'étaient chargés, sans doute, de me faire éprouver les mêmes persécutions. Je lui demandai contre qui, la nuit dernière, il avait tiré une planète, ce que cela signifiait, et pourquoi enfin il ne tenait pas les promesses qu'il m'avait faites.

Il parut surpris de mon apostrophe, ainsi que des connaissances qu'une trop cruelle expérience m'avait données sur les moyens qu'emploient les esprits infernaux, lorsqu'ils veulent porter leurs ravages sur les productions de la terre, ou qu'ils veulent s'amuser à persécuter les humains. Vous avez tort, me répondit-il, ce sont des opérations nécessaires, mais qui n'ont pas été dirigées contre vous, et soyez très-assuré que vous avez recouvré la liberté.

S'il en était ainsi, lui répliquai-je, vous n'auriez pas tiré une planète sur moi; et j'ai acquis par expérience la certitude que toutes les fois que je me suis trouvé entre les mains d'un nouveau pouvoir, on en avait agi ainsi. Vous seriez-vous entendu, par hasard, avec le père Imbert? ou bien prétendez-vous, seul, vous donner cette jouissance? Prenez bien garde, jeune homme, à ce que vous avez fait et à ce que vous pouvez peut-être faire encore! En politique, comme en morale, on se sert d'instrumens qui, l'ouvrage achevé, sont ordinairement brisés. Si nous voulons jouir d'un bonheur à venir, nous devons nous résigner à des souffrances dans ce bas monde, qui sont toujours légères lorsqu'on les compare à l'éternité bienheureuse. S'il faut des persécuteurs, quel peut être leur avenir? Il n'appartient qu'au grand-juge de le déterminer.

Mes justes observations l'avaient jeté dans un cruel embarras. Il chercha à me rassurer en me promettant de voir le père Imbert pour lui faire part de tout ce qui s'était passé.

J'eus occasion de voir M. Baptiste Prieur son frère, dans le courant de la journée. Je lui fis part des opérations que son frère avait faites la veille, par ordre de M. Imbert. Je lui dis qu'à la vérité il était parvenu jusqu'à présent à ce que l'affreux Pinel, ainsi que ses compagnons de malédiction, ne revinssent pas exercer sur moi leurs pouvoirs infernaux; mais que ce qui m'affligeait de nouveau, c'était la planète lancée contre moi. Il chercha de son côté à calmer mes alarmes, m'ajoutant que son frère, avec les sages conseils du père Imbert, parviendrait à mon entière guérison.

CHAPITRE XXXI.

Poursuivi par ma planète, je devins toujours plus incrédule sur les prétendus moyens qu'on employait pour ma guérison.

MILLE réflexions se succédaient les unes après les autres. Toujours malheureux, et trop souvent dupe de ma crédulité, je craignais, avec raison, de n'être délivré d'un pouvoir que pour tomber dans un autre plus oppressif encore.

Le soir même, j'eus la visite de M. Etienne Prieur, qui usa de tous les moyens pour me rassurer, en me disant que ce que M. Imbert avait fait la nuit dernière, avait été absolument nécessaire à mon repos. Je lui répondis que je ne désirais point de pareilles épreuves, et que tout cela ne signifiait rien. Il me répliqua que cela ne me regardait pas. Je lui observai que je craignais que, par l'attachement que M. Imbert prenait particulièrement à lui, il pouvait être possible qu'il l'eût délivré de ses persécuteurs, à mon détriment, pour me prendre en son pouvoir, ou bien pour me livrer au sien, et que dans cette hypothèse je serais peut-être plus malheureux. Il chercha en vain à calmer mes justes alarmes, en m'assurant que la verveine qu'il avait mise aux quatre coins de la chambre, n'avait été ainsi placée que par l'ordre du Père Imbert, et pour me délivrer du sort auquel j'avais été destiné par mes ennemis. Rien de tout ce qu'il me disait, et de tout ce qu'il avait fait, ne pouvait me rassurer, tant cette planète m'avait fait naître des soupçons, peut-être très-justes. Le temps seul me rendra compte de la vérité.

Ce jeune homme continua de m'amener plusieurs personnes de ses parens ou amis, pour leur montrer ce que l'infâme Pinel avait écrit sur ma glace, comme l'inscription que j'avais mise au bas : tous ne purent s'empêcher de le traiter de vieux coquin. M. Etienne Prieur reprit de nouveau le grand couteau pour faire l'opération qu'il avait précédemment faite ; il fit observer à l'assemblée la cruauté avec laquelle il les traitait, et combien ils devaient souffrir en ce moment même. Mes ennemis l'avaient résolu, je devais être privé de mon écureuil ; ils le tourmentaient, parce qu'il servait à me faire oublier un moment leurs persécutions.

Vers la fin d'octobre 1817, à neuf heures du matin, je trouvai le petit animal sans mouvement et sur le point de perdre la vie. J'ouvre de suite sa cage. Quelle fut ma surprise, de le voir tout ensanglanté ! Je trouve, en effet, dans sa cage, une partie de sa queue qui avait été arrachée. Cependant personne, à ma connaissance, n'était venu dans mon appartement. Quel être assez inhumain aurait pu tourmenter ce pauvre petit animal, si ce n'est ces misérables qui, parce qu'il m'amusait, avaient voulu me priver de cette petite consolation ? Mais votre tour viendra, monstres que vous êtes ! Dieu ne laisse rien d'impuni. Vos tourmens seront d'une plus longue durée : c'est alors que vous reconnaîtrez tous vos crimes! mais il n'en sera plus temps.

M. Etienne Prieur vint me voir dans le courant de la journée, je lui racontai le malheur de mon écureuil : il en rit, en me persuadant que c'était encore un tour, sans doute, de M. Pinel ;

mais je lui observai que ce farfadet n'avait plus reparu depuis long-temps ; que je n'avais pas reconnu son travail, mais bien celui d'un autre ; que l'expérience du passé m'avait appris à distinguer les travaux des magiciens et des sorciers. Il se mit encore à rire, et il me quitta en prenant pour excuse, qu'il ne pouvait rester davantage, et qu'il aurait le plaisir de me revoir. Je ne m'aperçus que trop de sa perfidie. J'en fis part à son frère qui revenait du cours de médecine, et que j'appelai pour lui apprendre ce qui était arrivé à ma pauvre compagne : il partagea ma juste indignation.

M. Prieur revint le soir, je lui demandai s'il avait vu le père Imbert pour l'instruire de ce qui était arrivé au petit animal : il me dit qu'il ne devait le voir que le lendemain, et nous nous entretînmes de tout ce qui m'était survenu : il m'assura qu'il connaissait le travail de tous ceux qui agissaient contre moi, et qu'ils ne s'en doutaient pas ; que la Mançot, la Valette avaient reçu cent francs d'un Monsieur avec lequel j'avais eu quelques démêlés, pour me donner un sort. Maintenant, dit-il, vous voilà délivré de leurs mains. Nous ne vous avons pris en notre pouvoir, que pour vous tirer du leur. Je vous invite, me dit-il encore, voyant que j'avais de l'humeur, à vous tranquilliser. Je verrai demain M. Imbert, pour savoir de lui où définitivement nous en sommes; et s'il ne s'explique pas clairement, je lui apprendrai à se moquer de nous. Je crains bien, lui observai-je, que le prêtre de Saint-Louis ne vous délivre vous-même de vos peines, que pour m'en procurer de plus grandes. Les moyens que vous avez employés pour cela ne viennent que trop me le prouver. Les planètes que vous attirez sur moi ressemblent absolument à celles lancées jadis par les Pinel, Moreau et tant d'autres. Toutes les fois qu'ils me faisaient passer d'un pouvoir pour me jeter dans un autre, ce n'était, disaient-ils, que pour me rendre la liberté; je ne suis pas initié dans vos mystères, je ne vois point de changement dans la position où je ne cesse de me trouver; vous vous refusez toujours à me faire connaître M. Imbert, avec qui je pourrais m'expliquer. — Il n'est pas nécessaire, me répondit-il, je le verrai demain, et j'espère qu'il remplira ses promesses. — Mais pourquoi, lui dis-je, dans ce nouveau travail, entends-je toutes les nuits, les cris de toute sorte d'animaux? Serait-ce vous, par hasard, qui vous introduiriez ainsi, pendant la nuit, dans mon appartement? Il se mit à rire et me dit que non. Ces visites nocturnes, lui ajoutai-je, me déplaisent: on vient me chatouiller, passer sur mon corps, chuchoter à mes oreilles : qu'est-ce que cela signifie ? J'en veux voir une fin. — Tout cessera en même temps, me répliqua-t-il. Toutes ces réponses n'étant point satisfaisantes, je lui demandai un peu brusquement, s'il prétendait enfin réunir l'outrage à la perfidie. Il fut un instant déconcerté ; et revenant à lui : Comment avez-vous pu penser, me dit-il, amis comme nous sommes, que je pusse faire quelque chose contre vos intérêts ? Je vous promets de voir demain M. Imbert, pour le prier instamment de prendre pitié de notre position et sur-tout de la vôtre, de me dire où nous en sommes, et que cette incertitude est pour nous pire que la mort. J'espère qu'il ne sera pas insensible à ma prière. Son caractère, son état, tout doit nous faire présumer qu'il se rendra à mes instances, et je viendrai aussitôt vous communiquer sa réponse. Après cette promesse M. Prieur se retira.

CHAPITRE XXXII.

Les réponses ironiques ne me persuadent pas.

Tout ce que venait de me dire M. Prieur, le ton qu'il employait depuis quelque temps, en affectant de prendre le plus vif intérêt à ma situation, me firent passer la nuit dans des réflexions très-accablantes.

Le lendemain, il fut, comme il me l'avait promis, voir le prêtre Imbert. Sa conversation avec ce prêtre fut vive; il s'aperçut enfin qu'il mettait trop de lenteur dans ses opérations pour terminer ou au moins adoucir mes souffrances. Il résolut donc de s'adresser à un autre qui fût plus actif: j'y consentis aisément, toujours dans l'espérance d'être bientôt délivré de mes persécuteurs et de recouvrer ma liberté. Quels sacrifices ne ferais-je pas en pareille circonstance! Des incrédules me blâmeront, sans doute; ceux qui n'ont ni foi, ni confiance à l'Etre-Suprême, qui ne croient pas plus à Dieu qu'aux diables, ne manqueront pas de rire à mes dépens; mais d'autres, plus sensés, m'approuveront, lorsqu'ils verront toute ma sincérité dans le récit simple et véridique de ce qui m'est arrivé.

Impatient de savoir quel parti prendrait M. Prieur, je me rendis dans son appartement. Je trouvai son cousin M. Lomini, devant qui je crus devoir m'expliquer sur la perversité des malins esprits, et sur le mal qu'ils faisaient dans les familles les plus honnêtes. J'ajoutai que le gouvernement devrait, par des lois terribles, sévir contre tous ces misérables qui portent par-tout la désolation. M. Lomini répondit en souriant : « Il ne peut y avoir des lois contre nous ; le gouvernement, au contraire, nous autorise à nous transporter secrètement par-tout, parce qu'il est nécessaire que nous sachions tout ce qui se fait, et que nous fassions tout ce qui nous plaît. Je jugeai bientôt, par les propos de ce Lomini, qu'il était aussi du nombre de cette secte farfadéenne. Je dis à M. Prieur que je ne pouvais plus en douter ; que les planètes qu'on avait tirées sur moi étaient son ouvrage ; que j'avais su distinguer son travail de celui des démons qui m'avaient persécuté précédemment ; que s'il voulait s'introduire secrètement chez moi, il devait au moins n'amener personne avec lui. Toutes mes observations procurèrent à M. Prieur un rire sardonique ; et, s'adressant alors à son cousin Lomini : Pourquoi, lui dit-il, abuses-tu des pouvoirs que je t'ai donnés sur Monsieur? Je te défends de le tourmenter. — Mais, répondit M. Lomini, nous ne venons pas aussi souvent que vous vous l'imaginez : nous n'avons d'ailleurs nullement l'intention de vous faire du mal. Tous ces raisonnemens faux et hypocrites me déterminèrent à leur dire que j'étais très-mécontent de leurs manœuvres, et que j'espérais qu'elles finiraient bientôt. J'allais sortir brusquement, lorsque M. Prieur me dit qu'il verrait encore une fois M. Cazin, prêtre à l'hospice des Quinze-Vingts : il est très-actif, et je ne doute pas qu'il ne vous débarrasse bientôt de tout. Je lui proposai d'aller avec lui, il me répondit que cela n'était pas possible ; que ma présence le dérangerait, et serait même un obstacle à cette affaire, et nous nous séparâmes. Toujours des promesses sans effet, constant refus de me réunir à lui pour exposer moi-même ma situation. Il était naturel de penser qu'un médecin devait désirer de voir le malade avant d'administrer aucun remède, et qu'il ne devait pas s'en rapporter à un tiers. Toutes ces réflexions me firent facilement apercevoir que j'étais la dupe de M. Prieur, qui se jouait de moi et qui s'amusait de mes malheurs. Du courage, me dis-je, poussons la chose jusqu'au bout, et voyons ce qu'il en résultera.

M. Prieur vint me voir le soir, il me demanda, comme de coutume, s'il y avait quelque chose de nouveau ; je lui répondis d'un air assez gai, que j'étais encore dans mes réflexions, que j'attendais impatiemment la décision de M. Cazin, et que je craignais qu'elle ne fût pas plus salutaire pour moi que les moyens déjà employés par le père Imbert, qui, d'après ses calculs astrologiques, devait me délivrer de tous les farfadets et de tous les mauvais esprits qui se plaisent à me tourmenter. Je vous prie, vous, M. Prieur, qui paraissez être initié dans les connaissances profondes de l'art diabolique, et qui êtes autorisé à parcourir le monde, de résoudre ce problême. Il resta tout-à-coup interdit, et il voulut me persuader qu'il voyait toujours le père Imbert comme ami, mais qu'il lui reprochait amèrement de n'avoir pas fait pour moi tout ce qu'il aurait pu faire; qu'il s'était convaincu que M. Cazin ne ferait pas de même. Je lui témoignai mon mécontentement du pouvoir qu'il avait donné à son cousin de s'introduire invisiblement chez moi, le jour, la nuit, pour me tourmenter, puisqu'il en était convenu en ma présence et qu'il lui en avait fait des reproches. Je lui observai encore que ce devait être une grande jouissance pour eux, de voir tout ce qui se passait chez les personnes où ils avaient le pouvoir de se transporter invisiblement la nuit comme le jour; qu'ils devaient savoir tout ce qui se passait chez elles. Il est vrai, me dit-il, que les personnes chez lesquelles nous allons jour et nuit, en sont prévenues par un travail qui varie selon le physicien qui le fait, puisque vous le savez vous-même par les tristes épreuves que vous en avez faites. — Je ne le sais que trop, lui dis-je, depuis plus de vingt ans que je suis en leur pouvoir ; oui, j'ai appris à distinguer les opérations des sorciers sous la domination desquels je suis tombé, à mesure que les monstres me délivraient de la tyrannie des uns pour me livrer à celle des autres.

Ne craignez-vous pas que votre cousin n'abuse du pouvoir que vous et votre secte lui avez conféré, et que dans l'exercice des fonctions infernales de magicien, en s'introduisant plus particulièrement chez les jolies femmes, pour en abuser, il soit sans respect pour le lien conjugal? Ne peut-il pas également persécuter la vertu en outrageant l'innocence virginale ? Ah! puisque Dieu a cru nécessaire d'arracher une côte d'Adam pour former la femme, ne pourrait-il pas en arracher une à toutes les femmes qui outragent la vertu? Alors seulement la fidélité serait observée, l'on ne verrait point le sexe user de tout ce que l'art peut inventer pour séduire les hommes, et les jeunes gens n'oublieraient pas tous les principes de morale qui leur ont été enseignés dans les colléges, et ne s'abandonneraient plus à tous les vices condamnés par la bonne société.

Toutes ces réflexions paraissaient déplaire à mon farfadet ; il me dit que tout ce que je désapprouvais, ne le ferait pas renoncer à sa position; que c'était à cause des avantages dont je venais de parler, qu'il désirait ne pas en sortir; et il me laissa seul.

CHAPITRE XXXIII.

Nuit pénible. Nouvelles consultations. Reproches à mes persécuteurs.

Comme le sommeil ne pouvait approcher de ma paupière, je ne me pressai pas de me mettre au lit. Je fus accablé de réflexions plus pénibles les unes que les autres, en songeant aux moyens que MM. Pinel, Moreau et autres, avaient pris pour s'introduire chez moi, sous des formes invisibles, ainsi que M. Papon Lomini et son cousin Prieur; je cherchais les moyens qu'ils employaient pour y parvenir, et je voulais enfin savoir quelles étaient les planètes dont on me faisait ressentir l'influence; je réfléchis sur tout cela jusqu'à deux heures du matin. Je me mis au lit, mais inutilement, je me sentais trop agité; à peine je fus couché, que je sentis sur tout mon corps un effet physique, semblable à tous ceux qu'avaient faits sur moi les autres magiciens pour m'endormir contre mon gré; je pris de l'eau bénite, je m'en frottai les yeux, comme je faisais toujours pour conjurer les maléfices des premiers coquins qui m'avaient ensorcelé. Fatigué de cet état, je me disposai à monter chez M. Prieur pour le presser de me conduire chez M. Cazin des Quinze-Vingts; car je croyais que ce jeune homme était d'accord avec lui pour abuser de ma bonne foi, comme avaient fait tous mes autres ennemis. Quand j'eus donné un libre cours à toutes les pensées qui m'accablaient, je fis l'impossible pour m'endormir; mais je ne sais quel démon m'empêcha d'y parvenir: le bruit affreux que l'on faisait dans ma chambre, la présence de M. Etienne et de toutes les personnes qui allaient et venaient continuellement sur mon corps, ne me permirent pas de long temps de pouvoir fermer l'œil; enfin, m'étant, comme tant d'autres malheureux, familiarisé avec mes maux, je finis par reposer un peu.

Lorsque je fus délassé de mes fatigues de la nuit, je me levai, et après m'être débarrassé de quelques petites affaires, je montai chez M. Prieur pour l'instruire de mes intentions au sujet du prêtre des Quinze-Vingts. Je trouvai chez lui

M. Lomini, son cousin, M. Frontin, ainsi que madame Métra, tous trois de ses amis.

M. Prieur me voyant entrer, m'annonça à la société, et chacun me fit place.

Comme j'avais eu déjà l'occasion de parler de mes affaires devant ces personnes, elles en étaient instruites; je discourus en affectant beaucoup de gaîté, et leur présentai M. Prieur en qualité de mon médecin. Je vous assure, leur dis-je, qu'on ne peut pas montrer plus d'intérêt; ses visites sont si fréquentes, qu'il ne me quitte, pour ainsi dire, ni jour ni nuit; je peux le considérer comme une ombre toujours errante à mes côtés, accompagnée d'esprits-follets, sans pouvoir deviner si leur intention est de me réjouir ou de m'attrister. Cette nuit même encore, monsieur était près de moi, et ses dignes élèves m'environnaient. Il me répondit : Mais j'étais avec M. Cazin, nous n'avons fait que ce que nous faisions avec le père Imbert.

La société lui demanda si ce prêtre de Saint-Louis ne devait pas bientôt terminer ma guérison de concert avec lui. Si je l'avais écouté, je n'aurais jamais pu l'opérer, dit-il; c'était un vieux radoteur qui n'en finissait pas; je m'en suis heureusement débarrassé pour m'associer à M. Cazin, homme célèbre, qui réunit à une science parfaite une activité à toute épreuve. Je vous réponds que je suis on ne peut pas plus satisfait ; il réussira à débusquer ce vieux pendart de Pinel, ce gredin de Moreau, et toute cette canaille farfadéenne ; son travail est bien au-dessus du leur, et il les rendra tous au diable auquel ils se sont donnés.

Mais, monsieur, puisque vous me vantez tant les vertus de ce digne prêtre, lui dis-je, que vous lui accordez des qualités en le peignant comme humain et sensible, je suis assuré qu'il n'abusera pas de la crédulité d'un faible mortel pour en faire une victime du farfadérisme; il ne se servira pas des terreurs que m'ont inspirées des esprits malfaisans, pour tourner contre moi les moyens qui sont en son pouvoir; il délivrera un malheureux qui est bien tourmenté ; d'après tout cela, je meurs d'envie de le connaître : permettez-moi de vous accompagner chez lui; il faut que je le voie aujourd'hui, que je lui dise tout ce que je souffre depuis long-temps. M. Prieur me répondit qu'étant en affaire avec ces messieurs et dames, il ne pouvait me satisfaire à l'instant; mais que je pouvais compter sur lui pour le lendemain. Je fus très sensible à sa promesse, et le priai de ne pas y manquer. Alors je présentai à la société M. Papon Lomini, qui, en sa qualité d'étudiant à l'Ecole de Droit, prétend qu'il n'y a pas de lois contre les magiciens et les sorciers; qu'ils peuvent faire tout ce que bon leur semble; il persista dans ses principes, et me dit : Oui, monsieur, nous avons le droit de faire tout ce qui nous plaît, pour réjouir, consoler ou désoler l'espèce humaine. — C'est donc pour cela, lui dis-je, que vous venez, avec l'assurance de votre impunité, me tourmenter à chaque instant du jour et de la nuit, que vous me suivez jusque dans les promenades, que vous vous appuyez sur moi pour me fatiguer et me forcer de m'asseoir, et que, dans les saints temples même, vous me faites éprouver des étouffemens ou des distractions involontaires, qui ne me permettent plus de continuer mes prières ou mes lectures, et qui me font oublier que je suis dans le temple de Dieu. Mais vous avez beau faire, rien ne me détournera de mon devoir, et malgré vos insinuations perfides je serai toujours à mon Dieu. Je combattrai de toutes mes forces vos indignités, aussi-bien que le mauvais temps que vous ferez faire pour me dégoûter de me transporter aux églises. Mais vous, M. Prieur, dites-moi donc pourquoi vous me suivez aussi partout? Ma question ne doit pas vous étonner, puisque c'est vous qui m'avez tout avoué; croyez-vous que je n'ai pas assez des autres malveillans qui me tracassent? M. Frontin et madame Métra lui dirent : Parbleu, monsieur, on ne veut pas vous empêcher de vous amuser; faites-le, si cela vous convient; nous admettons même que c'est de votre âge; mais au moins, respectez celui de M. Berbiguier. Son cousin et lui se mirent à rire, en soutenant qu'il fallait bien s'amuser un peu. Eh! monsieur, lui dis-je, personne ne vous défend de vous amuser; mais, de grâce, que ce ne soit pas à mes dépens. Allez chez les demoiselles, puisque vous en avez pris l'habitude, et que vous pouvez vous introduire invisiblement chez elles quand il vous plaît, ce qui est fort bien à vous; mais leurs mamans, leurs amans ou leurs maris, pourraient bien le trouver mauvais, et vous traiter plus cruellement que les esprits infernaux dont vous faites partie me traitent moi-même. Convenez avec moi que vous devez avoir plus de plaisir auprès d'elles que dans ma société. Vous dites que, selon l'occasion, vous vous rendez aussi léger qu'il vous plaît, afin qu'elles ne vous sentent pas! Eh! pourquoi ne prenez-vous pas les mêmes précautions avec moi, quand vous venez voyager sur mon corps le jour et la nuit, tandis que lorsque vous commencez vos opérations malignes, vous me semblez si pesans que vous m'étouffez? sont-ce là, dites-moi, des amusemens? Ma franchise redoubla leurs éclats de rire. Ils voulurent me persuader qu'il entrait dans ma destinée d'avoir été poursuivi et de l'être toujours. Vous me donnez là de belles consolations ! leur dis-je, je suis donc fait pour servir d'aliment à la méchanceté de messieurs les lutins de votre espèce ; et puisque vous avez tant de moyens de vous satisfaire ailleurs, par grâce, ne troublez pas le repos d'un homme qui veut faire son salut et se délivrer pour jamais de vos abominables griffes. M. Frontin m'approuva beaucoup et dit aux ricaneurs qu'il était temps que toutes ces persécutions eussent un terme ; que j'avais besoin qu'on me rendît la tranquillité de l'esprit. M. Prieur en convint aussi, et dit à son cousin que s'il retardait encore les opérations nécessaires à ma guérison, il lui ôterait les pouvoirs dont il l'avait revêtu pour se rendre invisible à tous les yeux. Ne trouvez-vous pas dans la ville assez de jolies femmes auprès desquelles vous avez plus d'agrémens qu'avec M. Berbiguier? Les remontrances de M. Prieur furent approuvées par M. Frontin et par madame Métra ; mais tous me demandèrent pourquoi je riais toujours et ne disais rien. (Je me tenais sur mes gardes, voyant qu'ils me jouaient de tous côtés ; mais je voulais savoir jusqu'où iraient leur méchancieté). Je répondis que je n'avais rien à dire devant mon médecin, qu'il connaissait mon état, et que j'étais sûr qu'aidé des conseils de M. Cazin, il apporterait les plus prompts et les plus salutaires remèdes à mes maux. Je ne vous dissimulerai pas cependant que l'impatience où je suis de sortir de mon pénible état ne me fasse accuser de lenteur tous ceux qui veulent contribuer à mon rétablissement ; et rappelant à M. Lomini la leçon qu'on venait de lui faire, j'ajoutai que j'espérais qu'il ne m'importunerait plus par son invisibilité. Je priai M. Frontin et madame Metra de rafraîchir la mémoire de M. Prieur relativement à la promesse qu'il venait de me faire, et de le déterminer à me rendre enfin la liberté ; ensuite je fus me promener.

CHAPITRE XXXIV.

Phénomène dans le Ciel. Les conjectures que j'en ai tirées.

Lorsque je montais chez moi, j'aperçus M. Prieur qui rentrait dans son appartement.

Après les civilités d'usage il me demanda d'où je venais. Je sors de chez M. votre frère, lui dis-je, chez qui j'ai trouvé M. Frontin, madame Metra et M. votre cousin Lomini. Nous avons parlé sérieusement de mes affaires ; M. votre frère a promis d'opérer ma parfaite guérison. — Il le peut, s'il le veut, me dit-il, et cela vaudra mieux pour vous que d'attendre les caprices du père Imbert de Saint-Louis, et de M. Cazin, des Quinze-Vingts. Il m'assura, en me quittant, qu'il en parlerait lui-même à son frère, et nous rentrâmes chacun chez nous.

Je ne fus pas plutôt dans mon appartement que j'entendis encore un certain bruit dans ma chambre ; je me figurai que c'était l'un des Messieurs que je venais de quitter, qui, n'étant pas encore satisfait, avait envie de s'amuser de nouveau à mes dépens. Je ne répondis point à ce bruit, et je me dis à moi-même : Nous rirons bien ce soir, lorsque j'en parlerai à M. Prieur.

En passant le soir sur le Pont-Neuf, je vis beaucoup de personnes assemblées qui regardaient en l'air, du côté de l'est-sud-est ; on y voyait une nuée très-noire, et chacun en tirait des conjectures qui ne me satisfaisaient pas. Je me permis de dire à tous les discoureurs qui ne comprenaient rien à ce phénomène : Ne voyez-vous pas que c'est l'ouvrage des magiciens ? Ceux qui m'entendirent me regardèrent avec surprise ; mais je bornai là mes observations.

Je restai encore quelques instans pour définir plns véridiquement que les autres témoins les véritables causes de ce nuage. J'y remarquai que les clartés qui se succédaient rapidement sortaient de différentes nuances qui se formaient dans la nuée, et ressemblaient aux feux qu'on fait au théâtre pour imiter un orage, l'embrâsement d'un temple, d'un palais ou de tout autre édifice, afin d'émouvoir le spectateur par une scène d'horreur calculée.

Je fus de là au Palais-Royal, toujours réfléchissant sur les choses que j'avais vues au ciel. J'étais persuadé que les secrets célestes n'étant connus que des magiciens, étaient des signes certains de quelque victoire remportée sur leurs ennemis, et que par-là ils en donnaient connaissance à leurs correspondans. Ces pensées se fortifièrent dans mon esprit pendant que je faisais plusieurs tours de galeries ; après quoi je revins chez moi, me promettant bien de faire part de tout cela à M. Prieur, qui est un véritable farfadet malin, et persuadé que, sous ce rapport, il augmenterait encore mes connaissances à ce sujet.

Il vint, comme à son ordinaire, et me demanda ce qui s'était passé dans la journée : je lui répondis qu'il ne m'avait pas tenu sa parole, et que, quoique j'eusse été assez bien pendant ce jour, les mêmes mouvemens s'étaient toujours fait sentir chez moi à divers intervalles. Je lui parlai de cette nuée noire, entièrement détachée des autres, et qu'on avait aperçue au-dessus de la cathédrale et du pont Saint-Michel. Je lui en fis l'exacte description, telle que mon imagination se l'était faite à elle-même. Il resta tout interdit, et me demanda avec surprise qui pouvait m'en avoir tant appris? Dieu seul, lui dis-je ; il donne à ceux qui le servent avec ferveur des lumières qu'il refuse à ceux qui étudient toutes sortes de sciences sans s'occuper de le connaître. Ah! que je les plains, les insensés! ils dédaignent la connaissance la plus utile, la plus importante à notre existence ; ils ne savent donc pas que sans cette divine connaissance ils sont en proie à tous les maléfices des génies infernaux, ils ne savent donc pas qu'il n'est de recours qu'à Dieu seul pour nous préserver des attaques de nos plus cruels ennemis, pour nous donner des nuits paisibles et des jours sereins?

Voilà ce que je voudrais imprimer dans l'esprit de ces gens qui croient savoir quelque chose, parce qu'ils ont étudié les histoires de tous les siècles. Je leur prouverais que rien n'est au-dessus de la croyance que l'on doit avoir en Dieu. Je leur dirais, enfin, que la foi que nous devons avoir au Tout-Puissant et à la religion dégage notre esprit des mauvaises impressions que pourraient faire sur nous les génies diaboliques, et nous fait croire aux miracles, auxquels les renégats seuls ne veulent pas ajouter foi.

La surprise de M. Prieur redoubla lorsqu'il m'entendit de nouveau. Vous êtes le premier, me dit-il, de tous ceux que nous visitons invisiblement, qui soit aussi bien instruit de toutes ces choses. Cela me surprend. — Vous ne devez pas l'être autant que vous le paraissez, Monsieur, lui répondis-je; cette grâce m'a été accordée par les quatre apparitions que Dieu fit en ma faveur lorsque j'étais à Avignon, et par cette inspiration du ciel qui m'arrêta lorsque j'étais sur le point de quitter le monde par un crime. J'allais terminer mes jours pour me soustraire à mes persécuteurs, et dans l'espoir sur-tout de jouir plus tôt de la présence du Seigneur, tandis que par ce moyen je m'en éloignais pour toujours. Vous voyez que le ciel fut touché de compassion pour moi, puisqu'il m'inspira l'horreur de ce crime, et m'obligea de souffrir encore pour être plus digne des bontés du Dieu créateur.

Qui sait, d'ailleurs, si Dieu ne veut pas que je vive pour servir encore d'exemple aux hommes, et pour que mes malheurs, soutenus par la résignation qu'inspire la religion, me rendent toujours plus digne de récompenses? C'est le but auquel un bon chrétien doit aspirer.

J'espère que vous êtes maintenant convaincu par ces savans raisonnemens, que tous les pouvoirs surnaturels qui sont donnés aux hommes pour se tourmenter les uns et les autres, n'ont de force que sur ceux qui n'espèrent pas assez en Dieu, qui tôt ou tard finit par confondre leur orgueil.

M. Prieur ne savait plus que penser de tout ce qu'il entendait. Sortez de votre surprise, lui dis-je, et sachez que la sobriété, les privations, les prières et toutes les tribulations que je crois nécessaires pour obtenir du Seigneur la grâce d'être placé au nombre de ses élus, me soutiennent aussi bien dans le chemin de la vertu, que les profondes méditations que je fais jour et nuit, et qui me forcent à ne presque point garder le lit. Le froid, la pluie, la neige et les autres intempéries de la saison, lorsque je vais visiter les églises pour le salut de mon âme, m'incommodent, à la vérité ; mais la vertu de l'homme n'est-elle pas de savoir souffrir ? Tous ces sacrifices ont, croyez-moi, quelque prix auprès d'un Dieu juste et bon, qui n'exige de nous que la volonté de le bien servir.

D'après cela, Monsieur, devriez-vous être étonné des grâces que m'a faites la Divinité, en me donnant la force de résister à tant de maux, en me procurant la connaissance des travaux que les magiciens font sur moi, et particulièrement en me faisant connaître les apparitions de cette troupe infernale, qui n'est illuminée que par les feux qu'elle attise elle-même ?

M. Prieur ne pouvant revenir de sa surprise, me dit : Ma foi, Monsieur, vous êtes extraordinaire.

Il jugea que j'avais besoin de repos, et m'invita à me retirer, en me recommandant de ne pas l'oublier dans mes prières. Je le lui promis et lui rappelai de ne pas oublier de son côté que nous devions le lendemain aller ensemble chez M. Cazin. Il me renouvela cette promesse, et nous nous séparâmes.

CHAPITRE XXXV.

Mes agitations pendant la nuit. Mes doutes sur la bonne foi des hommes.

Rentré chez moi, je fis mes prières comme de coutume. Je me couchai très-content de moi, d'avoir persuadé à M. Prieur que j'avais des connaissances aussi étendues. Je ne pouvais dormir tant les choses dont nous avions parlé me procuraient des pensées agréables. La nuit étant déjà fort avancée, je me levai bientôt pour aller à la messe, afin d'avoir le temps, à mon retour, de parler à M. Prieur, craignant de ne pas le trouver plus tard, et qu'il ne sortît en mon absence, pour avoir occasion de me faire des excuses dont on se sert quand on veut manquer à sa parole. C'est ainsi que je le jugeais d'après la conduite qu'il avait déjà tenue à mon égard. Comme il était encore de bonne heure quand je rentrai, j'étais sûr de le trouver au lit, comme effectivement il y était encore. Comment, lui dis-je, vous dormiriez à l'heure qu'il est! — Parbleu, me dit-il, vous qui ne vous couchez que pour ne pas dormir, ou qui rêvez tout éveillé, je conçois que l'aube du jour doive vous plaire : mais moi, qui sais qu'il n'est pas tard, je vous prie de me laisser reposer. Comment reposer, y pensez-vous? Ne devez-vous pas me conduire chez le prêtre des Quinze-Vingts? Tandis qu'il s'étendait, frottait ses yeux, se retournait en gromelant entre ses dents, arrive un de ses amis qui venait souvent chez lui. Cet importun resta si long-temps à sa visite, qu'il me mit dans une telle colère, que je l'aurais envoyé de bon cœur au diable. Quoique leur conversation ne roulât pas sur moi, on m'adressait quelquefois la parole. Pour surcroît de malheur, survient un autre étranger. Ah! me suis-je dit alors, c'est un des coups de la fatalité qui s'attache à mes pas; ils s'embrassaient, se parlaient comme des gens qui ne se revoyaient qu'après une longue séparation. Cette visite durait déjà depuis long-temps, lorsque je me permis de dire à M. Prieur: Je vois bien que vous n'êtes pas disposé à tenir la promesse que vous m'avez faite au sujet de M. Cazin. A ce nom, l'étranger dit : qu'ayant eu occasion de passer hier chez ce prêtre, on lui avait appris qu'il était parti pour aller prendre possession de sa cure, et qu'on ne savait pas en quel lieu elle était située. Je demandai alors son ancienne adresse, espérant bien trouver quelqu'un qui me ferait connaître sa nouvelle résidence.

M. Prieur parut indigné du départ de ce prêtre, qui, disait-il, aurait dû l'en prévenir. Je m'en vengerai en l'accablant d'injures quand je lui écrirai, dit-il à ces Messieurs; il devait savoir que le dix-sept décembre était un jour fixé pour terminer une affaire qui m'intéresse beaucoup. Ces Messieurs feignirent de partager son indignation; mais comme je n'étais plus leur dupe, voyant clairement qu'ils me jouaient, j'observai, en plaisantant, à M. Prieur, que s'il m'eût conduit chez le curé lorsque je l'en priais, cela ne serait pas arrivé: il en convint, et voulut s'en excuser encore. N'en parlons plus, lui dis-je, je m'en console, puisque j'ai son ancienne adresse, à l'aide de laquelle je découvrirai sans doute la commune où est située sa cure. L'étranger m'approuva, et témoigna la peine qu'il éprouvait de ne pouvoir me la procurer de suite afin de m'épargner cette course.

Je terminai, et je saluai la compagnie d'un air moqueur, avec l'intention d'aller au faubourg Saint-Antoine m'éclaircir de cette ruse.

Je rentrai un instant chez moi, l'esprit satisfait d'avoir joué ceux qui prétendaient me jouer moi-même. Je fis là-dessus encore quelques réflexions importantes. Je me disais : Il existe donc des cœurs assez pervers, des âmes assez basses pour oser former le coupable projet d'abuser de la bonne foi des honnêtes gens ! car, enfin, que deviendra la société, si l'on ne peut plus compter sur ceux-là même qui semblent vous parler avec le plus de vérité? O divine vérité ! tu ne seras jamais souillée en passant par ma bouche. Je prouverai à tous ceux qui voudront m'entendre, que je suis l'innocence même; que je crois fermement qu'il existe des êtres dont l'âme est endurcie par la fréquentation des malins esprits, qui ne s'occupent qu'à tromper. Ah! combien je dois rendre grâce à mon heureuse étoile de m'avoir donné toute la sagacité nécessaire pour repousser les maléfices, les tromperies de mes ennemis, et me faire éviter de tomber dans leurs piéges séducteurs !

Ce qui venait à l'appui de ces réflexions, c'était la lenteur qu'avait mise M. Prieur dans les opérations de M. Imbert : la supposition du départ de ce curé, la feinte indignation dont on faisait parade, tout cela n'achevait-il pas de justifier mes soupçons ? Je me félicitais donc du bonheur de connaître à fond le cœur humain et de mettre à profit cette utile connaissance dont Dieu m'avait fait un si généreux présent.

Comme je continuais mes réflexions, j'entendis M. Baptiste Prieur, je le priai d'entrer et lui fis part de tout ce qui s'était passé, de ce que j'avais vu chez M. son frère; je lui dis les choses telles qu'elles étaient, et lui demandai s'il n'en était pas indigné lui-même. Eh bien, Monsieur, voilà les hommes! avais-je tort de m'en méfier? Il m'avoua que c'était fort mal de la part de son frère, et qu'il en ferait de vifs reproches à M. Cazin, s'il avait occasion de le voir. Mais, tranquillisez-vous, me dit-il, je sais tout l'empire que j'ai sur mon frère, et je lui parlerai sérieusement; car je vous assure que lui seul peut vous guérir sans le secours de ce prêtre. La conversation roula ensuite sur autre chose, après quoi il me quitta.

Sitôt qu'il fut parti, je me mis en route pour me rendre à l'hospice des Quinze-Vingts. Arrivé, je m'informai au portier de l'adresse du curé Cazin. Il ne put, malgré ses recherches, me la procurer; mais il m'adressa au sacristain, qui me la donna sur-le-champ. Ah! nous verrons, dis-je, en revenant, si on m'abusera comme on l'a fait jusqu'à présent. Je la tiens cette adresse, je verrai ce qu'on répondra: je prendrai le double de la lettre, je la porterai moi-même à la poste, il n'y aura plus de surprise ; j'ai tout prévu. C'est ainsi que je me parlais à moi-même, en revenant des Quinze-Vingts à Saint-Roch, car la méchanceté des hommes ne m'a jamais détourné de mes devoirs pieux.

De retour chez moi, M. Prieur frappa à ma porte. Il s'informa de ce que j'avais fait. Je lui montrai l'adresse du curé, et il affecta un air de satisfaction : il me promit d'écrire. Nous parlâmes ensuite des choses qui m'étaient arrivées à diverses époques de ma vie, de ma famille et de la sienne. Je lui rapportai la conversation que j'eus avec M. Baptiste, son frère, et de tout ce que j'avais su du départ de M. Cazin. Il me dit que toutes ces démarches étaient inutiles. Mon frère seul, Monsieur, peut vous guérir. — Comment ? — Je vous en réponds. Cela est vrai, me dit M. Etienne, je le puis sans le secours de cette prêtraille en laquelle vous avez tant de confiance. Pour vous le prouver, je vais vous débarrasser de ces cinq paquets de verveine. Il les prit, en effet, et les jeta par la fenêtre, en m'assurant que je pouvais dormir tranquillement. Il promit aussi de persuader à M. Lomini, son cousin, que ses remèdes étant en opposition avec ceux qu'il me donnait pour me rendre la liberté, il devait les abandonner, en raison du mauvais effet qu'ils faisaient sur moi.

Il me quitta, en me promettant d'écrire à M. Cazin, quoiqu'il pût s'en passer, mais pour savoir seulement s'il tiendrait à sa parole.

Une heure du matin étant sonnée, je me disposai à me coucher, en réfléchissant toujours à tout ce que j'avais vu, dit et fait toute la journée. Ces réflexions ne m'empêchèrent pas d'entendre les mêmes fracas qui se faisaient toutes les nuits dans ma chambre. Comment! me dis-je, c'est ainsi que s'effectuent les belles promesses de ces Messieurs? Mais la force de mon esprit, et ma résignation à tout souffrir pour l'amour de mon Dieu, m'avaient tellement rendu familier avec ces choses, que je me mis au lit, en me promettant seulement d'en parler le lendemain à M. Prieur.

CHAPITRE XXXVI.

Mes apostrophes aux Farfadets. Confidence à M. Prieur.

Aussitôt après m'être couché, je sentis un farfadet qui s'étendait à mes côtés, puis un autre démon qui parcourait toute l'étendue de mon corps. Je gardai le silence, je voulus voir à quoi tout cela aboutirait; mais ne pouvant plus me contraindre, je partis d'un éclat de rire, et cherchai à me saisir d'un de ces invisibles, tandis que je portai un coup de poing à l'autre. Hélas! tout s'évanouit, je n'entendis que le bruit des fuyards qui s'éloignaient pour se soustraire à ma juste colère. Je leur dis alors: Comment, canailles que vous êtes! c'est comme cela que vous tenez votre parole? vous serez donc toujours les mêmes? ne vous lasserez-vous jamais de tourmenter jour et nuit les malheureux qui emploient tous les moyens pour se soustraire à votre infernale puissance? Quel fruit recueillez-vous de vos infâmes procédés? La certitude d'être un jour resserrés dans les cachots de la Sainte Inquisition, si sagement instituée pour punir les esprits, les sorciers, les magiciens, et même tous ceux qui douteraient un seul instant du pouvoir du Dieu suprême.

J'espère un jour lire les noms de tous ceux qui s'attachent à me persécuter sur les listes sanglantes de ce redoutable tribunal! Ainsi, tremblez, en votre qualité d'esprits, d'aller augmenter le nombre des coupables punis par cette terrible institution.

Après leur avoir donné cette leçon, et apostrophé ainsi ceux qui étaient venus m'inquiéter, ma colère s'apaisa, et je m'endormis un peu. Le matin, à mon réveil, je fus trouver M. Prieur, qui, selon sa coutume, se trouvait encore au lit. Il me reprocha d'être matinal. Parbleu ! vous n'auriez ni mes visites ni mes reproches, si vous me laissiez reposer. Pourquoi êtes-vous venus la nuit dernière, vous, votre cousin et toute votre société, pour me tourmenter de nouveau ? Je conçois que la fatigue de vos caravanes nocturnes vous oblige à reposer dans la matinée. Quoique je fusse fâché contre lui, je me gardai bien de le paraître. Allons, allons, levez-vous, lui dis-je, ne devriez-vous pas déjà avoir écrit cette lettre ? — Oh ! mon Dieu, nous en aurons le temps pendant la journée. — Non, répliquai-je, quelqu'un peut venir, nous n'aurons rien fait, et vous me remettrez encore au lendemain. Réfléchissez que vous ne seriez pas obligé d'écrire aujourd'hui, si dans le temps vous m'eussiez conduit chez M. Cazin, et que cela seul devrait vous engager à prévenir le moindre retard ; que tout semble mettre obstacle au désir que vous avez montré de m'obliger. Mes instances ne purent rien sur lui. Dans le même instant on frappa à la porte. Voyez, lui dis-je, si je n'ai pas toujours raison. J'ouvris, et cette personne, qui fut, ainsi que moi, très-surprise de le trouver au lit, me dit qu'elle ne resterait pas long-temps. Je lui fis part alors de mes instances auprès de M. Prieur pour lui faire réparer le temps perdu à l'égard de M. Cazin dont il m'avait promis les secours, et qui, par malheur pour moi, venait de quitter Paris. Ce Monsieur, convaincu de mes bonnes raisons, me dit obligeamment qu'il connaissait le motif de mes visites, et il engagea son ami à me rendre le service qu'il m'avait promis; mais comme M. Prieur ne tenait pas compte de ce qu'on lui disait, il resta encore si long-temps à se décider, qu'il arriva d'autres personnes. Mon impatience et ma mauvaise humeur redoublèrent : je le saluai, en lui faisant bien sentir que les affaires qu'il avait avec ces Messieurs ayant retardé les miennes, je profiterais de ce moment pour aller à la messe, que je viendrais savoir ensuite s'il serait disposé à m'obliger. J'allais sortir, lorsqu'un de ces Messieurs, qui me connaissait le plus, me dit : Rassurez-vous, M. Berbiguier, si ces Messieurs ont fini leurs affaires avant votre retour de la messe, je vous promets de ne pas laisser sortir mon ami, qu'il n'ait écrit pour vous à M. Cazin. Je sortis après avoir beaucoup remercié ce Monsieur; et tout en me rendant à l'église, je réfléchissais et me réjouissais intérieurement de l'air de bonhomie avec lequel je trompais M. Prieur, qui me croyait sa dupe. Je ne comptais plus sur lui pour ma guérison, j'étais seulement curieux de savoir ce que produiraient sa lettre, ses demarches et ses opérations. Le dénoûment de cette affaire me faisait rire d'avance.

Quand je fus arrivé à l'église, je m'occupai de faire ma prière; mais par l'effet ordinaire des maléfices de ces misérables farfadets, je me sentis encore poursuivi par les mêmes agitations. Comment, me disais-je, peuvent-ils s'introduire dans un lieu saint? ne savent-ils pas que tous ceux qui fréquentent les églises sont préservés de toutes leurs tentations; qu'il n'est point de peines, de maux, dont l'espèce humaine soit affligée, que ne puisse faire disparaître l'amour de la Divinité? De retour de la messe, j'entrai chez M. Prieur, où je ne trouvai plus la personne qui m'avait promis de le faire écrire à M. Cazin, et je retournai chez moi. Peu de temps après, M. Prieur vint m'y joindre. Je lui proposai de faire la lettre, en en lui offrant tout ce qu'il fallait pour cela. Il préféra la faire chez lui, où je le suivis.

Il fit enfin cette lettre si long-temps promise, et, pour parer à toute surprise, je la portai moi-même à la poste, après en avoir conservé le double. Je voulus ensuite monter chez M. Prieur; mais il était sorti, et je revins chez moi toujours réfléchissant à la lettre, et à la réponse que le prêtre ferait à son ami. Tandis que je m'occupais de toutes ces choses, M. Prieur frappe à ma porte; j'ouvre, et mon premier soin fut de lui dire : Enfin, Monsieur, voilà donc la lettre écrite et partie ! vous êtes seul la cause de la perte du temps qu'il faut maintenant pour avoir la réponse. Tranquillisez-vous, me dit-il, nous l'aurons bientôt, et nous ferons tout ce qu'elle prescrira. Je ne puis vous ôter le sort que l'on vous a donné, sans avoir quelqu'un sur qui je puisse le jeter; et je veux savoir si M. le curé n'aurait pas dans son pays quelque personne propre à le recevoir, ou s'il me conseillera de le faire passer sur quelqu'un que j'ai en vue dans notre maison. Au surplus, s'il apportait trop de lenteur dans les opérations, ne craignez rien, je vous guérirais moi-même, et je lui écrirais d'un style un peu sévère; mais avant d'en venir là, je veux savoir avec honnêteté s'il s'occupe de votre guérison. C'est très-bien, lui dis-je; mais, Monsieur, dites-moi donc, quel est l'effet de votre science? car, enfin, vous m'avez promis que je ne serais plus tourmenté à l'église, et je n'y vais pas une fois que je ne le sois. Je sens entre mon gilet et ma redingote comme une espèce de lapin, qui me parcourt le corps en tous sens : dites-moi, je vous prie, ce que ce peut être. — Cela ne doit pas vous effrayer, me dit-il, c'est moi qui suis le lapin : d'ailleurs, tout cela ne vous regarde pas, ce sont des secrets qui tiennent au pouvoir que nous avons de guérir les esprits affectés des visions, des sensations, et de tout ce qui s'attache à la crédulité du pauvre genre humain. Je vous l'ai promis, tout finira, et mon cousin Lomini ne vous persécutera plus. C'est assez que vous soyez notre ami, pour que nous ne vous tourmentions pas davantage. Si mon cousin voulait persister, comme je ne puis rien faire moi seul, je m'associerais à une autre personne qui vous voudrait autant de bien que je vous en veux, pour tâcher, par un commun accord, d'apporter du soulagement à vos peines. Il me fit toutes ces promesses en jouant aux cartes, comme nous en avions l'habitude presque tous les soirs, jusqu'à une heure ou deux heures du matin : après quoi, il me souhaita le bon soir, en m'invitant à dormir tranquille, et en me promettant de me revoir sitôt qu'il serait levé.

La nuit se passa comme les précédentes, c'est-à-dire dans l'agitation, le recueillement ;

les prières, les souffrances que me faisaient éprouver mes ennemis; car je n'avais pas une heure de vrai sommeil, que pourtant j'achetais bien cher par toutes les angoisses où j'étais obligé de passer pour y parvenir.

CHAPITRE XXXVII.

Lettre à M. Cazin. Entretien avec diverses personnes. Consultations, etc.

Avant huit heures du matin j'étais chez M. Prieur. Je le pressai de se lever; mais n'ayant rien qu'à lui parler, il ne voulut pas se déranger. Il s'informa de la manière dont j'avais passé la nuit. Je n'ai éprouvé aucun soulagement, lui dis-je, j'ai passé par les mêmes épreuves, avec la même résignation. Comme j'ignorais le temps qu'il fallait pour avoir la réponse de M. Cazin, je le priai de m'en instruire; il crut qu'il fallait à-peu-près sept jours. Eh bien! mettons-en huit pour être plus sûrs, après quoi nous écrirons, si nous n'avons pas de réponse. Vous entrez bien dans mes intentions, me dit-il; et alors arrivèrent des personnes à qui je fis part de mon entretien avec M. Prieur. Elles m'en félicitèrent en me faisant espérer que bientôt je verrais la fin de mes tourmens. Mais toutes ces promesses ne pouvaient me satisfaire, j'étais trop désabusé; et si j'affectais de les croire, je riais au fond de ce qu'ils me prenaient pour dupe. Sur ces entrefaites, madame Metra arrive; chacun lui fit compliment, comme à quelqu'un que l'on revoit toujours avec un nouveau plaisir. M. Lomini la suivit de très-près. A son entrée on lui demanda s'il me tourmentait toujours. Comment, Monsieur, lui dit-on, vous avez eu la cruauté de couper la queue de l'écureuil de M. Berbiguier! Quel plaisir trouvez-vous donc à faire du mal et de la peine à quelqu'un, et sur-tout à un ami? — Mon cousin se trompe, s'il vous a dit cela. — Non, Messieurs, j'ai dit la vérité, réplique M. Etienne: vous courez toutes les nuits; vous vous transportez partout où vous croyez trouver notre ami; vous me rapportez tout ce qu'il fait; vous me rendez compte de tout ce qu'il dit, de tout ce qu'il boit et mange. Je vous l'ai déjà dit, vous faites subir à Monsieur des tourmens trop forts, vous le mettez à la torture, comme s'il avait commis quelque crime capital. Voyez comme vos persécutions l'affaiblissent; regardez sa figure, ne croirait-on pas voir un spectre ambulant ? En vérité, si nous étions encore au temps des fantômes, je craindrais qu'à la triste mine de Monsieur on ne le prît pour un de ces êtres impalpables qui sortent la nuit de leurs tombeaux pour apparaître aux yeux des barbares qui leur ont fait subir un sort trop rigoureux. Craignez qu'à votre tour vous n'éprouviez bientôt le sort de ces monstres cruels qui abusent de la bonté de leurs victimes, et que vos traits défigurés, sous des formes hideuses, ne se présentent la nuit à l'imagination de Monsieur, et qu'il vous fasse repentir de l'avoir ainsi maltraité. Je vous ordonne donc de cesser vos opérations magiques à son égard, ou je ferai tomber sur vous tout le mal que vous voudriez lui faire éprouver. Après avoir fini cette leçon à son cousin, il fit part à ces Messieurs et Dames qu'il avait écrit à M. le curé, sur lequel il comptait beaucoup, en faveur de ma guérison. Comme j'ai déjà retiré M. Berbiguier des mains de MM. Pinel et Moreau, de celles de la femme Vandeval, dit M. Prieur, je prétends aussi l'enlever très-facilement des mains de mon cousin, à qui je n'ai donné qu'un pouvoir limité sur Monsieur, persuadé qu'il n'en abuserait pas ; mais puisqu'il ne suit pas mes ordres, je lui retire son diplôme, en lui permettant cependant d'exercer sur toute autre personne que M. Berbiguier, autant que cela lui serait utile et agréable. Chacun applaudit aux résolutions de M. Prieur, et moi, je me retirai, prétextant quelque affaire. En descendant je rencontrai M. Baptiste Prieur, qui me fit part du dessein où il était de se rendre auprès de son père (médecin, comme je l'ai dit), pour rétablir sa santé, espérant beaucoup de ses secours, ainsi que de l'air natal. C'est très-bien, lui dis-je; mais la faiblesse où je vous vois m'engage à vous recommander de ne pas vous mettre en route sans vous être restauré d'avance par quelque confortatif; car vous devez craindre autant les secousses de la voiture que l'air vif. Il me remercia de mes observations, et me dit qu'à cet égard il retarderait son voyage de quelques jours. Nous nous séparâmes, et nous rentrâmes chacun chez nous.

Quand je fus rentré, je me dis : que signifie donc le manége de toutes ces personnes, qui me promettent tous les jours d'adoucir mon sort, et qui, tour-à-tour, se plaignent l'une à l'autre du retard que chacun apporte à mon rétablissement? Leur dois-je dire qu'ils agissent de concert pour me tromper? Non. J'ai raison de feindre, ayant encore besoin de M. Etienne, sous la domination duquel je ne cesse d'être, puisqu'il dit que je lui appartiens de droit. Je dois donc prendre encore patience, pour voir le dénoûment après lequel je soupire depuis si long-temps. J'étais occupé de toutes ces choses, lorsque je m'aperçus que les farfadets agissaient encore contre moi, en me faisant sentir l'influence d'une planète qui soufflait un vent affreux, qui faisait tomber une pluie si considérable, qu'il était à craindre que les récoltes en fussent perdues, et que les malheureux habitans des campagnes, qui arrosent leurs travaux de leurs sueurs, ne fussent entièrement ruinés. Nul ne peut donc se soustraire à la vengeance des magiciens et des sorciers! ils accablent davantage, par leur méchanceté, les malheureux, que ceux que la fortune a comblés de ses faveurs! Je me proposai donc de faire part de mes observations à M. Prieur aussitôt que je le verrais. Il revint effectivement comme à son ordinaire, et me demanda si j'avais éprouvé quelque chose de nouveau. Je ne pus lui dissimuler les craintes que m'avaient causées le vent et la pluie qui avaient régné dans la journée. Je lui demandai pourquoi ce vent et cette pluie si extraordinaires, qui me rappelaient les avant-coureurs de ma planète? —Vous ne pouvez, me dit-il, vous soustraire à ces effets célestes, ils sont souvent nécessaires. —Eh! pourquoi? lui dis-je, pour empêcher le cultivateur de labourer son champ? le voyageur, de continuer sa route, ou leur causer à tous des maladies qui les conduisent au tombeau? — Ces choses ne devraient pas vous inquiéter, me dit-il. — Pardonnez-moi, j'y suis pour quelque chose, et cela me regarde de trop près, pour que je ne m'en occupe pas. Je vois que vous agissez sur le tonnerre, le vent, la pluie, la grêle et la neige, et vous voulez que je garde le silence? Je ne puis m'y résoudre. Pourquoi ce nombre infini d'animaux de toute espèce, amenés sous mes croisées, que l'on fait agiter de diverses manières : les uns chantant, criant, sifflant, miaulant, dansant, hurlant, etc? Pourquoi sont ils venus dans ma chambre faire un ravage affreux, sauter sur moi, s'élever sur leurs pattes, battre des aîles? On eût dit que ces démons prenaient mon corps pour une salle de danse; et vous osez me dire que cela ne me regarde pas? Il me fixa alors long-temps avec immobilité, et me demanda qui pouvait m'en avoir tant appris. Celui qui est le maître de tout, qui donne au faible la force et le courage, et qui ouvre les yeux à ceux qui aiment la vérité. C'est lui qui m'apprend jusqu'à quel point vous poussez la malignité démoniale. Croyez-vous que j'ignore que par un effet de votre sorcellerie, vous vous transportez dans les airs : témoin cette nuée sur laquelle vous marchiez et de laquelle vous lanciez des feux si effroyables, que tout le monde, arrêté sur le Pont-Neuf, n'aurait pu s'en rendre compte, si, par mon génie naturel, et avec l'aide de Dieu, je n'étais parvenu à les tirer d'erreur, en annonçant à tout le monde que c'étaient des magiciens qui agitaient une planète ? je sais bien que mes résolutions me firent passer pour un visionnaire aux yeux des gens qui n'étaient pas aussi bien inspirés que moi ; mais cela ne me fit pas changer de façon de penser à cet égard, parce que je suis très-décidé à n'en changer que lorsque tous les maléfices ou sorts que l'on m'a donnés m'auront totalement abandonné.

Ne vous souvient-il plus que vous m'avez dit qu'on faisait souffler le vent afin de briser mon parapluie, lorsque j'allais à l'Eglise ? Que vous éprouviez du plaisir de m'incommoder par des torrens d'eau, et par la foudre que vous faisiez gronder sur ma tête, lorsque je faisais même des voyages à Avignon, ou dans les villages environnans? Que pouvez-vous répondre à présent? Pourquoi ces choses n'arrivent-elles qu'à moi ? N'est-il pas certain que c'est un malin esprit qui me poursuit ? Ma foi, Monsieur, je n'ai rien à vous répondre, me dit-il ; vous êtes plus instruit que je ne me le serais imaginé, de toutes les opérations des sorciers et magiciens; je n'y comprends rien, et je regarde cela comme un mystère. Ne croyez qu'au mystère de la Sainte-Trinité, lui dis-je ; ce que vous admirez en moi est un effet de la bonté divine, la pitié que j'inspire à Dieu par mes privations et mes souffrances, ma ferveur à le servir, et la confiance que j'ai en ses ineffables bontés, tout cela me fait obtenir les lumières qu'il n'accorde pas à ceux qui étudient pendant leur vie pour acquérir des connaissances en tout genre, et qui s'éloignent de la seule à laquelle on doit spécialement s'attacher, le salut de son âme. Je trouve en vous, me dit-il, quelque chose de surnaturel, et je vois clairement que Dieu vous favorise particulièrement. — Je ne puis douter de sa faveur insigne, depuis vingt ans que je souffre tout ce que la méchanceté des hommes peut inventer de plus abominable. Je suis poursuivi partout, je ne puis passer un instant tranquille, je suis en proie à tous les tourmens, à toutes les tortures ; eh bien ! je souffre cela avec la résignation la plus parfaite, je ne m'occupe qu'à prier Dieu dans les Eglises et à me mortifier par l'abstinence et le jeûne. Cependant vous voyez combien est grande la bonté de ce Dieu, puisqu'au milieu de mes souffrances et de mes privations, il m'a conservé la santé, et ne me fait souffrir aucune des incommodités auxquelles l'espèce humaine est sujette.

CHAPITRE XXXVIII.

Conseil à M. Prieur. Son étonnement sur l'étendue de mes connaissances.

Ce discours fit tant d'impression sur l'esprit de ce jeune homme, qu'il me pria, avec un air de bonne foi, de le recommander au Tout-Puissant dans mes prières.

Je ne m'y déterminerai, Monsieur, lui dis-je, que lorsque vous aurez changé de manière de vivre: quand vous vous comporterez mieux avec M. votre père, que vous vivrez en meilleure intelligence avec MM. vos frères, et qu'enfin vous aurez cessé de me persécuter, c'est alors que je pourrai me résoudre à satisfaire à votre demande, sans vous promettre beaucoup de l'effet de mes prières, qui sont sans doute très-peu de chose aux yeux de l'Eternel. (Je dois avouer que, malgré le plaisir que j'ai eu à faire cette morale à ce jeune homme, mon amitié pour lui me portait à le satisfaire, d'autant que la religion nous engage à prier pour nos ennemis.) Il me remercia beaucoup de la leçon que je venais de lui donner, il m'invita à me tranquilliser, et m'assura qu'il me rendrait ma liberté, qu'il se réconcilierait avec ses parens, mais se comporterait mieux à l'avenir avec eux, et qu'il était fort content de ma connaissance. Il était une heure du matin et nous nous quittâmes. J'éprouvai cette nuit les mêmes agitations que par le passé, et malgré toutes les belles promesses de M. Prieur les lutins ne manquèrent pas de me visiter sous toutes les formes qu'il leur plut. Heureusement que depuis le temps que j'en étais tourmenté j'avais fini par m'y habituer entièrement. Je m'abandonnai donc à de nouvelles réflexions avec l'intention d'en faire part à M. Prieur en temps et lieu. Voulant essayer de dormir je me mis au lit; mais inutilement: j'eus encore des importuns qui vinrent me tourmenter de toutes parts, et m'empêcher, par leur magie infâme, de pouvoir fermer l'œil. Sitôt que je fus levé, je montai chez M. Prieur. Ah! Monsieur, me dit-il, que de choses vous m'avez apprises hier au soir! L'air de surprise avec lequel il me fit cet aveu m'engagea à lui répondre en riant. Vous n'y êtes pas encore, je ne désespère pas de trouver de nouvelles preuves qui vous surprendront davantage. Je me disposai à me retirer. Il me dit qu'il allait descendre chez son frère, qui était à la veille de son départ. Je vous y joindrai dans un moment, lui dis-je ; et après avoir terminé chez moi quelques affaires, je fus voir M. Baptiste Prieur. Je m'informai de sa santé. Il me dit que malgré sa faiblesse il se décidait à partir pour Moulins ; mais qu'ayant reconnu la bonté de mes conseils, il avait retardé son départ de quelques jours. Tâchez, lui dis-je, de vous garantir de tous les cahots de la voiture, ils pourraient augmenter votre faiblesse et retarder votre guérison. Ce conseil est fort bon, dit-il, j'y aurai égard.

M. Lomini entra, et après les cérémonies d'usage il voulut savoir de mes nouvelles. Pouvez-vous ignorer mon état, vous qui me dirigez à votre gré, ainsi que M. Etienne, votre cousin ?

M. Baptiste prit la parole, et leur dit qu'il ne s'en irait pas et ne les laisserait pas sortir avant qu'ils eussent promis de me rendre la liberté et de me laisser absolument tranquille. Je vous le promets, mon frère, et je le promets à Monsieur ; ce n'est que dans cette vue que j'ai écrit à M. Cazin, ne voulant rien faire sans sa participation ; mais s'il ne répond pas selon mes désirs, je lui écrirai d'une autre manière, dont il se sonviendra. Je m'entendrai ensuite avec mon cousin pour terminer entièrement les maux de M. Berbiguier.

Le cousin me fit aussi les promesses les plus agréables. Je les acceptai de nouveau en leur rappelant, car je crois bien qu'ils ne devaient pas l'ignorer, que dans les temps passés, les lois condamnaient à être brûlés vifs tous les sorciers, magiciens ; que telles étaient les lois de la Sainte Inquisition. Ainsi donc, je leur répétai bien que s'ils ne me laissaient pas tranquille, je trouverais bien les moyens de les faire brûler tout vifs.

J'ai le projet de faire un mémoire contre tous les gens de votre clique. Je commencerai d'abord par le présenter à l'Eglise. Les premiers qui en prendront connaissance, seront le Pape et le Grand-Inquisiteur. Pour que votre supplice s'en suive, je le ferai passer à tous les rois de la terre, et à tout l'univers, s'il le faut, puisque vous osez vous flatter de correspondre d'un bout de la terre à l'autre. J'espère que ce mémoire fera connaître vos infâmes procédés envers moi, et désabusera ceux qui sont assez crédules pour avoir confiance en vos vaines promesses ; j'écrirai tous les tourmens, toutes les tortures que vous et vos dignes associés m'ont fait souffrir depuis vingt ans. M. Lomini révoqua en doute le temps de mes souffrances. M. Etienne, à qui j'avais déjà parlé de mes affaires, dit qu'il en était certain, et qu'en sa qualité d'initié dans la magie, il savait tout ce qui m'était arrivé de fâcheux dans tous les instans de ma vie, sur-tout par le rapport exact que je lui en avais fait. Ce jeune homme ne pouvant plus rien opposer à mes assertions, convint du fait et ne contesta plus.

M. Baptiste approuva les menaces que je fis à son frère et à son cousin; il les assura que j'instruirais le gouvernement, les souverains, et toute la terre entière, de leur conduite envers moi : il leur dit aussi que ce n'était pas bien de me traiter comme un homme sans raison; que j'étais dans un état à mériter des égards; que c'était abuser de ma bonhomie et se moquer de moi plus que je ne le méritais; qu'il emploierait tout son pouvoir de frère et de cousin pour les forcer à se dessaisir de cette affreuse liberté qu'ils prenaient de me faire souffrir. Patience, mon frère, dit M. Etienne, j'ai promis à Monsieur que je terminerais bientôt avec lui, et que les pouvoirs que j'ai donnés à mon cousin pour un certain temps, lui seraient retirés. Si mon cousin se refuse à cela, je romprai pour toujours avec lui. Sans les égards que je dois à M. Cazin, sans le consentement duquel je ne veux rien faire, de peur de le désobliger, j'aurais déjà pris mon parti ; mais s'il tarde trop, ou ne répond pas, je travaillerai seul à la guérison de Monsieur, et vous verrez comme je m'acquitte de ce que j'entreprends en affaire pareille.

Mais, leur dis-je, je crois vraiment que vous m'en contez avec vos lettres, vos retards, vos pouvoirs et vos bonnes intentions pour moi. Pendant toutes vos irrésolutions et vos mesures retardées, je n'en suis pas moins tourmenté, poursuivi, persécuté par les lutins, qui me harcèlent jour et nuit ; faites en sorte que cela finisse bientôt, ou j'y mettrai bon ordre, je vous en avertis. M. Baptiste approuvant ma résolution, dit à son frère qu'il était temps de me laisser tranquille. Ils le promirent tous, et convinrent que puisque j'étais débarrassé des autres malins esprits, tels que les Pinel, Moreau, les femmes Vandeval, Mançot, Lavalette, et tant d'autres, il était juste que je devinsse libre des nouveaux, de même que des premiers. Voyant que les choses allaient bien, je leur dis sérieusement : Allons, Messieurs, d'après des aveux si francs et si sincères, je consens à attendre encore quelques jours, j'espère que vous voudrez bien me tenir parole : et nous ne parlâmes plus des farfadets. Je recommandai à M. Baptiste de prendre tous les ménagemens nécessaires à sa santé pendant le voyage qu'il voulait entreprendre. Il me remercia.

Le soir, M. Etienne vint me voir, je ne manquai pas de m'informer de l'état de la santé de M. son frère, qui méritait bien qu'on s'intéressât à lui. Il me témoigna l'inquiétude où il était, en le voyant partir dans un état aussi faible pour supporter les fatigues d'un voyage. Nous revînmes sur la conversation du matin, en raison de la parole qu'il m'avait donnée. Il me reprocha la vivacité de mon caractère, lorsque je menaçai de faire brûler les impies, les sorciers, les magiciens et même les physiciens. Si vous exécutez votre projet, vous n'ignorez pas que nous serons du nombre des brûlés. Ma foi, Monsieur, lui dis-je, n'ai-je pas le droit de réclamer ma liberté ? Ne savez-vous pas qu'il n'appartient qu'à Dieu d'en priver ceux à qui il l'a donnée ? Puisque, par un pouvoir diabolique ou magique, car c'est la même chose à mon esprit troublé, vous me l'avez ôtée, cette précieuse liberté, rendez-la-moi, et je vous promets qu'il ne sera plus question entre nous de rien. — Ne vous l'ai-je pas promis devant Lomini ? dit-il ; ayez donc un peu de patience. — Eh ! Monsieur, vous la poussez à bout cette patience. On en a lorsqu'on espère ; mais elle devient inutile, alors qu'on voit que rien ne finit. J'eusse autant aimé rester dans les mains de M. Pinel et compagnie, puisque je ne suis pas mieux dans les vôtres : car, enfin, je n'ai fait que changer de persécuteurs. — Il me dit qu'il n'avait pas trouvé d'autres moyens. — Tout cela est bel et bon, lui dis-je ; je suis en votre pouvoir maintenant, il n'est plus question de M. Pinel, ni de qui que ce soit, il faut que vous me rendiez ma liberté, je ne connais que cela, et je ne sors pas de là. Si M. Cazin ne répond pas demain, il faudra lui écrire encore une fois, parce que je suis bien aise de voir où tout cela aboutira : vous voyez que je suis bien raisonnable. Parlons de vous. Je vous invite, Monsieur, par votre conduite future, à ne pas obliger M. votre frère à faire contre vous de mauvais rapports à M. votre père ; qu'il apprenne, ce bon père, que vous vivez en bonne intelligence avec M. votre frère aîné ; qu'il ignore sur-tout que, malgré vos promesses réitérées à mon égard, je suis toujours dans le même état ; mais peut-être que M. votre frère ne lui laissera rien ignorer à son arrivée à Moulins. — Cela se peut, me dit-il, mais je ne le crois pas. Si vous le permettez, je vais me retirer pour me délasser un peu de mes courses de la journée. Nous nous reverrons demain chez mon frère.

Rentré chez moi, je fis des réflexions sur tout ce qui me frappait l'imagination. Je m'inquiétai sur le départ de M. Baptiste. S'il pouvait supporter les fatigues de la route, ce serait un bien pour sa santé, parce que son père et l'air natal étaient deux médecins réunis qui ne pouvaient que contribuer à son entier rétablissement.

La nuit s'avançait à grands pas, je me mis au lit par habitude : je fus tourmenté à l'ordinaire ; mais j'y fis si peu d'attention, que le temps me parut moins long que de coutume.

Aussitôt que j'entendis ouvrir la porte de M. Baptiste, je me disposai à l'aller voir. Je le vis qui s'occupait des préparatifs de son départ. Je lui renouvelai mes invitations sur le soin qu'il avait à prendre de sa santé pendant un long voyage pour un malade. MM. Etienne et Lomini descendirent pour assister au départ ; et après avoir parlé de choses relatives à ce sujet, M. Baptiste leur dit qu'il espérait bien que ces Messieurs tiendraient leur parole, et qu'ils ne le forceraient pas d'en parler à M. son père ; qu'il n'aurait plus que ce recours s'ils ne tenaient pas les promesses qu'ils m'avaient faites la veille, de ne plus me tourmenter. Ils le jurèrent de nouveau. Mais, Messieurs, leur disais-je, ce n'est pas tout de jurer que l'on fera une chose, car promettre et tenir sont deux. C'est alors que j'embrassai M. Baptiste et lui souhaitai un bon voyage, en l'invitant à me donner de ses nouvelles, s'il écrivait à MM. ses frères ou à son cousin : il me le promit, et nous nous séparâmes.

La journée se passa sans que j'eusse éprouvé rien de nouveau. Comme je rentrais chez moi, le soir, j'eus le plaisir de voir M. Etienne. Je m'informai s'il avait conduit M. son frère jusqu'à la voiture, j'avais des craintes pour la santé de ce jeune homme, et n'espérais de soulagement pour lui que lorsqu'il serait sous le toît paternel. Soyez sans crainte, me dit M. Etienne, mon père et ma mère l'aiment beaucoup et rien ne lui manquera. Ah! Monsieur, que vous me faites plaisir! lui dis-je, et que je désirerais apprendre que vous vous comportez comme lui, afin que vous éprouviez le même traitement de la part des auteurs de vos jours! Il m'avoua qu'il n'avait pas le bonheur d'être aimé de ses père et mère autant que l'était son frère ; que tout ce qu'il disait ou faisait, était toujours contrarié ou blâmé ; que c'était la raison pour laquelle il ne voulait point céder aux instances de ses parens qui le rappelaient près d'eux. Je ne rentrerai jamais dans la maison paternelle, quand ce ne serait que par rapport à ma mère.

Vous m'affligez beaucoup, lui dis-je, quelles funestes résolutions ! Comment un homme bien né peut-il les avoir conçues? Ah! Monsieur, ne craignez-vous pas de ressembler à cet enfant prodigue qui, après avoir poussé à bout les bontés paternelles, s'est trouvé réduit à remplir les états les plus vils, et qui n'a trouvé de remède à ses maux que dans cette même bonté paternelle? Cet exemple peut, par certains rapprochemens, vous servir de conduite, afin d'éviter les excès où un moment d'erreur pourrait vous engager. Quelles que soient les causes de l'inimitié de vos parens, vous leur devez entière soumission. Songez, Monsieur, qu'un père et une mère sont respectables jusques dans leurs erreurs; mais les enfans, dont le caprice et la déraison forment la conduite, se croient contrariés quand on leur montre la bonne voie, ils ne supposent pas que c'est pour leur bien; toujours indulgens pour eux, les principes de l'Evangile leur sont très-applicables : ils censurent la conduite des autres avant d'avoir au fond examiné la leur. *Ils voient bien une paille dans l'œil de leurs voisins, mais ils ne voient pas une poutre dans le leur.*

D'ailleurs, est-ce un déshonneur que d'être corrigé par ses parens? A quel propos quitter la maison paternelle, pour se jeter, trop jeune encore, dans les bras des intrigans qui, par des perfidies, nous punissent encore plus sévèrement que ne feraient nos pères et mères? Profitez, Monsieur, du retour de M. votre frère auprès de vos chers parens, afin d'obtenir de ce côté l'accueil favorable après lequel vous devez soupirer, et pour lequel vous devez tout employer.

J'ignore votre conduite à leur égard, mais je sais que vous avez bien des reproches à vous faire. Vous avez étudié l'état ecclésiastique, et vous l'avez abandonné pour apprendre le Droit, que vous avez aussi quitté pour suivre la Médecine. Calculez les sacrifices pécuniaires que vos parens ont faits pour vous procurer ces trois états, dont un seul devait vous suffire, et dans lequel vous seriez déjà très-avancé, si vous eussiez été constant dans vos études. Ce n'est donc pas à vous à les accuser d'injustice, vous devez, au contraire, louer leur patience et leur trop grande bonté. Que pouvez-vous répondre à cela? — J'avoue, Monsieur, me dit-il, que votre morale est très-bonne, je n'ai rien à répliquer, et je reconnais la force et la justesse de votre raisonnement. J'ai beaucoup de regret de ne vous avoir pas connu plutôt; et pour vous donner la preuve de ma reconnaissance à vos bons conseils, je vais, en attendant que la réponse du père Cazin me donne le moyen de terminer vos maux, je vais, dis-je, changer ma manière de vivre et tâcher d'avoir une correspondance suivie avec mon frère, afin qu'il obtienne ma grâce auprès de mes parens. Permettez que je vous quitte, il se fait tard. Aussitôt que j'aurai reçu des nouvelles de M. Cazin, je vous en ferai part.

Il faut croire que ce jour-là je passai une assez bonne nuit, car je ne me souviens pas d'avoir reçu aucune visite de la part de MM. les lutins. Dieu, sans doute, voulut récompenser les bons conseils que je venais de donner à M. Prieur.

CHAPITRE XXXIX.

Supercherie des Farfadets, dont je ne suis pas dupe.

Le lendemain matin, je ne manquai pas de faire mon devoir de bon chrétien, en allant à la messe sitôt que je fus levé. A mon retour je fus chez M. Etienne, que je trouvai avec plusieurs de ses amis que j'avais déjà vus chez lui. Aussitôt que j'entrai, M. Etienne, s'adressant à sa compagnie, lui dit : Pourriez-vous deviner, Messieurs, d'où vient M. Berbiguier ? apprenez qu'il vient de la messe. — Oui, Messieurs, leur dis-je, je me fais un devoir d'assister tous les jours au service divin, et je m'en trouve très-bien, je vous assure ; c'est un vrai soulagement pour ceux qui, comme moi, sont poursuivis par les magiciens. — Vous avez bien raison, me dirent ces Messieurs, ce doit être pour vous une grande satisfaction que d'opposer la puissance divine à la puissance magique des démons. Je demandai à M. Etienne s'il n'avait point de nouvelles de M. Cazin. Ces Messieurs avaient connu à Paris ce prêtre, et furent très surpris d'apprendre qu'il n'avait pas encore répondu : il faut absolument qu'il lui soit survenu quelque importante affaire. Au commencement d'un établissement, on a tant de choses à faire, les démarches auxquelles on ne s'attend pas, les visites imprévues, qui donnent beaucoup de fatigues. Je vous conseille d'attendre encore quelques jours, pour avoir un bon motif à lui écrire une seconde lettre. Je terminerais bien, dit M. Etienne, avec M. Berbiguier, je le lui ai promis ; mais évitons que M. Cazin veuille opérer de concert avec moi, et me donner envers lui une responsabilité dont je pourrais peut-être me trouver fort mal.

Ces Messieurs approuvèrent M. Etienne, et dirent aussi qu'il fallait un peu de patience. Je leur dis que je voulais faire de mon côté tout ce qui dépendrait de moi; mais que j'exigeais aussi que M. Etienne fît ses efforts pour mettre un terme à mes souffrances.

Ces Messieurs convinrent qu'à raison de ma situation, il était temps de me débarrasser de tous ces vilains sorciers, magiciens, physiciens. Ils firent promettre à M. Etienne d'être diligent. Je leur dis que je n'avais plus rien à craindre de la clique infernale, puisque j'étais entre les mains de M. Cazin et de M. Prieur, et que tôt ou tard cela finirait. J'ajoutai, en riant, à ces Messieurs, qui semblaient me porter beaucoup d'intérêt, que je les priais de vouloir bien employer tout leur crédit auprès de M. Etienne, pour qu'il m'arrachât des griffes de ces démons acharnés à ma pauvre carcasse. Je pris congé de la compagnie, et je rentrai chez moi. Le soir, en réfléchissant sur des choses importantes, je pensai que je ferais bien d'inviter un ami à dîner le jour de la Noël avec M. Prieur; que ce dîner, composé de trois personnes seulement, ne voulant pas de femmes, serait sans cérémonie, et qu'un dinde et quelques autres petites choses nous suffiraient. Pendant que je m'occupais de ces petits détails, M. Prieur arriva, il retournait de dîner avec quelques amis, comme cela lui arrivait souvent. J'en suis bien aise, lui dis-je; mais je suis fatigué de mes courses, vous devez l'être également de votre côté, permettez que je me retire.

Rentré chez moi, je me couchai de suite; mais M. Prieur, quoique fatigué, ne tarda pas, comme les nuits précédentes, à s'introduire invisiblement chez moi. Je le sentis s'allonger dans mon lit, s'étendre à ma droite. La précaution que j'avais de placer mon lit tout près du mur, me fit reculer pour lui faire place. Je me disais, d'ailleurs, qu'il fallait être honnête avec son prétendu maître. Pendant ce temps, sa troupe passait et repassait sur mon corps, s'y posait à son aise, et faisait mille attouchemens plus sales les uns que les autres.

Il est bon que l'on sache que les sorciers, les magiciens, etc., qui venaient me visiter, n'étaient jamais seuls: ils avaient le pouvoir de s'introduire par les trous des serrures, par les fentes des croisées, par les cheminées et les tuyaux de poêles: il y avait de quoi rire de voir leurs contorsions. Je disais à M. Etienne: Ne vous gênez pas, M. mon maître, il est juste que je vous fasse place. Je voulus lui prendre la main; mais à l'instant il sauta en bas du lit avec sa troupe; et faisant encore quelques gambades, ils s'en furent comme ils étaient venus. Je fus enfin libre. Je m'assoupis ; mais de pareils sommeils ne peuvent tranquilliser ni le corps, ni l'esprit.

CHAPITRE XL.

Réflexions sur les Puissances divines et magiques.

LORSQUE le jour fut venu, je me levai pour aller à la messe comme à mon ordinaire. En revenant j'achetai mon poulet dinde, que je pris de première qualité. Je m'y connais, parce qu'il y en a beaucoup dans mon pays.

Arrivé chez moi, je voulus mettre à l'épreuve la science de M. Prieur sur la sorcellerie : je mis le poulet dinde dans une petite pièce où il n'entrait jamais. Je voulais lui proposer de deviner ce qui était renfermé dans cette même pièce. Les magiciens, lui dis-je, doivent connaître nos plus secrètes pensées. — Sans doute, me dit-il, c'est le plus grand privilége de leur art ; il ne peut, en effet, y en avoir de plus grand : ils s'assimilent à la puissance de la divinité, qui sait lire dans le cœur des faibles mortels, et leur envoie des forces pour supporter les épreuves auxquelles ils sont exposés par l'influence maligne des esprits infernaux. — Quelle horreur ! quel blasphême de la part des sorciers, d'oser croire qu'ils ont une puissance semblable ! Je ne puis cependant pas révoquer en doute qu'ils l'aient, puisque j'ai le malheur d'en être poursuivi; mais aussi j'ai le bonheur de leur opposer une puissance que rien ne peut révoquer, une puissance admirable, dont les consolations portent dans le cœur une paix ineffable, un bien plus précieux que tous ceux que l'on peut goûter ici-bas. Ah ! divinité suprême, on ne peut pas compter les heureux que tu fais; malheur à ceux qui n'ont pas de confiance en tes bienfaits; ceux-là ne seront point admis au nombre des bienheureux !

Tout en faisant ces réflexions, j'arrangeais mes petites affaires. Je demandai à M. Etienne s'il avait reçu des nouvelles de M. le curé Cazin? Il me répondit que non : je l'invitai sur-le-champ à lui écrire. Il y consentit. Je lui remis la première lettre qui devait servir de modèle à la seconde, qu'il s'engageait d'écrire. En effet, il me remit la lettre et le double, et je me chargeai encore cette fois, pour éviter toute surprise, de mettre cette lettre à la poste. De retour chez moi, je me réjouis intérieurement des sages moyens que je prenais pour m'assurer de ce départ et avoir ainsi plus sûrement une réponse de M. Cazin. J'entendis M. Etienne qui descendait de chez lui. Il entra, et me voyant de retour, il me dit qu'il n'y avait personne de plus expéditif que moi, qu'il allait en ville, et qu'il ne me reverrait que le soir. Je lui donnai parole, et je profitai de ce temps pour me procurer ce qui pouvait me manquer pour le dîner d'amis que je me proposais de donner le jour de la Noël. Je pourvus à tout, et rien ne manqua à mes désirs.

Le soir, M. Etienne rentra comme à son ordinaire. Il était sorti pour affaires; j'étais bien sûr qu'il n'avait rien vu de mes préparatifs. Puisqu'il sait tout, me dis-je, je verrai bien s'il me parlera de ce que je viens de faire. Je lui demandai s'il avait vu ses amis? J'ai vu ceux que je désirais voir, me dit-il. Mais vous, quelles démarches, quelles provisions faites-vous donc? — Eh mais! puisque je suis moi-même mon cuisinier, il faut bien que je fasse aussi les provisions nécessaires. — Mais vous les avez faites plus fortes que de coutume? — Ce sont les fêtes de Noël qui m'y ont obligé, ne voulant rien acheter pendant leur durée. — Je dois vous faire compliment sur votre bon goût, me dit-il,

— Eh ! comment savez-vous, Monsieur, que j'ai bon goût ? — Croyez-vous que j'ai besoin d'être près de vous pour savoir ce que vous faites ? Allons, allons, cela va très-bien, vos petits préparatifs annoncent que vous vous disposez à donner à dîner à vos amis. — Eh bien, cela est vrai. Le jour de la Noël est chez nous consacré par l'usage pour recevoir et traiter nos amis. D'ailleurs il me rappelle une époque bien chère et bien fatale également ; c'était la fête de mon bon et vertueux père, et je suis bien aise de faire quelque chose qui me rappelle un souvenir si doux et si cruel en même temps, puisque je suis privé pour jamais de le revoir.

— Rien n'est plus naturel que de regretter ses parens ; mais malheureusement nous ne pouvons rien contre la mort, elle frappe aussi bien à la porte des palais des rois qu'à celle des chaumières du pauvre ; ainsi tous vos regrets sont superflus. — Je le sais, lui dis-je, mais c'est une époque si sensible, que je voudrais en vain la bannir de ma mémoire.

Mais pour faire trêve à tout cela, dites-moi, comment pouvez-vous savoir que j'ai bon goût ? vous n'avez pas vu ce que j'ai acheté. Pardonnez-moi, je l'ai vu, dit-il. — Je ne vois pas que l'achat d'une alouette soit une chose qui prouve un goût si excellent. — Il me répondit en riant, elles sont fortes vos alouettes, et je soutiens que plusieurs personnes feraient un bon repas avec une alouette de cette espèce. Voyant qu'il avait tout deviné, je fus chercher la volaille, qu'il trouva fort belle. Il me demanda ce que je voulais faire de tout cela. — Je vous l'ai dit, suivre l'usage de mon pays. Mais au lieu d'être traité par mon seigneur, j'aurai l'honneur de le recevoir chez moi, s'il veut bien accepter l'invitation que je lui fais, en sa qualité de mon maître. Ainsi, Monsieur, puisque vous avez plein pouvoir sur moi, comme je me plais à le reconnaître, étant le dispensateur de ma destinée, je vous prie de vouloir bien venir dîner avec nous le jour de Noël. Je dis nous, parce que je dois vous apprendre que j'aurai un de mes amis; nous ne serons que trois, vous voyez que le repas sera sans gêne et sans façon. Monsieur, me dit-il, j'accepte avec reconnaissance cette aimable invitation. Je le remerciai de cet honneur: puis changeant de discours, je lui demandai s'il avait eu des nouvelles de M. son frère Baptiste. Il me témoigna le chagrin qu'il éprouvait de ne pas en recevoir, et il se retira chez lui.

Je passai encore cette nuit dans de cruelles agitations, sans pouvoir découvrir la cause de pareilles souffrances. Il me parut cependant que les démons m'avaient quitté pour aller faire d'autres visites ; car sitôt que je voulais m'en saisir, ils disparaissaient : je fus plus tranquille, assez même pour goûter une heure ou deux de sommeil.

CHAPITRE XLI.

Curiosité de M. Etienne. Dîner d'amis. Mauvaise nuit. Conseils à M. Etienne.

Le lendemain, c'était la veille de la Noël, M. Etienne voulut, en descendant de chez lui, me donner le bonjour ; mais comme c'était le moment des préparations de mon petit dîner, je voulus être libre, et le remerciai sans lui ouvrir la porte. Je lui observai que les chefs de cuisine n'aimaient pas à être incommodés. Il s'en fut. Ses affaires l'obligèrent à rentrer plusieurs fois chez lui dans le courant de la journée, et sa curiosité le portait à voir ce que je faisais, prétextant toujours qu'il n'avait qu'un mot à me dire. Je n'ai pas le temps de vous entendre, lui dis-je, allez, allez, faites vos affaires et laissez-moi faire les miennes. Mais je sens, dit-il, une odeur délicieuse. Demain vous la sentirez encore mieux qu'aujourd'hui : dites-moi seulement quelle sera votre heure la plus commode pour dîner. — La vôtre, me dit-il. Vous avez l'habitude de vous mettre à table à deux heures, je me rendrai chez vous à cette heure. — C'est bon, lui dis-je, allez à présent à vos affaires, car je n'ai pas le temps de causer. Je préparai donc tout pour le moment indiqué. Il ne manqua pas au rendez-vous, il y fut le premier ; je l'invitai à prendre place, lui disant que tout l'honneur appartenait à mon seigneur et maître. — Non, me dit-il, attendons un quart-d'henre. Ce temps expiré, je le pressai de nouveau ; il voulut encore attendre ; mais l'autre quart-d'heure passé, nous nous mîmes à table. J'étais très-fâché que mon ami se fît attendre ; mais comme j'aime l'exactitude, et que je ne manque jamais à ma parole, je voulus lui donner une leçon, malgré les observations de M. Etienne, qui me disait que ce jeune homme pouvait avoir été retenu malgré lui pour quelque affaire pressante. — Il aurait dû les prévoir ; commençons notre dîner, il en trouvera assez, s'il arrive. Nous dînâmes donc presque seuls. M. Etienne ne pouvait se lasser de louer ma manière d'apprêter et de servir un repas : il trouva tout parfait. Ses complimens me faisaient tant de plaisir que je n'étais occupé qu'à le servir, sans goûter à aucun des mets ; ma joie était à son comble d'avoir si bien réussi. Vers la fin du dîner mon ami arrive enfin. Vous voyez comme nous vous attendons, lui dis-je. Il nous fit des excuses, et complimenta M. Etienne. — C'est lorsque vous serez à table que vous continuerez vos complimens, je serai content de voir la partie complète. Leur conversation me fut très-agréable, tant que dura le repas ; elle n'était interrompue que pour exalter la manière dont je traitais mes amis. Je les remerciais l'un et l'autre, en leur disant que l'on ne pouvait jamais rien faire de trop pour eux. L'instant de nous séparer étant venu, chacun se retira. Resté seul, je me félicitai de l'agrément que m'avaient procuré ces deux jeunes gens par leur conversation aimable et spirituelle, j'eus la consolation de voir que le caractère de mon ami sympatisait parfaitement avec celui de M. Etienne.

Après avoir mis ordre à tout, je me couchai, et je fus tourmenté bien cruellement. C'était sans doute pour me faire payer le plaisir que j'avais eu dans la journée, que les démons ne voulurent pas me laisser tranquille une seule nuit ; je trouvai ces procédés plus que cruels. Mais que peut-on attendre des esprits malfaisans dont tout le génie n'est porté qu'au mal, et qui se font un jeu de tourmenter les faibles humains, lorsqu'ils savent sur-tout que pour se consoler ils n'ont recours qu'à la divinité!

Le lendemain, à mon lever, je montai chez M. Etienne pour lui demander comment il avait passé la nuit. Ma foi, me dit-il, votre charmant dîner m'a fait passer une nuit délicieuse, les plus riantes images de la bonne société se sont présentées à mon imagination. — Vous êtes bien heureux, lui dis-je, d'avoir l'esprit rempli de ces riantes images, le mien n'est plein que de choses bien différentes, je ne vois que des farfadets qui se déguisent sous mille formes pour me tourmenter, m'agiter et me faire éprouver une insomnie perpétuelle. — Je présume que ce sera mon cousin Lomini qui vous aura tourmenté cette nuit. — Que ce soit lui ou un autre, je n'en ai pas moins été persécuté comme une âme damnée. — Il faut que vous soyez encore poursuivi quelque temps, jusqu'au moment que nous recevrons des nouvelles de M. Cazin; mais après cela, soyez certain que j'y mettrai ordre. Il revint ensuite à me complimenter encore auprès de ses amis, qui se trouvaient là, sur le charmant dîner de la veille, et sur l'agréable connaissance que je le lui avais fait faire, et avec laquelle il désirait former une étroite liaison d'amitié. Je vous procurerai ce plaisir, Monsieur, comptez sur moi, lui dis-je, et je pris congé de la société pour me rendre à l'Eglise, afin d'y remplir les devoirs d'un chrétien dévoué.

M. Etienne me pria de songer à lui dans mes prières. Soyez tranquille, Monsieur, lui dis-je, je n'oublierai ni amis, ni ennemis; car telle est la loi divine, qu'il faut également prier pour les uns comme pour les autres. Mais pour ne pas le tromper, je lui conseillai de ne pas compter sur l'efficacité de mes prières, quoique je les adressasse avec assez de ferveur pour les faire parvenir auprès du Très-Haut. De retour chez moi, tandis que j'étais à réfléchir sur ma triste situation, je fus interrompu encore par M. Etienne, qui me raconta tout ce qui lui était arrivé pendant cette journée. Je voulus savoir où nous en étions pour ce qui me regardait, et s'il avait reçu des nouvelles de M. Cazin. Pas encore, dit-il. — Savez-vous que tous ces retards ne m'accommodent pas du tout, et que je suis très-impatient de voir finir tout cela? Comment! je ne suis tranquille ni jour ni nuit! —Prenez encore un peu de patience, M. Berbiguier, si ce prêtre ne nous répond pas, nous écrirons une autre lettre.—Mais, Monsieur, ce commerce de lettres ne fera rien à ma guérison; jusqu'à présent je ne vois là qu'un abus sans aucun résultat. C'est ainsi que les escamoteurs, les saltimbanques, qui ont beaucoup de rapport avec les sorciers de nos jours, nous trompent, et nous font espérer. Ils nous distribuent quelques imprimés gratuits, qu'ils ne donnent que pour nous faire acheter des drogues dont ils vantent l'efficacité ; c'est ainsi, dis-je, que vous me trompez en me faisant espérer la fin de mes maux. Je vous avoue donc que je ne compte pas plus sur l'effet des lettres de M. Cazin, que sur les papiers des saltimbanques. M. Etienne voyant que mon dépit me menait un peu trop loin, détourna la conversation, et me parla de ce qui le concernait et de sa famille, dont il ne recevait plus de nouvelles, non plus que de son frère Baptiste. Il ne savait à quoi attribuer ce silence. Il craignait que M. son père, pour le forcer à revenir chez lui, ne lui retirât sa pension, ce qui le mettrait dans un cruel embarras. Pourquoi ne vous rendez-vous pas près de vos parens, lui dis-je, puisqu'ils le désirent ardemment, et que M. votre frère lui-même vous le conseillait avant son départ pour Moulins ? — Je le sais bien, me répondit-il ; mais les craintes que je vous ai déjà exposées me retiennent toujours, voilà pourquoi je n'ai nulle envie d'y aller.

Songez, Monsieur, qu'un fils doit toujours soumission à ses père et mère. Ce n'est pas déshonorant que d'être repris par eux, quels que soient l'âge et l'état que nous ayons. Songez qu'ils représentent l'image de Dieu sur la terre : vous le saurez si un jour vous êtes père : vous ne souffrirez pas que votre autorité soit méconnue. Aisément un fils trouve pardon de ses fautes ; car la bonté des pères est au-dessus de la méchanceté des enfans. — Je conviens de l'excellence de vos conseils, me dit-il; mais vous ne connaissez pas ma mère : soit prévention ou attachement pour tel ou tel autre enfant, elle ne peut me rendre justice sur rien, et malheureusement mon père cède toujours à son avis. — Peut-être avez-vous aussi la présomption de croire que vous faites toujours bien, ce qui vous fait considérer comme injustes les reproches que votre mère est en droit de vous faire, vu son âge et son expérience. Votre obstination doit l'irriter, et vous l'accusez de dureté et d'injustice.

Je vous ai déjà dit, Monsieur, que vos conseils étaient très-bons; mais fussent-ils meilleurs encore, il ne me convient pas de m'y soumettre. Je ferai mon possible pour ne pas être obligé de quitter Paris. J'emploierai le crédit de mes amis; je me soumettrai à toutes les privations nécessaires pour y demeurer. — Et si votre père, lassé de votre opiniâtreté, employait la force pour vous faire conduire chez lui ? —Voilà ce que je crains plus que je ne le désire.

Cet entretien un peu sévère l'avait indisposé contre moi; mais il ne le témoigna pas. La nuit s'avançait, nous désirions chacun le repos; mais le repos ne fut pas plus pour moi pendant cette nuit que pendant les précédentes.

CHAPITRE XLII.

Ma visite à M. Prieur aîné. Ses bons procédés à mon égard. Divers conseils à M. Etienne.

Dès que le jour fut venu, je montai chez M. Etienne. Un instant après, son frère aîné, droguiste, arriva pour le voir. M. Etienne me fit faire sa connaissance. Nous parlâmes commerce; et quand nous fûmes sur l'article chocolat, ce Monsieur me dit qu'il en avait de première qualité. Je le priai de m'en faire parvenir deux livres, ce dont il prit note, et il s'en fut en me faisant promettre de l'aller voir. Comme il ne faut jamais nuire à personne, et que dans les familles les parens se divisent souvent entre eux, je demandai à M. Etienne si je devais parler de lui chez M. son frère, que je devais visiter. Il parut ne pas le désirer. Je fis très-bien de prendre cette précaution; car l'humeur que j'avais contre ce jeune homme aurait pu peut-être me faire dire de lui des choses qui n'eussent pas été à son avantage, et qui eussent fait de la peine à M. son frère. Je me rendis à l'invitation de M. Prieur aîné. Il me reçut très-bien, me fit voir sa maison, son laboratoire : tout cela me parut très-bien disposé. Nous parlâmes ensuite de sa famille, et particulièrement de M. Baptiste son frère, qui était allé à Moulins pour rétablir sa santé. Il m'annonça qu'il allait beaucoup mieux, ce qui me fit plaisir, car ce jeune homme me paraissait très-estimable. Je dis à M. Prieur que M. son frère Etienne ne m'en avait jamais donné des nouvelles depuis son départ. Il peut bien se faire que mon frère Baptiste n'ait pas écrit à Etienne; mais je lui en parlerai, me dit M. Prieur, que je remerciai de son aimable accueil en prenant congé de lui.

Rentré chez moi, je conjecturai que M. Baptiste était fâché contre son frère Etienne, puisque ce dernier n'avait pas reçu de ses nouvelles, tandis que l'autre en avait eu. La raison était simple : M. Prieur avait de la conduite, il s'était fixé à un état dans lequel il prospérait, tandis que M. Etienne, après avoir fait dépenser beaucoup d'argent à son père, n'était encore fixé à rien. Il est très-possible que ce fût ses père et mère qui l'eussent empêché de lui écrire : je n'en serais pas fâché, si cela pouvait être pour ce jeune écervelé une leçon qui l'obligeât à se fixer à quelque chose. Ces réflexions m'occupaient, lorsque M. Etienne, qui en était l'objet, frappa à ma porte. Je la lui ouvris et lui fis part de la visite que j'avais faite à M. son frère aîné; qu'après avoir reçu de lui toutes sortes d'honnêtetés, nous nous étions entretenus d'affaires de commerce, ensuite de sa famille; que je n'avais rien dit, le concernant, qui pût lui être défavorable, mais que j'avais reçu des nouvelles satisfaisantes sur la santé de M. son frère Baptiste. J'ai passé deux heures fort agréables avec M. votre frère, et je vous remercie de m'avoir procuré sa connaissance. Il parut satisfait de ce que je lui disais, et me fit l'éloge de son frère aîné. Il fut également satisfait du rétablissement de son frère Baptiste, en se plaignant néanmoins de n'avoir pas reçu une lettre de lui. Vous êtes un peu exigeant, peut-être, pour un malade, lui dis-je; vous êtes le plus jeune, et vous devriez en cela écrire avec soumission à vos parens. Croyez-moi, suivez mes conseils,

ils ne peuvent dans aucun cas vous nuire : réhabilitez-vous avec eux, fixez-vous à quelque chose qui puisse vous convenir, vous serez heureux et vous contenterez toute votre famille ; cela vaudra bien mieux que de mener une vie oisive qui, tout en mécontentant tous vos parens, ne peut que vous entraîner un jour dans de cuisans chagrins. Votre obstination à ne pas suivre la volonté de votre père ne peut qu'amener la privation de votre pension. Que deviendrez-vous alors? pourrez-vous braver la misère? Faites donc, il en est temps encore, toutes ces réflexions.

Ah! Monsieur, me dit-il, je sens toute la force de vos sages conseils, ils me pénètrent au point que je ne puis m'empêcher de vous en remercier; mais je ne me sens pas celle de pouvoir prendre sur moi de mettre en pratique tous vos avis.—Si vous faites quelque cas de la morale que je me suis permis de vous faire, donnez-moi du moins la satisfaction d'écrire sur-le-champ à vos parens, dites-leur que vous êtes attaché à toute votre famille, à tous vos frères, sans oublier celui qui se trouve malade, pour qu'il puisse lui-même contribuer à vous faire revenir dans son sein : ne vous rebutez pas, si vous n'obtenez de suite une réponse. Vous le voyez vous-même par les lettres que nous avons écrites à M. Gazin. Auriez-vous cru qu'il eût été aussi long-temps à nous répondre ?... Toutes ces remontrances nous ayant conduits un peu avant dans la nuit, il se retira et me promit d'écrire bien vîte, pour me prouver qu'il était pénétré de ma morale. Je passai la nuit dans le même état que les précédentes, toujours agité et tourmenté.

CHAPITRE XLIII.

Nouveaux prétextes de M. Etienne. Mes observations à ce sujet. Sa surprise sur mes connaissances.

Lorsque je montai chez mon obstiné farfadet, je le trouvai à son bureau ; je lui témoignai le plaisir que j'avais de le voir se décider à suivre mes avis. Il me répondit que n'ayant jamais eu le bonheur de rencontrer des personnes aussi sages et d'aussi bons conseils que moi, il n'avait pu prendre sur lui-même de se soumettre ainsi à ses devoirs. Je le félicitai de nouveau de s'être enfin décidé à une chose aussi nécessaire à son repos et à son bonheur.

Je sortais de sa chambre, lorsque je rencontrai deux de ses amis, qui me demandèrent s'ils trouveraient M. Etienne chez lui. Vous le trouverez occupé à écrire à ses parens. Nous nous saluâmes, et j'allai à mes affaires. Je ne rentrai que le soir. Je ne vis point M. Etienne, et je m'abandonnai à mes réflexions ordinaires. Ne voyant jamais venir aucun soulagement à mes peines, je dois craindre que rien ne puisse faire finir ces tourmens infernaux. Je me levai de mon lit, et je montai chez M. Etienne, muni d'une tablette de chocolat, que je préparai chez lui pour pouvoir déjeûner ensemble. Il m'apprit qu'il avait mis sa lettre à la poste. Vous avez très-bien fait, lui dis-je, et vous devez beaucoup espérer d'une telle démarche. Plusieurs de ses amis entrèrent chez lui, me firent des questions sur mon état ; et lorsque je me disposais à leur répondre, une personne me demanda. Je fis mes excuses à ces Messieurs, et je rentrai chez moi. Cette personne, qui venait s'informer de ma santé, resta très-peu de temps.

Aussitôt qu'elle m'eut quitté, je m'aperçus, par le temps affreux qu'il faisait, que les sorciers et les physiciens avaient commencé leurs travaux, ce qui me fit tomber dans des réflexions pour en approfondir la cause. Je ne pouvais me rendre compte de la nécessité que ces gens-là trouvaient à nous envoyer un aussi mauvais temps. Leur intention est-elle de ravager les campagnes, de désoler le cultivateur, de produire la disette dans les villes, en nous inondant par des torrens de pluie?.... Aussitôt que je verrai M. Etienne, il faut absolument qu'il me donne la solution de cet infernal problême, qui me trouble la cervelle sans apporter le moindre remède à mon mal.

Il rentra bientôt, je l'interrogeai sur cette pluie considérable qui était tombée. C'est un désastre affreux, lui dis-je ; que deviendront les malheureux artisans, cultivateurs, ouvriers, etc., si on ne peut récolter le bled et autres denrées de première nécessité ? Les voyageurs seront arrêtés dans leur route ; les militaires, cette classe d'hommes estimables, ne pourront résister à tant d'intempérie. Enfin, tous les états qui s'exercent extérieurement, ne produiront plus rien. Combien de milliers d'individus sont en danger de perdre la vie, si ceux qui les exercent sont sans travail !

M. Etienne me dit d'un air surpris : Eh mais ! Monsieur, qui donc vous a persuadé que ce temps affreux, dont vous vous plaignez avec tant d'amertume, était plutôt l'ouvrage des démons que celui de Dieu? C'est une erreur où personne n'est jamais tombé que vous. — Ah! Monsieur, pouvez-vous traiter d'erreur une chose qui frappe si évidemment l'esprit? Vous ne savez donc pas qu'il n'appartient qu'à Dieu de favoriser les mortels qu'il prend sous sa protection? Eh bien, Monsieur, apprenez que je suis au nombre de ces mortels, et que c'est Dieu lui-même qui, connaissant la pureté de mes sentimens et l'horreur que j'ai de tout le mal qui se commet sur la terre par tous les êtres malfaisans qui la désolent; c'est Dieu, dis-je, qui a bien voulu me donner les lumières nécessaires pour juger que cette désolation n'était pas son ouvrage, mais bien celui des farfadets qui ne croient pas à sa divine bonté. Partout je ne vois que désordre, il semble que tout ce qu'il y a de génies malfaisans s'est réuni pour confondre la terre; ce n'est qu'une guerre perpétuelle d'élémens contre élémens; le feu qui s'élance de la nuée, et qui va réduire en cendre la cabane du malheureux; la pluie qui tombe par torrens pour ravager les moissons, ne sont que des signes trop certains de la scélératesse de ces méchans qui désolent notre terre infortunée, sous le voile des ombres malheureuses échappées de leurs tombeaux. Les fantômes errans peuvent donc être considérés comme ces hommes qui furent autrefois si redoutables aux ennemis de leur gloire et de leur bonheur. Voilà, Monsieur, des choses que vous ne pouvez me nier. Vous me demandez qui peut m'avoir instruit de toutes ces choses ? ignorez-vous qu'il y a vingt ans que je suis en proie aux plus horribles souffrances ; que mon courage a résisté à toutes les épreuves ; que c'est par ce courage inébranlable que j'ai su parvenir à distinguer les différens travaux de chacun des physiciens qui se sont emparés de moi? Ne croyez pas m'avoir abusé long-temps, votre travail n'a pas échappé à ma pénétration, il est tout-à fait différent de celui de vos amis: pouvez-vous me prouver le contraire ? Vous m'avez à présent livré à une planète orageuse, qui fait fondre sur moi la neige, la pluie et les éclairs. Je vous en fis des reproches dans le temps ; vous crûtes devoir me répondre que ces choses étaient nécessaires. Je vous déclare que je n'en vois pas la nécessité. Prendre autorité sur ma personne, et m'abuser chaque jour comme tant d'autres ont fait avant vous, c'est être plus que cruel. Mais revenons à des choses qui doivent être pour moi plus intéressantes. N'est-il pas à votre connaissance que je souffre comme une âme damnée depuis bien long-temps ? pourquoi, en votre qualité de magicien, vous introduire invisiblement chez moi, sous telle forme qu'il vous plaît? pour savoir ce que je fais, vous vous placez même dans mon lit. Si Dieu ne me donnait pas la force de vous repousser de mon intérieur, je crois que votre Belzébut se serait emparé de moi, et que je serais tout-à-fait en votre puissance; et bien loin de mettre la moindre opposition à vos perfides manœuvres, vous les continuez avec autant de perfidie que de cruauté, et je continue d'être le jouet de votre bande infernale, au point que, si je passais près d'un fleuve ou d'une rivière, le démon du vent soufflerait aussitôt avec tant d'impétuosité, que je ne pourrais éviter de me noyer; je craindrais même d'entreprendre un voyage à cheval ou en voiture, un mauvais démon briserait ma voiture ou ferait prendre au cheval le mors aux dents. Si je voulais bâtir une maison, vous l'endommageriez au point que je ne pourrais l'habiter. Je frémis enfin des dangers auxquels je suis exposé, et ne sais plus que penser et que dire.

Que dois-je faire pour me mettre à l'abri de toutes vos persécutions, puisque votre pouvoir s'étend sur toute la terre? Comment fuir cette société, présidée par Belzébut, Lucifer et Asturet, le plus dangereux des démons, le séducteur de notre mère Eve, auteur du péché originel? Ah! pourquoi Dieu n'a-t-il pas pulvérisé cet infernal démon, lorsque, par astuce, il prit la forme d'un serpent, pour insinuer à Eve l'envie de goûter le fruit défendu? nous n'aurions pas connu les misères humaines, notre âme serait pure comme quand elle est sortie du sein du Créateur. Infernale engeance! qui a donc pu vous vomir sur la terre? S'il est des méchans comme vous, adressez-vous à eux pour exercer vos infâmes projets; mais ne venez pas attaquer d'innocentes victimes comme moi, des malheureux que vous faites souffrir par votre exécrable domination. M. Etienne parut très-surpris de m'entendre parler de la sorte et de l'étendue de mes connaissances, il m'assura qu'aucune des personnes qu'ils avaient tourmentées jusqu'à ce jour n'avait pu deviner si juste les causes qui les faisaient agir. Eh! Monsieur, lui dis-je, l'homme qui cherche la vérité, qui ne dédaigne pas de s'éclairer des divines connaissances, est bien plus heureux sur la terre que ceux qui ne s'occupent que des futilités mondaines, dont les jouissances sont si peu de chose, quand elles sont comparées aux sublimes vérités contenues dans l'évangile. Un revers ici-bas fait le désespoir des farfadets; mais moi, soutenu par la force divine, j'attends la récompense de mes tribulations et des supplices que me fait éprouver la race des sorciers et des magiciens, qui n'auraient dû jamais sortir de leur antre infernal.

Vous avez raison, me dit ce jeune homme, votre espoir ne doit point être trompé; et la confiance que vous avez en Dieu doit vous attirer la récompense que vous demandez. Prenez patience, et vous jouirez, sur cette terre, de toute la tranquillité que je vous ai promise et que je vous promets encore; et il me quitta en riant.

CHAPITRE XLIV.

Nouvelles Remontrances à M. Etienne.

Quand j'étais seul, je ne pouvais me dissimuler que M. Etienne ne fût un hypocrite. Je n'avais plus de confiance en lui. Cependant, pour ne rien précipiter, je fus le trouver le lendemain, pour l'engager à écrire une troisième lettre à M. Cazin. Je l'y déterminai, et je fis de cette lettre comme des autres. De retour chez moi, je pensai que cette épreuve devait avoir quelque effet, ou bien me confirmer que M. Etienne m'en imposait, et qu'il compromettait un honnête homme, dont le caractère devait lui inspirer plus de respect. M. Etienne arriva dans ce moment, et sans employer aucune cérémonie, il me dit qu'en raison de ce que nous avions écrit à M. Cazin, je devais avoir passé une meilleure nuit que de coutume. Je pense qu'il ne s'obstinera pas, dit-il, cette fois, à ne pas nous répondre : s'il gardait encore le silence, je me fâcherais décidément contre lui. J'opérerais seul, et vous seriez guéri ; mais j'ai l'espérance qu'il écrira. Nous causâmes encore quelques instans, et il monta à sa chambre. Je restai seul ; je voulus reposer, mais je ne pus goûter un moment de repos.

Le lendemain matin, il me vint une visite, qui m'empêcha de monter chez M. Etienne. Je ne le vis que le soir. Il me fit part d'une lettre de son père, que son frère aîné lui avait remise, et dans laquelle on l'invitait à revenir à la maison paternelle. On le menaçait de ne plus lui envoyer de l'argent, en raison du mauvais emploi qu'il en avait fait jusqu'à ce jour. Je l'engageai à se rendre à l'invitation de son père. Il me dit qu'il ne voulait pas s'expliquer sur ce qu'il pensait de son rappel à Moulins ; et pour me faire comprendre l'éloignement qu'il avait pour son retour, il prit un verre qu'il jeta par terre avec force, en me disant qu'il n'y aurait pas plus de réunion entre lui et sa famille qu'entre les parties du verre qu'il venait de casser. Cette scène se passa en présence du frère, qui le menaça de le faire conduire par la gendarmerie, s'il ne retournait pas à Moulins. Je lui recommandai de se modérer devant son frère, qui pourrait en instruire ses parens, qui ne cesseraient alors d'être indisposés contre lui. Vous avez beau dire, Monsieur, je ne veux pas vous contrarier; mais je ne puis me résoudre, me dit-il, à ce que veulent mes parens.—Eh! Monsieur, quand l'ardeur de la jeunesse vous porterait à ce déréglement, et que vous ne croiriez pas mal faire, l'éducation, et, plus encore, la religion, ne doivent-elles pas vous apprendre à vous modérer et reconnaître vos devoirs envers vos parens? Il reconnut la sagesse de mes conseils; mais il persista dans ses résolutions à ne pas changer de conduite. Alors je fus indigné, et lui dis avec la plus vive émotion, qu'il mériterait bien que son père lui retirât la pension dont il faisait un si mauvais usage, qu'il l'abandonnât et qu'il le déshéritât, juste châtiment des enfans ingrats et dénaturés. Vous deviendrez l'opprobre de la société, la proie de tous les vices; le remords bientôt vous poursuivra partout; vos traits défigurés porteront l'empreinte hideuse de l'infamie; vous n'aurez peut-être plus d'asile que dans les lieux destinés à la punition des grands scélérats. Craignez ensuite le tribunal d'un Dieu vengeur, qui vous précipitera dans les flammes éternelles, séjour de tous ceux qui, comme vous, renoncent aux préceptes de la religion, pour suivre les sentiers qui conduisent au chemin de tous les diables, que vous vous obstinez à vouloir imiter.

Confondu par la force et la justesse de mon raisonnement, ce jeune homme convint de ses torts, mais sans me promettre de changer de manière de vivre. Il se retira, et il ne tarda pas à revenir me visiter invisiblement dans mon lit : encore, s'il fût venu seul ! mais il était accompagné d'une société de furibonds, composée des suppôts de Satan, qui faisaient de ma chambre le lieu de la plus épouvantable des orgies. Ils me tordaient les membres et me faisaient entendre des sifflemens effroyables. C'est dans ces tortures horribles que se passaient toutes mes nuits. On peut juger par là si, à mon réveil, je ne devais pas chercher tous les moyens de détruire la race farfadéenne.

CHAPITRE XLV.

Conférence qui me prouva la perversité de M. Etienne.

A mon lever, je ne me pressai pas de me rendre chez M. Etienne, pour lui laisser le temps de causer avec ses amis. Je n'y fus qu'à neuf heures. La société était composée de madame Métra, MM. Lomini et Frontin, et de plusieurs d'autres personnes que je ne connus que pour les avoir vues quelquefois chez Prieur. Madame Métra me demanda si mes nuits étaient toujours orageuses. Madame, lui dis-je, l'objet de ma visite de ce matin est pour venir remercier mon prétendu maître de la visite nocturne et des récréations diaboliques qu'il a bien voulu me procurer cette nuit, d'accord avec son infernale société. — Comment! Monsieur, dit madame Métra à M. Etienne, vous avez encore la cruauté de tourmenter M. Berbiguier? — Je vous jure, Madame, que je ne suis pas sorti de mon lit. Ne voyez-vous pas que ce sont ces canailles de Pinel, Moreau, Vandeval et tant d'autres, qui s'introduisent chez Monsieur, et qu'il me confond avec ces gens-là ? Puis il dit à son cousin Lomini : Mais toi, qui cours aussi les nuits, n'aurais-tu pas été chez Monsieur ? Souviens-toi de la parole que tu m'as donnée, ou je me souviendrai de la mienne. Jouis du pouvoir que tu as de t'introduire invisiblement chez de jeunes et jolies personnes, fais avec elles tout ce que tu voudras ; mais laisse en repos M. Berbiguier, ou je te retirerai tous les pouvoirs que je t'ai confiés. Apprends que Dieu lui a donné la connaissance exacte de tous les effets des divers travaux des magiciens ; qu'il ne se fait pas un orage, qu'il ne tombe pas une ondée, qu'il ne sache de suite quels sont les magiciens qui produisent ces malheurs qui désolent la nature entière : ainsi, tu vois que rien n'échappe à sa pénétration. Il connaît les pouvoirs des farfadets et leurs moyens de nuire ; et sa ferveur est si grande, qu'il invoque chaque jour le Roi des Rois, pour qu'il le délivre de cette vermine qui fait le tourment de sa vie. Ainsi, vois à quoi tu t'exposes, si tu continues tes manœuvres indignes. Chacun applaudit au discours de M. Etienne et aux menaces qu'il fit à son cousin. De mon côté, je pensai qu'il voulait me faire prendre le change, puisqu'il rejetait sur Pinel et autres ce qu'il m'avait fait lui-même. Toute la compagnie, d'un commun accord, dit à ces Messieurs qu'il fallait me laisser désormais en repos, que j'avais bien mérité la tranquillité et la liberté après lesquelles je soupirais. M. Etienne assura que son cousin lui avait rapporté tout ce qu'il m'avait dit et fait la veille; il me détailla tout, et j'en convins. La société fut très-choquée de la conduite de M. Lomini à mon égard. On lui reprocha l'abus qu'il faisait de son pouvoir, les insomnies qu'il me causait; car, lui observa-t-on, le sommeil est un aliment pour la santé de tous les êtres vivans, puisque les bêtes les plus immondes goûtent aussi ce bienfait de la nature. La société lui fit de nouveaux reproches à mon sujet. Vous ne gagnerez rien, Messieurs et Dames, car M. Etienne prétend qu'aucune loi ne peut agir contre nous; qu'en conséquence nous n'avons pas besoin de nous gêner: et c'est pourquoi, ajoute-t-il, nous sommes si hardis, voilà la raison qui nous donne tant d'associés dans la secte magicienne.

Si les yeux de la justice ne sont pas assez ouverts sur le mal que vous vous permettez de faire, lui objecta-t-on, ce n'est pas une raison pour vous livrer au mal. Votre cœur ne vous dit-il pas de vous conduire d'après ces paroles de la sagesse: Ne fais point à autrui ce que tu ne voudrais pas qu'on te fît. Ces paroles, qu'on ne peut trop admirer, devraient être la base de la conduite des humains.

J'étais content de les entendre, parce que je profitais de leur conversation pour m'instruire ; mais comme rien ne pouvait influer sur les principes affreux de M. Lomini, il répondit que cela l'amusait, et qu'il continuerait tant que cela le divertirait. Toute la société, indignée de cette réponse, lui dit que si rien ne pouvait le faire changer de résolution, il pouvait continuer ses infâmes plaisirs, pourvu que ce ne fût pas à mes dépens. La conversation roula sur tout autre sujet. Je sortis, en faisant apercevoir à la société, par un sourire malin, que je n'étais pas l'ami de M. Lomini.

CHAPITRE XLVI.

Annonce de mon Mémoire. Menaces faites à mes persécuteurs.

Le soir, je fus accablé de réflexions sur les souffrances inouies que j'éprouvais depuis vingt ans. Je formai la résolution d'en faire part à M. Etienne, et de lui communiquer l'intention où j'étais de faire un mémoire contre les magiciens, sorciers, etc.

Vous savez qu'autrefois on brûlait ceux qui se livraient à cet infâme état, sitôt qu'ils étaient saisis par les tribunaux. Eh bien! prenez garde que mon mémoire ne fasse ouvrir les yeux au public sur la secte des farfadets. Le gouvernement, instruit, à son tour, de vos infamies, se fera un devoir de faire revivre ces lois salutaires pour toutes les personnes paisibles, et qu'une indulgence mal entendue a fait tomber en désuétude : lois qui procuraient, dans des temps plus sévères, la paix et la liberté des honnêtes gens. Croyez-vous, Monsieur, lui dis-je, que ces perturbateurs du repos des âmes honnêtes ne méritent pas qu'on leur inflige les supplices les plus affreux? ils ne seraient pas comparables aux souffrances qu'ils font éprouver aux infortunés qu'ils prennent pour victimes. Je voudrais que tous les monstres des enfers pussent leur faire sentir, par des tourmens inouis, combien ils sont féroces en exerçant leur pouvoir; je voudrais que le feu et la flamme fussent lancés sur eux, et qu'en souffrant ainsi, leur existence fût prolongée autant de temps que la vie de chaque individu qu'ils auraient fait souffrir formerait d'années; car je trouve que les supplices humains, ceux que la loi inflige aux malfaiteurs, sont encore trop doux pour ces sortes de crimes.

Je sais bien, me dit M. Etienne, que vous pouvez nous faire punir, mais pas autrement que par la prison. Alors, vous auriez à faire à nous ; aussitôt que nous serions sortis, vous payeriez cher l'instant de repos que vous auriez cru goûter. — Cela se peut ; mais, en attendant, vous auriez toujours subi votre punition. Soyez juste, n'avez-vous pas menacé M. le curé Cazin, dans votre troisième lettre, de cette punition, s'il ne répondait pas à votre lettre et à ce que vous étiez convenu entre vous? —Ah! M. Berbiguier, un peu d'indulgence, s'il vous plaît! — Eh! Monsieur, ayez-en vous-même, vous implorez la pitié quand on vous menace ; mais quand vous faites souffrir si injustement vos victimes, êtes-vous sensible à leurs douleurs? Je sais bien que non. Ainsi, Messieurs, point de grâce, j'espère vous tenir bientôt, et je vous paierai d'un juste retour.

Comme cette conversation ne l'amusait pas beaucoup, il détourna l'entretien, et me dit qu'il avait passé une journée fort agréable avec ses amis. — J'en suis flatté, Monsieur, divertissez-vous honnêtement, à la bonne heure, je vous approuverai toujours. Nous parlâmes ensuite de choses fort indifférentes, après quoi nous

nous quittâmes. Au nombre des réflexions auxquelles j'étais souvent en proie, quand j'étais seul, il me revint en pensée que M. Etienne m'avait souvent parlé d'un grand-maître. Je résolus de lui demander, le lendemain matin, ce que c'était que ce grand-maître. J'ajouterai encore cette connaissance à celles que j'ai déjà acquises.

CHAPITRE XLVII.

Duplicité de M. Etienne.

Je me mis au lit, et malgré les promesses de M. Etienne, et les menaces qu'il fit à son cousin de lui retirer le pouvoir qu'il avait sur moi, cette nuit ne fut pas meilleure que les autres.

Empressé de connaître enfin ce que c'était que ce grand-maître, j'allai, à mon lever, voir M. Etienne; je le trouvai en compagnie, et ne voulus pas l'interrompre pour cet objet. On me demanda dans quel état je me trouvais. Messieurs, dis-je, en montrant M. Etienne, voilà mon maître, auquel je viens rendre compte tous les jours de ma situation, en lui présentant mes devoirs. Il dit à la compagnie que je devais avoir trouvé du soulagement la nuit passée, parce qu'il avait menacé son cousin de lui ôter les pouvoirs de me tourmenter. Je travaillerai le diable avant la fin du jour par quelques petites opérations que j'exécuterai devant Monsieur. Je considérai tout cela comme un pur charlatanisme. La conversation prit une autre direction. Je sortis pour vaquer à mes affaires. A mon retour, j'attendis M. Etienne pour l'opération qu'il devait faire, et pour lui parler en même temps de ce grand-maître des physiciens. Il arriva bientôt, et me dit qu'il allait me délivrer des poursuites de son cousin, en lui enlevant tous les pouvoirs qu'il avait sur moi, et dont il avait abusé tant de fois.

Il ouvrit la croisée, fit quelques cérémonies avec une baguette, et me dit que dès ce moment j'étais libre; que son cousin n'avait plus de droit sur moi, et que je pouvais dormir tranquille. Je lui observai que j'étais surpris de la promptitude avec laquelle il avait traité cette affaire; je voulus savoir ce qu'il pouvait y avoir au bout de sa baguette. — C'est quelque chose, dit-il, de très-important, qui vous est inconnu, et dont la vertu a enlevé le pouvoir de mon cousin.

Je le remerciai, et le priai de me dire ce

que ce pouvait être que ce grand-maître auquel on devait écrire en ma faveur, et dont je n'avais pas encore entendu parler. Est-ce un de ces ennemis de mon repos? Est-ce M. Imbert ou M. Cazin? Voyons, répondez donc? —Que voulez-vous que je vous dise? Il faut encore attendre. — Comment! attendre! Croyez-vous avoir affaire à un sot? Je vous le dis, depuis longtemps je ne suis plus la dupe de rien: nous verrons à la fin quelque chose qui surprendra; et rira bien qui rira le dernier. — Mais, Monsieur, me dit-il, vous avez quelquefois un air si imposant, que je suis déconcerté, et que je ne sais où j'en suis. — L'homme qui ne craint rien, qui ne place son espoir qu'en Dieu, sait déployer de l'énergie quand il le juge à propos.

Comme la nuit s'avançait, je l'invitai à se retirer, en lui promettant que j'irais le voir aussitôt que je serais levé.

A peine il fut sorti, que je lui fis cette apostrophe: Pauvre jeune homme, tu veux m'en faire accroire et m'en imposer par tes prétendus maléfices; mais tu n'as pas affaire à une tête mal organisée. Ma nuit se passa comme toutes les autres.

Sitôt que je le vis le lendemain matin, il n'eut rien de plus empressé que de me dire qu'il avait reçu une lettre de M. Cazin, en réponse à celle qu'il avait écrite, et dans laquelle il lui disait que je devais en avoir reçu une autre, que je trouvai effectivement chez le portier.

Certains pressentimens m'annonçaient, en lisant cette lettre, qu'elle ne pouvait pas être du père Cazin, malgré la signature qu'elle portait. Je la repliai, et remontai chez M. Etienne, pour lui dire que sa ruse était trop grossière pour n'être pas à l'instant découverte ; que cette lettre était fausse et composée par son cousin, pour m'abuser et me persécuter plus long-temps. Il parut d'abord interdit ; et se rassurant, il me dit : Comment ! il n'est donc plus possible de vous en faire accroire ? — Non, Monsieur, et je suis bien aise de vous dire que vous avez achevé, par ce trait, de détruire toute la confiance que vous m'aviez inspirée : tout cela justifie les soupçons que vos lenteurs éternelles m'avaient fait concevoir de vos indignes manœuvres. Vous vous employiez, disiez-vous, pour me rendre la paix et la tranquillité que je désirais si ardemment !.. Je dois même vous avouer que la confiance que j'avais en vous, était, depuis quelque temps, bien affaiblie ; mais j'attendais encore ce trait pour vous la retirer entièrement, et pour la remplacer par le sentiment que vous m'inspirez à présent, qui est le mépris le plus parfait. Il faut enfin vous dire que votre conduite envers moi n'est que celle d'un fourbe, d'un charlatan, à la société duquel on perd son temps, son honneur et sa réputation.

Je le quittai de manière à lui faire sentir toute l'indignation qu'il m'inspirait. Je trouvai, en sortant, quelqu'un qui avait à me parler. Lorsque j'eus terminé avec cette personne, je courus pour mes affaires et revins plusieurs fois chez moi, dans le courant de la journée. Je rencontrai inopinément MM. Etienne et Lomini. Le premier dit, d'un air goguenard, à son cousin, que j'avais reçu une lettre du père Cazin. C'est trop impertinent, Monsieur, lui dis-je, que d'ajouter l'insulte à la duplicité; l'auteur et l'écrivain de cette lettre ne gagneront rien, désormais, à me tromper. D'ailleurs, Messieurs, mon temps ne me permet pas de vous en dire davantage, et je rentrai brusquement chez moi.

Je pensai alors à ce que devait me dire M. Etienne quand il rentrerait. Il sera bien confus de la conduite qu'il a tenue à mon égard, et de la réponse que je lui ai faite sur la plaisanterie abominable qu'il s'est permise. Je ne sais s'il sentit sa faute; mais je ne le vis pas ce soir-là; apparemment qu'il voulut éviter mes reproches. Je fis encore d'autres réflexions avant de me mettre au lit; mais ce fut inutilement que je cherchai à m'endormir.

CHAPITRE XLVIII.

Ou ne se lasse pas de vouloir m'abuser.

J'ÉTAIS impatient, dès le lendemain matin, de savoir pourquoi M. Etienne n'était pas venu la veille. Je montai chez lui pour lui en demander la raison. Il me dit qu'il n'avait pas osé, crainte de me réveiller. Eh! Monsieur, c'est encore une défaite de votre part, lui dis-je; vous savez bien que je ne dors pas: ainsi, vous ne devez pas vous gêner plus avec moi que je ne me gêne avec vous. Vous avez raison, me dit-il; et d'après mes conseils, qui avaient été approuvés de son médecin, il se disposa à manger la soupe qui lui servait de déjeuner tous les matins. M. Pinel, qui m'avait reconnu pour un homme prudent et profond, était son médecin. Je ne pus dans ce moment lui faire aucun reproche. Ses amis vinrent pour le voir, je restai quelque temps encore, pour savoir s'il parlerait de cette prétendue lettre de M. Cazin; mais il se garda bien d'en parler devant ses amis: ce qui me confirma encore plus sa fourberie; car si cette lettre eût été véritable, pourquoi ne plus en parler? Je sortis, très-convaincu de sa perfidie, et ne voulus pas pousser la chose plus loin. Je regardai ce trait comme une étourderie de jeunesse. Il ne manqua pas le soir de venir chez moi. Il me dit, d'un air joyeux, que son frère Baptiste était arrivé en parfaite santé; qu'il était venu pour me voir, mais que, ne m'ayant pas trouvé, il reviendrait le lendemain. Je suis charmé que M. votre frère ait recouvré la santé en si peu de temps. Loge-t-il dans l'hôtel? — Il reste maintenant rue Mazarine, n°. 66. — Et vos affaires avec vos parens sont-elles en bon état? — Tout va parfaitement bien, mon frère a si bien arrangé les choses, que je toucherai ma pension comme à l'ordinaire. Je ne doute pas que ce ne soit aussi à l'aide des lettres que j'ai écrites, d'après vos sages conseils, que je suis rentré en grâce; aussi, souffrez, Monsieur, que je continue à faire de vous ma société, vous ne pouvez que me donner de bons préceptes de conduite. — Je me félicite de vous en voir reconnaître l'efficacité; mais en attendant que j'aie le plaisir de voir M. votre frère, instruisez-moi de grâce pourquoi je suis obligé de rester sous la domination des magiciens, des mains desquels vous devez me faire sortir? — Voici pourquoi: on peut bien vous enlever de leurs mains et vous rendre libre; mais ils conserveraient malgré cela le droit de vous surveiller : si vous n'aviez jamais eu affaire qu'à moi, tout serait fini ; mais les farfadets sont si perfides, qu'ils vous abandonnent d'une main pour vous reprendre de l'autre. La conduite de vos ennemis d'Avignon ne vous prouve-t-elle pas ce que je vous avance ? Ne vous ont-ils pas fait tomber au pouvoir des physiciens de Paris, de M. Moreau, sous la domination duquel vous êtes tombé sans le savoir ? Si vous passez ainsi de pouvoir en pouvoir, vous voyez bien que rien ne pourra vous soustraire à la puissance du moindre magicien que vous croirez avoir découvert, son audace vous poursuivra jusqu'au bout du monde. — Mais, Monsieur, vous m'effrayez, lui dis-je, qu'ai-je donc fait à ces misérables, pour qu'ils aient le droit de me persécuter ainsi ? Est-il donc de toute impossibilité de se saisir de cette horde de scélérats, de cette vermine qui s'attache à troubler le repos des âmes pures et honnêtes ? Avouez que je suis bien malheureux ! — Il est certain, Monsieur, que votre position n'est pas des plus agréables, me dit-il : aussi je souffre pour vous, depuis que j'ai le plaisir de vous connaître. Je l'invitai à me dire ce que c'était que ce grand-maître dont il m'avait parlé : il ne voulut rien me dire à ce sujet, m'assurant qu'il était d'accord avec lui pour me délivrer ; que tout était préparé, et que je ne dépendais plus que de lui ; ce qui lui faisait espérer que je serais bientôt débarrassé de ces monstres infernaux. Nous nous séparâmes pour nous reposer ; mais tant il est vrai que l'effet du mal est bien plus prompt que l'effet du bien, je ne pus pas mieux dormir cette nuit que les autres, malgré les promesses qu'on venait de me faire.

CHAPITRE XLIX.

Moyens employés par M. Etienne.

Je désirais vivement de voir M. Baptiste. J'allai le lendemain lui faire ma visite. Je le trouvai effectivement bien rétabli, et lui fis promettre que l'éloignement ne serait pas un obstacle au plaisir de nous voir. J'appris de lui que ses parens consentaient à continuer la pension à M. Etienne, puisqu'ils ne pouvaient le déterminer à retourner chez eux. Je lui dis que je ne pouvais concevoir comment M. son frère n'avait pu se rendre aux conseils que je me plaisais à lui donner dans ses intérêts. Il faut absolument qu'un de ces génies malfaisans le détourne de la bonne route où ce jeune homme doit sans doute avoir le dessein d'entrer. Je sais, Monsieur, me dit M. Baptiste, que si mon frère n'eût fréquenté que des personnes aussi sages que vous, il n'eût pas donné tant de désagrément à sa famille. Je suis cependant très-satisfait que tout soit rentré dans l'ordre. Je pris congé de lui, en lui promettant de venir le revoir.

Dès que je vis M. Etienne, je lui témoignai la joie que me faisait éprouver sa réconciliation avec son père, je me disais intérieurement : voilà mon ouvrage. Je suis en mon particulier bien flatté de ce bonheur. M. Etienne avoua que sans mes bons conseils, qu'il n'avait suivis qu'avec peine, il serait toujours dans l'embarras. Il voulut me témoigner sa reconnaissance ; mais ma modestie ne me permettait d'en trouver que dans le plaisir d'avoir contribué en cela à sa tranquillité. Je l'invitai à changer le sujet de la conversation. Je lui dis que j'avais eu l'avantage de voir M. son frère. Il m'apprit qu'il était déjà venu pour me voir lui-même, mais que j'étais alors absent, et qu'il devait revenir le lendemain pour me parler de sa famille. M. Etienne ajouta qu'ayant toute confiance en moi, il voulait me communiquer quelque chose d'important. Il m'avoua qu'étant un peu arriéré par ses étourderies, et voulant y mettre ordre, il avait formé le projet de vivre avec son frère, pour mettre un peu d'économie dans sa dépense. J'approuvai beaucoup ce projet, et je l'engageai même à le suivre, comme étant très-favorable. Il fut très-satisfait de ce que j'appuyais sa résolution, et me dit qu'il en parlerait à son frère. La nuit s'avançant, nous obligea de nous séparer. Le lendemain je fus le voir, et lui demandai s'il avait vu M. son frère. Il m'observa que si son frère était venu, il serait d'abord entré chez moi, attendu que mon appartement se trouve le premier sur ses pas. Je voulais prévenir sa visite et lui parler pour vous; mais puisqu'il est absent en ce moment, je reviendrai lorsque j'aurai terminé quelques affaires qui m'appellent en ville. Dès que je fus rentré, je reçus la visite de M. Baptiste, qui me dit fort honnêtement qu'il ne serait pas monté chez son frère sans avoir su de mes nouvelles. Nous avions à peine dit deux mots, que l'on vint nous interrompre. Je fus obligé de sortir pour quelques affaires. Je le priai de me ménager le plaisir de le revoir au plus tôt. En rentrant sur les onze heures, je montai chez M. Etienne, où je trouvai M. Baptiste, madame Métra, M. Brescor, abbé de Saint-Sulpice, qui m'avait déjà vu, et qui connaissait ma pénible situation. M. Papon-Lomini s'y trouvait avec le jeune homme qui était en pension avec lui. J'y aperçus aussi M. Frontin et d'autres personnes que je ne connaissais pas. Ces messieurs et dames félicitaient M. Etienne sur la paix rétablie entre sa famille et lui. Comme la saison des bals s'avançait, chacun se promit de bien s'amuser. Je m'excusai sur mon âge, pour ne pas prendre part à ces plaisirs. Madame Métra s'informa de mon état. L'habitude du mal, lui dis-je, me le fait en quelque sorte supporter plus patiemment; d'ailleurs, M. Etienne, que je reconnais pour mon maître, me fait espérer que bientôt je serai délivré. La société me trouva tellement digne de compassion, qu'elle sollicita M. Etienne de me retirer de ce pitoyable état. Il promit que malgré qu'il n'eût pas reçu de nouvelles de M. Cazin, il me délivrerait de tout avant deux jours. La conversation revint ensuite sur la partie de plaisir projetée. Je descendis chez moi, en réfléchissant sur l'aveu que M. Etienne avait fait à l'égard de M. Cazin. Je reconnus de suite que j'avais bien deviné que la lettre était fausse, et que mes soupçons étaient très-fondés, ainsi que mes reproches. Ah! jeunesse imprudente, me disais-je, voilà où vous conduit le plaisir de mal faire: vous commencez par tromper sur des choses de peu d'importance, et pas à pas vous tombez dans l'abîme. Vous ne craignez pas d'offenser Dieu par les plus forts mensonges, vous les prodiguez par habitude, dans l'espoir d'en retirer du plaisir, et vous ne redoutez pas d'attirer sur vous tous les châtimens dus à de tels crimes : car, tromper, n'est-ce pas ce qu'il y a de plus affreux ? C'est vous, trompeurs infâmes, que les magiciens, sorciers ou démons devraient poursuivre et tourmenter, pour vous donner des remords sur vos horribles mensonges, et vous faire éprouver les souffrances destinées aux grands criminels. Après ces justes réflexions, je remontai chez M. Etienne, et je le trouvai seul avec madame Métra. A mon arrivée quelqu'un le demanda. Seul avec cette dame, elle me confia que M. Baptiste n'avait pas accueilli les propositions de son frère, relativement au partage de son local, qu'il trouvait trop petit pour deux ; mais qu'il croyait que M. Frontin pourrait réparer ce contre-temps ; puis elle me parla de l'embarras où se trouvait M. Etienne, pour son loyer, dont il devait encore quelque chose, ainsi qu'au portier de la maison. Il n'a pas encore touché la pension que son père est convenu de lui compter, et il ne veut pas quitter sa chambre, sans avoir payé son loyer et sans avoir fait honneur à toutes ses petites dettes.

La conversation tomba ensuite sur MM. Pinel et Moreau. Cette dame m'assura que ces messieurs s'étaient réunis pour prier M. Etienne de terminer avec moi avant de quitter l'hôtel, et qu'il avait promis que le soir même il ferait ses opérations. M. Etienne rentra dans ce moment. Il voulut me parler de ses affaires; mais je lui dis que je savais tout par madame Métra. Il m'assura que, quoiqu'il n'eût pas trouvé de chambre à louer dans les environs, il voulait décidément quitter son logement le lendemain premier février; que ce soir était fixé pour ses dernières opérations contre la race des sorciers qui osaient encore me tourmenter malgré les moyens qu'il avait employés pour m'en délivrer.

Le voyant disposé à sortir avec madame Métra, je lui donnai rendez-vous pour le soir, et je fus à mes affaires. Chemin faisant, je me persuadais que c'était peut-être une comédie qu'il voulait jouer à mes dépens, comme tant d'autres magiciens l'avaient fait jusqu'à ce jour; mais il se trompait grossièrement s'il croyait m'abuser encore: ma confiance en lui était totalement perdue. Mon dessein n'était donc que de profiter de ses expériences pour fournir des matériaux qui fussent utiles au mémoire que je voulais faire contre cette race de sorciers que je voulais démasquer à tout l'univers. Aussitôt que j'aurai rassemblé tous les documens nécessaires, me disais je, je parviendrai, avec l'aide de la divine Providence, à armer les lois et l'indignation du genre humain contre ces serpens, qui se glissent invisiblement dans l'asile de l'innocence, et lui font éprouver les tourmens réservés aux âmes du purgatoire. Je voudrais pouvoir les signaler assez pour qu'ils pussent tous être pulvérisés comme le furent les habitans de Sodome, pour avoir méconnu les lois du maître de l'univers.

CHAPITRE L.

Jonglerie de M. Étienne.

Le soir, j'attendis M. Étienne; j'étais curieux de voir s'il paraîtrait devant moi avec le costume des magiciens que l'on représente au théâtre, c'est-à-dire en robe noire à longue queue, garnie de bandes rouges, avec la ceinture et la banderole, où sont tracés les signes du zodiaque et d'autres caractères hiéroglyphiques, un bonnet très-haut, terminé en pointe, armé d'une baguette magique propre à faire toutes les conjurations. Je me flattais de cette idée, quand ce jeune homme entra ; il me dit que, fidèle à sa promesse, il avait quitté une société de bons amis pour venir me joindre, et qu'aucune raison n'aurait pu le faire manquer à sa parole, vu qu'il quittait son logement le lendemain, et qu'alors il ne pourrait plus rien faire pour moi. Il se disposa à monter chez lui, et me fit la recommandation de l'y suivre. Quand il fut sorti, je me dis en riant : Je vais encore voir un trait de son charlatanisme. Mais qu'importe ; voyons jusqu'au bout. Je montai chez lui, et, lorsque j'y fus entré, il se couvrit la tête de deux serviettes. Je lui dis : On voit bien à cette coiffure que nous sommes en carnaval, car voilà un plaisant accoutrement. Il me dit que cela était nécessaire aux opérations qu'il se proposait de faire. Ces deux serviettes étaient nouées de manière à former trois cornes. Il prit ensuite du sel, qu'il pétrit avec un morceau de chandelle qu'il enveloppa dans du papier ; il le jeta au feu, de sorte que le tout brûlait et pétillait ensemble. Je lui observai que cela ressemblait encore à des farces de jongleurs. Il m'accusa d'incrédulité, et m'affirma que ces choses étaient indispensables en raison de son caractère et pour assurer mon bonheur. Je fus très-satisfait de cette explication, et l'invitai à continuer : je ne voulais que m'instruire.

Il prit ensuite une baguette, dont il mit un bout au feu chaque fois qu'il prononçait un des noms des magiciens qui m'avaient tourmenté depuis vingt ans, jusqu'au dernier, qui était son cousin Lomini. Quand il les eut passés en revue, il me dit : M. Berbiguier, vous voici enfin libre, et vous n'avez plus rien à redouter des farfadets. Je me démets entièrement de tous les droits que je fus obligé de prendre sur vous pour vous délivrer du pouvoir abominable des scélérats qui avaient abusé de votre crédulité ; maintenant il ne nous reste plus qu'à rendre grâce à Dieu de votre heureuse délivrance. Prosternez-vous avec humilité ; faites entendre les accens d'un cœur reconnaissant. Ah ! je ne demande pas mieux ; cela s'accorde parfaitement avec mes principes. Je priai Dieu avec ferveur ; et quand j'eus fini, il me réitéra que j'étais entièrement guéri. — Si cela est aussi vrai que vous me l'assurez, que de remercîmens ne vous dois-je pas, et comment m'acquitter jamais envers vous ? Il me fit part de la gêne où le mettait l'obligation de quitter la maison dès le lendemain ; cela me fit aussi de la peine, et je le lui témoignai. La nuit étant déjà avancée, nous nous retirâmes chacun de notre côté.

Les réflexions vinrent en foule, dès que je fus rentré chez moi. Toute cette cérémonie me parut, en effet, très-bizarre; je ne crus pas devoir y ajouter foi, et, sans la prière à Dieu qui termina notre entretien, j'aurais été encore plus indisposé contre lui. Je pensai ensuite à sa position, qui me parut en effet bien triste. La gêne où il se trouvait n'était que la suite du peu d'ordre qu'il mettait dans ses affaires; mais il faut espérer qu'à l'aide de mes bons conseils et par la fréquentation des gens de bien, il se corrigera de ses folies. Enfin, c'est un jeune homme de famille, je veux ménager sa délicatesse, et ne pas l'obliger à quitter son hôtel d'une manière qui lui ferait beaucoup de tort, et en même temps pourrait lui causer bien du chagrin.

Quand j'eus bien réfléchi sur son compte, je songeai à m'endormir; et je dois avouer, à ma grande satisfaction, que cette nuit fut plus calme que les autres. Je fus reconnaissant. Le jeune homme fut très-sensible à mes procédés à son égard. Il me sauta au cou avec les transports d'une joie excessive, et me dit que ses frères ne s'étaient jamais comportés ainsi avec lui. Il fut enfin convaincu, disait-il, qu'un bon ami valait mieux quelquefois que des parens. Il me protesta que ce trait resterait gravé dans son cœur, et qu'il ferait tous les sacrifices possibles pour s'acquitter envers moi. Je l'assurai que j'avais toujours eu beaucoup de plaisir à rendre service quand mes moyens me l'avaient permis; mais si par malheur vous veniez à me tromper, je ne vous le pardonnerais jamais. Je vous le dis à vous-même, vous connaissez ma véracité. Soyez tranquille, Monsieur, me dit-il; je ne vous donnerai jamais le sujet de vous plaindre de moi. Quand je serai dans mon nouveau logement je vous donnerai mon adresse, et j'espère que l'éloignement ne sera pas une raison pour nous priver du plaisir de nous voir, et ne diminuera pas l'estime que j'ai pour vous, et l'intérêt que vous prenez à moi.

Vous voyez, Monsieur, comme j'agis avec franchise, lui dis-je; votre conduite envers moi réglera la mienne envers vous. Mais en attendant que j'aie de vos nouvelles, il faut que je songe à mes affaires. Ainsi, souffrez que je vous quitte pour aller m'en occuper. En réfléchissant à tout ce qui venait de se passer, je me persuadais que le jeune homme était très-honnête, puisqu'il avait reçu une bonne éducation. Je n'étais cependant pas moins en garde contre tout ce qu'il pourrait faire encore contre ma tranquillité.

Je ne m'attendis point à le voir le soir, parce que je savais qu'il devait quitter la maison. Je me livrai à d'autres réflexions le concernant, et je réfléchis ensuite sur mes malheurs.

Quelques momens après je me mis au lit, et je n'éprouvai rien de désagréable cette seconde nuit. L'intention du farfadet était sûrement de me donner quelque repos pendant un certain temps, en reconnaissance de mes bons procédés.

CHAPITRE LI.

Perfidie de M. Etienne.

Le jour arrivé, je ne sortis point de ma chambre de toute la matinée, je m'étais occupé chez moi. Je ne montai pas non plus chez M. Etienne, je savais qu'il n'avait pas couché chez lui. A deux heures, je sortis pour aller prier le Dieu de bonté. Je fus arrêté, en sortant, sous la porte cochère, par un Monsieur et une dame qui, comme moi, avaient leur logement dans l'hôtel. Ils me dirent que M. Etienne se comportait avec eux de la manière la plus infernale. Ils m'apprirent qu'après avoir demandé à examiner leur chambre, pour en connaître sans doute toutes les dimensions, ce farfadet s'était esquivé, en disant qu'il allait revenir; mais qu'au lieu de tenir la parole qu'il leur avait donnée, on le vit s'envoler sous la forme d'un hibou vers la porte cochère, et qu'après s'être assuré qu'on ne pouvait le voir, il avait continué son vol du côté opposé de leur appartement, pour pouvoir ainsi tromper leur vigilance anti-farfadéenne. Avouez, me dirent mes voisins, que c'est un tour abominable. C'est moins la visite indiscrète qu'il nous a faite, qui nous indispose, que la ruse dont il s'est servi pour s'introduire dans notre chambre ; car, enfin, nous n'avons à présent aucun moyen d'empêcher ses incursions nocturnes et diaboliques, d'autant mieux qu'il connaît maintenant tous les détours de notre logement, que nous avions eu soin de lui tenir toujours bien cachés. Que dites-vous de cela, Monsieur ? — Je pense que c'est fort mal ; le jeune farfadet veut, sans doute, venir faire de temps à autre des visites à madame votre épouse : il est peut-être fatigué de n'avoir à faire qu'à un garçon, et il veut varier ses jouissances ; les farfadets comme lui n'aiment pas la monotonie : quand ils viennent chez moi ils remplissent un devoir ; quand ils seront chez vous ils auront du plaisir. Madame votre épouse est très-jolie. — Que me dites-vous-là, Monsieur ? Quoi ! ils auraient l'audace d'attenter ainsi à mon honneur ? — Ils ont attenté à celui de bien d'autres époux. — Les misérables ! — Vous êtes indulgent de ne leur donner que cette épithète. —Comment ! Monsieur Etienne Prieur fait partie d'une secte aussi abominable ! c'est le comble de l'horreur. En vérité, pour un jeune homme de famille, voilà une conduite qui ne dépose guère en sa faveur.

Nous vous prions, Monsieur, continuèrent mes voisins, de nous secourir. Vous êtes bon, humain, généreux et sensible, et nous savons que ce drôle-là vous a très-souvent abusé en s'étayant de la confiance qu'il vous inspirait. Vous êtes véritablement trop bon que de ne pas vous plaindre. Je fis contre fortune bon cœur, je ne voulais pas leur apprendre toutes les atrocités de M. Etienne envers moi, je comptais encore sur les protestations qu'il m'avait faites le matin. — Si je le rencontre dans mes courses, je vous promets de lui parler sérieusement. Ils me répondirent qu'ils s'en rapportaient entièrement à moi pour les rendre tranquilles.

J'allai à l'instant me promener sur le boulevard des Panoramas, et je ne fus pas peu surpris d'y rencontrer mes farfadets Etienne et Frontin. Nous nous saluâmes réciproquement et je leur marquai l'étonnement de les voir si tranquilles lorsqu'ils devraient s'ensevelir eux-mêmes en considérant la conduite que M. Etienne venait de tenir dans l'hôtel. Il parut interdit. Je le blâmai d'avoir couché la nuit passée à mes côtés, sans être revenu chez moi comme de coutume, pour me donner le bon jour. — Comment avez-vous appris tout ce que vous me reprochez? — De ceux-là même qui ont à s'en plaindre. — J'étais forcé d'en agir ainsi par ma position. — Excuse farfadéenne, vous n'avez pas fait là le trait d'un honnête homme. C'est celui d'un méchant. Je vous engage, Monsieur, au nom de l'honneur, à réparer cette faute, en déclarant que vous ne ferez plus aucune visite nocturne. Son ami le blâma beaucoup d'en avoir agi de la sorte envers des gens qui ne lui avaient rien fait. Il s'excusa sur le besoin où il était de faire des prosélytes pour s'attirer les bonnes grâces de son grand-maître, qui, dernièrement, pour avoir manqué de zèle, lui avait retiré la pièce d'argent farfadérisée dont je parlerai bientôt. Le farfadet confondu me chargea de dire à mes bons voisins qu'il réparerait la faute qu'il avait commise envers eux, et finit par me donner rendez-vous à Saint-Roch, où je me rendais tous les jours à la prière du soir, pour me donner une lettre de repentir. — Allons, Monsieur, dans ce cas, on pourra vous pardonner cette faute, qui, toute grave qu'elle est, peut encore se réparer. Nous parlâmes ensuite des choses qui m'intéressaient, et peu de temps après je les quittai. Ils promirent de me donner leur adresse aussitôt qu'ils auraient trouvé un appartement.

Je m'empressai de revoir les époux, mes voisins, auxquels je racontai l'entretien que j'avais eu, et je les invitai à faire eux-mêmes la lettre que M. Etienne voulait signer. Ils y consentirent, et me demandèrent pourquoi il ne viendrait pas la porter. Je l'excusai, quoique j'eusse moi-même à me plaindre de lui; je les assurai qu'il était honteux de sa conduite envers eux, et qu'il n'osait pas venir. C'est pourquoi il m'a invité à être porteur de la lettre. J'en fus chargé en effet, et nous nous quittâmes. Mais quel fut mon étonnement, quand, le lendemain soir, je ne vis pas du tout M. Etienne! L'indignation succéda alors à mon étonnement. — Ah! vous me jouez de la sorte! c'est une infâmie. Vous ne méritez pas, à présent, les bontés que j'ai eues pour vous, ni aucun ménagement. Lorsque je rentrai à l'hôtel, je fis venir chez moi mes voisins, auxquels je remis leur lettre sans être signée, en leur avouant que, si elle ne l'était pas, il n'y avait pas de ma faute. Je m'y attendais, me dit le mari, il en a fait de pareilles à bien d'autres; réunissons-nous pour le traiter comme il le mérite; gardez ma lettre, dans l'espoir de rencontrer le farfadet; de mon côté, je vais parcourir tous les quartiers de la capitale pour me saisir du traitre. Plusieurs jours se passèrent ainsi. Je voyais souvent MM. Baptiste Prieur, son frère aîné, et Lomini, leur cousin. Mon voisin fit des démarches auprès de ces personnes, et principalement auprès de M. Prieur, droguiste. Tous ces Messieurs promirent de faire leur possible pour le trouver et obtenir satisfaction de ses indignes procédés; mais on ne fut pas plus heureux de ce côté. On eut enfin recours à un conciliateur, qni promit d'appeler devant lui le farfadet sitôt qu'on aurait pu découvrir sa demeure ou qu'on la lui ferait connaître. Mon voisin, dans ses promenades ordinaires, le vit sortir de chez un banquier, où sans doute Monsieur son père lui avait fait compter quelque argent. Le farfadet s'approcha de lui pour le prier de vouloir bien lui pardonner. Il s'excusa en affirmant qu'il ne renouvellerait plus ses visites nocturnes et audacieuses. Mais le voisin ne se contenta pas de cette promesse, il le conduisit chez le conciliateur, qui l'obligea à signer sa lettre de repentir, telle que l'offensé l'avait rédigée lui-même; mais en même temps l'infâme commit une nouvelle étourderie en disant qu'il était logé chez son frère Baptiste, quand il était facile de se convaincre bientôt qu'il n'avait pas dit vrai. Cette supercherie indigna mon voisin, qui alla de nouveau chez le conciliateur. Cet honnête homme l'engagea à écrire à M. Prieur père pour lui apprendre quelle était la conduite de son fils à son égard. Et M. Prieur père donna toute satisfaction en réponse.

CHAPITRE LII.

Suite des perfidies de M. Etienne.

Mes lecteurs doivent bien juger que tous les chapitres précédens sont écrits dans le style allégorique ; j'ai peut-être trop de délicatesse pour mes ennemis. Les Messieurs Prieur me jugeront et me rendront justice. Je n'ai que cela à leur dire pour leur imposer silence.

Tout en rendant service à mon voisin, j'avais fait beaucoup de courses inutiles, et je ne trouvais pas plus d'amélioration à mes malheurs. Malgré les belles promesses du farfadet Prieur je n'étais pas moins tourmenté nuit et jour. Je ne l'avais pas vu depuis sa sortie de l'hôtel, je me décidai à écrire à M. Frontin, son ami, chez lequel il demeurait. Voici ma lettre :

Paris, le 11 février 1818.

A M. Frontin, ami de M. Prieur.

« Monsieur, je prends la liberté de m'adresser à vous pour que vous fassiez parvenir mes reproches à votre ami M. Etienne Prieur.

» Vous savez que depuis le 24 octobre 1817 je suis au pouvoir de ce jeune homme. Je consentis à me mettre entre ses mains pour me soustraire à celles de M. Pinel et des autres sorciers, magiciens, tant hommes que femmes; il me promit de me rendre la liberté : vous et vos amis l'aviez sollicité de tenir sa promesse; il donna sa parole avant de sortir de l'hôtel que j'habite, où il avait alors son domicile; il fit, la veille de sa sortie, quelques cérémonies; mais comme je ne vois pas de changement, et qu'il a disparu lui-même, engagez-le, je vous prie, à cesser ses infâmes persécutions et à mettre fin à mes souffrances.

» Vous êtes trop l'ennemi, Monsieur, de toute injustice, pour ne pas vous interposer entre moi et votre ami qui me persécute.

» J'ai l'honneur d'être, etc. BERBIGUIER.

» *P. S.* Je vous prie, Monsieur, de me faire réponse et de saluer mon persécuteur. »

Lorsque ma lettre fut reçue, il y avait société

chez M. Frontin, qui témoigna son mécontentement à M. Etienne, qui était là. Le farfadet promit de me laisser tranquille définitivement ; c'est ce que vint m'apprendre Monsieur Frontin, qui se rendit expressément le lendemain à Saint-Roch pour me faire part du résultat de ma lettre.

Il m'affirma que mes reproches avaient produit sur son ami un très-bon effet, et qu'il espérait que désormais je n'aurais plus rien à craindre. Je remerciai ce Monsieur de ses bons procédés et de ses démarches à mon égard, en le priant d'accepter les expressions de ma reconnaissance pour lui et sa société, qui, comme lui, s'était intéressée à mon sort malheureux.

En sortant de Saint-Roch je fus me promener aux Tuileries, où je rencontrai M. Etienne, qui en m'apercevant vint à moi, dans l'intention de me faire ses excuses : il me promit toute satisfaction, et m'affirma que, dès qu'il aurait un appartement, il me le ferait savoir, pour convenir du jour où il s'occuperait de terminer les opérations qui devaient entièrement mettre fin à mes maux. Je voulus bien me contenter encore une fois de ses promesses sans trop me reposer sur sa parole, ayant été plus d'une fois autorisé à me méfier de lui. Son inconduite, d'ailleurs, devait me faire craindre de sa part quelque nouvelle perfidie. Nous verrons bien, lui dis-je ; le temps nous apprendra beaucoup de choses. Adieu, Monsieur ; songez à votre parole.

M. Arloin, parent et ami de M. Papon Lomini, occupait alors dans l'hôtel l'appartement que M. Etienne avait quitté. Ce Monsieur venait souvent me voir avec M. Lomini : ils me témoignaient leur indignation sur les procédés de M. Etienne, qu'ils trouvaient d'autant plus affreux, que ce jeune homme m'avait beaucoup d'obligation, n'ayant reçu de moi que des bienfaits. Ils me dirent que, chaque fois qu'ils voyaient ce démon acharné contre moi, ils l'invitaient à cesser ses poursuites ; que toujours il le promettait, mais qu'ils voyaient bien, d'après mon rapport, qu'il ne tenait pas à sa parole, ce qui les inquiétait beaucoup pour moi.

Nous parlâmes ensuite de tous les autres sorciers qui m'avaient persécuté ; et quand nous en fûmes à M. Moreau, M. Arloin vanta fort la science sublime de ce physicien, qui l'emportait, selon lui, sur toutes les autres personnes de sa profession, ce qui lui avait mérité un grade supérieur qui obligeait tous les autres farfadets à suivre ses ordres. — Voilà justement ce qui nous afflige pour vous ; car vous savez que ces Messieurs ne quittent jamais une de leurs victimes sans donner procuration à un de leurs confrères de s'en emparer, ce qui nous fait craindre de vous voir dans une dépendance perpétuelle. — Eh bien, pour m'y soustraire, je me résoudrai à quitter le pays que ces Messieurs habitent. — Ce moyen ne vous tirera pas de leur puissance, puisqu'elle s'étend sur toute la terre.

Je ne pus concevoir comment il était possible qu'on laissât exister les farfadets parmi les humains, et comment les gouffres de l'enfer ne s'entr'ouvraient pas sous les pieds de tous ces fléaux du repos et du bonheur des humains. Je me consolai dans l'espoir que l'éternelle justice n'épargnerait pas toujours de semblables monstres, et que tôt ou tard ils seraient envoyés dans les gouffres infernaux dont ils n'auraient jamais dû sortir.

M. Lomini partagea mon ressentiment, et m'avoua que, malgré les liens du sang qui l'unissaient à M. Etienne, il n'avait pas pour lui une grande estime, par la raison que sa conduite passée et présente ne le menerait jamais à une bonne fin. Cependant, comme il souffrait de me voir encore en sa puissance, il me promit de s'employer auprès de lui pour obtenir mon entière délivrance, et nous nous séparâmes, du moins à ce que je crois, contens les uns des autres.

CHAPITRE LIII.

Nouvelle confiance. Nouvelle perfidie.

Le 21 février je fis une visite à M. Prieur aîné. Je présumai que l'ayant vu quelquefois chez son frère Etienne, il me recevrait bien. Je ne fus pas trompé dans mon attente ; je le trouvai à son bureau, occupé d'affaires de commerce. Il s'entretenait avec une autre personne, ce qui me fit craindre de l'importuner. Je le priai de me donner un instant d'entretien dans la pièce voisine ; il me l'accorda. Après m'être excusé de l'avoir dérangé de ses occupations, je le priai d'employer tout le pouvoir qu'il avait sur l'esprit de M. son frère Etienne pour l'engager à cesser les persécutions qu'il me faisait endurer depuis la fin du mois d'octobre dernier ; j'ajoutai que toutes ces choses étaient connues de M. son cousin Lomini, de M. son frère Baptiste, ainsi que de plusieurs autres de ses amis que j'avais également vus chez Messieurs ses frères. M. Prieur me dit que toutes ces atrocités étaient connues de lui ; qu'il espérait y mettre ordre ; que dans une heure il verrait M. Etienne, qu'il lui parlerait de manière à le contraindre à me rendre la tranquillité ; que dès le soir je ressentirais les effets de ses promesses, et que je ne serais plus tourmenté. — Ah ! mon cher Monsieur, que je vous aurai d'obligation ! car, enfin, voilà vingt ans que je souffre, et vous jugez bien que j'ai besoin d'un peu de repos. — Je vous promets de lui parler incessamment. Je le quittai, en l'assurant de ma parfaite reconnaissance.

En revenant je me repaissais l'imagination de craintes et d'espoir. Je me disais : Ai-je enfin trouvé un homme sur qui je puisse me fier ? Je verrai bien, et je saurai bientôt si ce Monsieur tient à sa parole.

Quand je fus de retour chez moi, j'entendis un vent impétueux, et bien différent de tous ceux que j'avais distingués jusqu'à ce jour ; nécessairement je dus croire que je n'étais plus tourmenté par les mêmes farfadets, alors je ne doutai plus que je ne fusse sous une autre planète. J'avais cherché à me soustraire à la domination de M. Etienne Prieur, et je me vis tomber au pouvoir de son frère aîné. Il plut toute la nuit. M. Etienne vint encore me visiter invisiblement; mais il se fit moins sentir que de coutume, ce qui me fit présumer que son pouvoir diminuait, et qu'il le transmettait à Monsieur son frère aîné. Toute la nuit se passa ainsi. Le lendemain 22, la journée fut encore plus affreuse ; la pluie et le vent redoublèrent, et la nuit du 22 au 23 fut terrible.

Après de si fortes angoisses je me déterminai à écrire à M. Prieur aîné, pour lui rappeler la visite que je lui avais faite à l'effet de l'engager à déterminer son frère Etienne à cesser de me tourmenter, ce qu'il m'avait promis de faire, quoique je visse bien, par les souffrances que j'avais encore éprouvées, qu'il n'avait rien obtenu de lui, puisque la nuit dernière j'avais été encore troublé par sa visite magique et celle de sa compagnie infernale. Je finissais ma lettre par des complimens qui tendaient à amadouer mon nouveau farfadet.

La pluie et le vent continuèrent toute la journée, et la nuit du 23 au 24 fut horrible. Le vent fut si impétueux, qu'on pouvait craindre pour les toitures et les arbres. Je me crus au pouvoir d'un nouveau maître. Les moyens dont je me servis pour me retirer des griffes de M. Etienne et me soustraire à ses importunités, ont été malheureux, car ils n'ont fait que me changer de puissance. Je sais maintenant que M. Prieur aîné, loin de me mettre à l'abri des poursuites de son frère, comme il me l'avait promis, s'est emparé de moi, et m'a mis sous une planète pour le moins aussi cruelle que celle que dirigeait M. Etienne.

Voilà comment agissent les farfadets quand ils veulent se disputer la possession d'une personne destinée à être leur victime. Lorsque je faisais ces réflexions, le vent souffla avec tant de violence, qu'il cassa un carreau de vitre, qui fit un tel fracas, qu'il fut entendu de tout l'hôtel. Le portier et sa femme montèrent l'escalier : toute la maison fut en rumeur; il était onze heures du soir, M. et madame Rigal se mirent à leur croisée pour demander ce que c'était que ce charivari. J'ouvris ma porte, et je dis au portier et à sa femme, qui ne savaient à quoi en attribuer la cause, que c'était l'effet d'un grand vent dont je connaissais les moteurs; que c'était même fort heureux qu'il ne fût pas plus terrible. Je ne leur dis pas tout ce que je savais sur les méfaits des farfadets; mais j'avais fort envie d'en instruire M. Rigal, afin de l'engager à faire un journal de toutes les dépenses auxquelles il serait exposé par les maléfices des ennemis du Créateur du monde : par-là, il s'instruirait au moins de ce que cette maudite canaille pourrait lui coûter dans le courant de chaque année.

Lorsque le portier eut fait entièrement sa visite, il descendit et passa devant ma porte. Je l'interrogeai sur ce qu'il y avait de détruit; il me répondit qu'il n'y avait de cassé qu'un carreau de vitre ; mais que le bruit qu'il avait entendu l'avait épouvanté autant que si la croisée avait été entièrement brisée. De mon côté, je fus très-content que la chose n'eût pas été plus considérable. Je fermai ma porte afin de pouvoir me coucher; mais il me fut impossible de dormir. Toute la nuit fut terrible. Je fus tourmenté par les malins esprits, magiciens et farfadets, desquels je sus si bien distinguer le genre de travail, que je fus convaincu que M. Etienne m'avait abandonné pour me livrer définitivement à son frère aîné. Je me persuadai alors qu'étant ainsi poursuivi par tous les sorciers, les uns après les autres, il me serait impossible d'être jamais délivré de leur cruel pouvoir.

Le lendemain matin, je vis M. Rigal. Je lui demandai, en riant, s'il était revenu de l'effroi que la tempête de la nuit lui avait causé : il me répondit que comme il n'y avait eu qu'un carreau de cassé, il n'avait pas eu une grande crainte. Vous avez raison, lui dis-je; mais vous en verrez bien d'autres encore. M. Rigal, surpris de me voir rire, m'en demanda la raison. — Je vous apprendrai cela en temps et lieu ; attendez, c'est encore une énigme pour vous, que vous saurez plus tard. Mes affaires m'appellent au dehors, je vous quitte pour y vaquer. La pluie et le vent étaient moins forts que les jours précédens ; mais la journée ne fut pas du tout agréable.

CHAPITRE LIV.

Vaines promesses et mauvaise foi de M. Prieur aîné.

Comme on ne pouvait se promener ni en ville ni à la campagne, je fus, le soir, sous les galeries de bois du Palais-Royal. J'avais ma tabatière dans la petite poche de mon gilet ; mon habit était boutonné comme de coutume, et j'avais, par-dessus, ma redingote qui me couvrait entièrement. Personne ne se trouvait autour de moi au moment où je m'aperçus que ma tabatière m'était enlevée ; je ne doutai pas qu'elle ne m'eût été soustraite par sortilége, comme cela m'était quelquefois également arrivé pour mon argent. Je fus tellement inquiété de ce tour de magie, que je fus obligé de renfermer chez moi tout ce que j'avais de plus précieux ; je craignais une visite de la part de MM. les farfadets pour me voler mon argent, mes bijoux, ou introduire dans mes alimens quelques drogues magiques propres à augmenter mes souffrances. Je ne fus cependant pas plus tourmenté cette nuit que les autres. Les quatre derniers jours du mois de février furent également un peu plus calmes.

Le soir du 4 mars, j'étais à écrire à M. Prieur l'aîné, pour lui rappeler la promesse qu'il m'avait faite le 21 février, de parler à son frère Etienne, et pour l'engager à ne plus me tourmenter, lorsque M. Etienne et sa compagnie se glissèrent sous ma table, et m'enlevèrent adroitement une de mes boucles de jarretière. Je fus tellement outré de ce trait, qui m'obligeait à acheter d'autres boucles, que je me mis fort en colère contre les monstres farfadéens. Comment! m'écriai-je, canaille maudite! apanage du diable! vous ne vous contentez pas de tourmenter l'esprit des honnêtes gens, il faut encore que vous poussiez la scélératesse jusqu'à leur voler les objets qui leur sont utiles? Quelle rage infernale vous domine donc, pour vous livrer à tous les vices? Sans doute qu'après m'avoir fait éprouver les tortures et les angoisses les plus cuisantes, vous finirez par m'ôter la vie; mais peu m'importe; j'y suis préparé, c'est un élu de plus que j'offrirai à l'Etre-Suprême ; car mon âme est pure, ma conscience est tranquille, et je paraîtrai devant Dieu avec la plus grande satisfaction, quel que soit le genre de mort qui m'enlève de cette terre de tribulation.

J'ai tout lieu de croire que cette imprécation fit son effet ; car, le lendemain, je vis M. Lomini qui vint dans mon appartement avec plusieurs de ses amis, les frères Arloin, qui se mirent à rire en entrant. — Oui, riez, Messieurs ; car il y a de quoi rire : on m'a pris ma boucle ; mais je vais écrire à M. Prieur aîné. Les deux ricaneurs répondirent : Soyez tranquille, M. Berbiguier, votre boucle, ainsi que votre boîte, vous seront rendues. Je trouvai effectivement ma boucle sur une assiette où je n'avais jamais songé à la placer. C'est par ce nouveau trait de leur malignité, qu'ils me mirent dans la peine pendant quelque temps ; mais ils ne me rendirent ni mon argent, ni ma boîte. Je fus toujours tourmenté par des visites nocturnes, malgré que je fusse allé voir M. Baptiste Prieur, qui fut très-surpris d'apprendre que son frère ne me laissait pas tranquille, malgré qu'il le lui eût expressément recommandé. Il m'avoua franchement que ce serait encore inutilement qu'il s'emploierait, puisqu'il ne voyait point de terme à mes maux, et que je ne devais pas compter sur les promesses de MM. Prieur aîné et jeune, non plus que sur celles de Lomini. Je me décidai alors à écrire à M. Prieur aîné, pour lui rappeler ses démarches auprès de M. son frère Etienne. La réponse qu'il me fit faire fut très-évasive. Il dit à la personne qui lui remit la lettre, que son frère ne pouvait me tourmenter, puisqu'il était à plus de quatre-vingts lieues de Paris. Je ne pus m'empêcher de répondre à M. Prieur qu'il se trompait ou voulait me tromper, puisque j'étais certain que son frère était toujours à Paris. J'en étais d'autant plus assuré, que j'éprouvais toujours les mêmes souffrances. Je résolus donc d'écrire une seconde lettre à M. Prieur; mais elle ne fut pas plus heureuse que la première. Je ne me rébutai pas cependant, je lui en écrivis cinq, et je n'eus d'autre réponse que celle qu'il fit à ma première : tel fut le résultat de ces cinq lettres.

Pendant ce temps, toutes mes nuits furent bien pénibles. Heureusement que j'avais la faculté de réfléchir, puisque je m'apercevais bien que les différens travaux de M. Prieur aîné, qui me possédait alors, diminuaient sensiblement, comme s'il avait l'intention de me rendre à son frère Etienne. Il faut avouer que cette famille devait avoir de l'amitié pour moi; elle ne voulait pas me laisser un instant, elle me servait continuellement de gardien, dans la crainte, sans doute, que l'ennui me prît, si je me trouvais un moment seul vis-à-vis de moi-même. Toutes ces réflexions me firent rire, tant j'étais accoutumé aux vexations de tous les Prieur de l'Allier.

Je fis part des supercheries de M. Etienne à M. Lomini son cousin, et à M. Arloin, tous deux logés à l'hôtel Mazarin. Ils furent outrés de sa conduite, et me dirent qu'ils savaient où il était. Ils m'apprirent qu'il était entré au grand séminaire d'Amiens en Picardie, par ordre de M. son père ; — mais nous croyons qu'il en sortira comme il y est entré, parce qu'il ne changera jamais de principes. — Eh ! Messieurs, comment voudriez-vous qu'il en changeât ? n'est-il pas soumis à une puissance infernale ? Je crains bien plutôt qu'il ne soit entré dans la bergerie que pour en dévorer les brebis. Ces Messieurs répliquèrent en riant, que cela pourrait bien être vrai. — La conduite qu'il a tenue à mon égard m'autorise à le croire. Nous parlâmes d'autres choses, et un moment après mes interlocuteurs s'en furent.

Je connaissais les principes de ce jeune Etienne, que j'avais eu le temps de bien étudier. Je savais qu'il n'aimait ni l'étude, ni la prêtrise, ni tout ce qui avait rapport au service divin. Je ne pouvais me faire à l'idée de le voir dans un séminaire, c'était un trop grand changement dans ses habitudes ; mais, malgré ces doutes, je résolus de m'en informer auprès de M. Baptiste son frère : je fus donc le voir à cet effet. Il m'affirma la chose, et me remit de plus l'adresse du néophyte, d'une manière très-obligeante. Je le remerciai beaucoup de sa complaisance, et causai avec lui, quelques momens, de ce converti, qui voulait peut-être imiter le démon qui se fit ermite quand il fut las de ses forfaits.

CHAPITRE LV.

M. Prieur père manque à sa promesse.

Quelques jours après, j'écrivis à M. Etienne, pour lui montrer mon étonnement sur son soudain changement, et je lui en fis compliment. Je lui rappelai les promesses qu'il m'avait faites avant son départ de Paris, et son obstination à me cacher sa demeure et ses projets ; mais en le voyant entrer dans le port du salut, j'espérais que les bons principes et la bonne morale qu'il recevrait, le mettraient dans le cas de se repentir et de réparer ses torts envers moi et ses fautes envers Dieu, dont la miséricorde est toujours infinie. Ne voulant pas lui occasionner des frais de ports de lettres, je le savais gêné, je lui adressai toutes les miennes franches de port. Ma première était du 19 mai 1818. Je ne fus pas satisfait de sa réponse. Il ne me disait rien de ce que je voulais savoir. J'écrivis de nouveau : sa seconde réponse, datée du 7 juillet même année, fut plus satisfaisante, il m'y promettait de me donner l'adresse de sa maison, pour que je fusse le voir, afin d'opérer ma guérison. En attendant cet heureux moment, me disait-il, je me recommande à vos prières.

Ce jeune homme venait d'entrer dans la bonne voie, je crus sincèrement à ce qu'il me dit; mais l'époque fixée dans sa lettre étant expirée, mes inquiétudes recommencèrent. Je me hasardai alors à écrire au directeur de son séminaire, qui eut la bonté de me répondre, le 16 août, que son séminariste était en vacances, soit pour passer ce temps à Paris ou à Moulins.

Voilà donc encore un nouveau trait de duplicité de la part de ce jeune écervelé. Je ne pouvais me persuader qu'il eût encore envie de me tromper; car, enfin, en embrassant l'état ecclésiastique, ne devait-il pas boire à la source de toutes les vertus? Ainsi, le mensonge ne devait plus souiller ni sa bouche, ni sa plume. Toutes ces réflexions, qui étaient à son avantage, ne diminuaient cependant pas les souffrances du pouvoir qu'il exerçait sur moi. Je fis toutes les recherches possibles pour découvrir son domicile. Je m'adressai à M. Baptiste Prieur, qui ne put me satisfaire, mais qui me promit de parler à son frère aîné, qui devait savoir où était M. Etienne, et qui me ferait le plaisir de me donner son adresse par écrit, aussitôt qu'il la connaîtrait.

Je laissai passer quelque temps, et je ne vis plus M. Baptiste. Je lui écrivis le 27 août, même année, pour lui rappeler sa promesse. Il ne répondit point à cette lettre. Je lui en écrivis une seconde, le 3 septembre, il ne fut pas plus honnête pour cette dernière. Je fus scandalisé d'une telle conduite. Ce fut alors que pour voir enfin un terme à mes maux, je m'adressai à M. Prieur père, à qui je donnai les motifs de mon mécontentement au sujet de M. son fils Etienne. Je ne fus pas plus heureux de ce côté. Ce Monsieur, au lieu de me répondre, renvoya ma lettre à son fils, en lui faisant des reproches sur sa conduite à mon égard. Le jeune homme ne tarda pas à m'envoyer cette lettre, qu'il renferma dans sa missive, en y joignant celle que j'avais écrite à son père. Il m'invitait à me trouver au Luxembourg, dans un endroit où il devait aller le lendemain au soir; mais sa lettre n'était pas datée. Il ne se rendit pas à l'endroit où, m'assurait-il, il devait me dire quelque chose d'intéressant sur la lettre que j'avais envoyée à son père. Il me fit parvenir ensuite une autre lettre, dont le style était plus que malhonnête, et dans laquelle il ne donnait pas son adresse. Je ne perdis pas encore tout espoir. J'écrivis plusieurs fois à M. Prieur père. Ce Monsieur ne prit aucune part à ma situation. Toutes mes lettres restèrent sans réponse : je ne sus que penser de cette famille. — Ah! oui, elle doit être entièrement dirigée par l'esprit malin, puisqu'aucun de ses membres ne veut prendre part à mes maux! Indigné d'une pareille conduite et du peu de cas que l'on faisait de mes lettres, en méprisant le motif qui me les faisait écrire, je fis connaître à M. Prieur père, par une lettre du 28 octobre, que M. son fils Etienne, que j'avais très-souvent épargné, me devait de la reconnaissance. Cela était à la connaissance de MM. ses frères résidant à Paris, ainsi que de son cousin Lomini, et des frères Arloin, qui étaient indignés de ses procédés. Je n'aurais pas parlé de cela, si l'on s'était comporté envers moi avec un peu plus d'égards. Croirait-on que je n'obtins aucune réponse, pas même à cette lettre ! J'en fus tellement indigné, que je pris conseil de quelques personnes honnêtes, qui me décidèrent à écrire au maire de Moulins, pour le prier d'être médiateur auprès de M. Prieur père.

Je joins ici la lettre écrite à M. le maire.

Paris, 1er novembre 1818.

A M. le Maire de la ville de Moulins.

Monsieur le Maire,

Je prends la liberté de vous écrire, pour vous prier de me rendre le service d'interposer votre médiation entre M. le docteur Prieur et moi... Voici le fait : L'un de MM. Prieur fils, restant dans le même hôtel que moi, avec un autre de ses frères, m'a demandé plusieurs fois de lui être utile. Je l'ai fait, et j'en ai instruit MM. ses frères ; mais je n'ai jamais pu parvenir à exciter sa reconnaissance. J'ai écrit à M. Prieur le père, il n'a pas daigné me répondre. On m'a conseillé, dans cette circonstance, de m'adresser à vous, Monsieur, pour vous prier de faire obtempérer M. Prieur père à ma juste réclamation. Je ne puis croire qu'un homme à qui l'on accorde tant de probité, puisse souffrir que je sois victime de M. son fils.

J'ai l'honneur d'être, etc.

Je reçus de M. le maire, la réponse suivante :

Le Maire de la ville de Moulins, à M. Berbiguier.

Monsieur,

J'ai donné communication à M. le docteur Prieur de la lettre que vous m'avez fait l'honneur de m'écrire sous la date du 1er de ce mois. Il vient, par suite de cette communication, de me donner l'assurance qu'il avait écrit à son fils pour l'engager à vous satisfaire.

J'ai l'honneur d'être avec considération,
Monsieur, votre très-humble et très-obéissant serviteur,

BERRAUD.

Cette lettre me consola et m'engagea à attendre une douzaine de jours pour voir ce qu'il en résulterait; mais ne voyant venir personne, je me décidai d'écrire encore une fois à M. Prieur aîné, à qui je fis part de ma lettre à M. le maire: je l'instruisis des motifs qui m'avaient porté à cette démarche, et de la réponse qu'avait faite à ma lettre M. le maire. Cette lettre fut datée du 19 novembre. Elle resta sans réponse de la part de M. Prieur aîné.

Le 30 du même mois, M. Baptiste Prieur arrivant de Moulins, me remit une lettre de son père, par laquelle le docteur semblait douter de la vérité de mes assertions. Il me disait que j'aurais laissé surprendre ma bonne foi, par des personnes qui devaient avoir écrit en mon nom, vu que la signature de ma lettre ne se rapportait pas au caractère de mon écriture, et que plusieurs de mes signatures ne se ressemblaient pas les unes aux autres. Il convenait, cependant, par les explications que je lui donnais, que si son fils, chargé de me remettre cette lettre, pouvait se convaincre de l'exacte vérité de ma demande, il me donnerait toute satisfaction.

En causant avec M. Baptiste, je lui fis voir des cadenas et des attaches qui n'avaient pu résister à la malice des esprits farfadéens, qui étaient acharnés contre moi, pour me priver du repos et de la liberté. Je lui fis voir aussi une montre en or et à répétition que, depuis que M. son frère Etienne avait pris autorité sur moi, je ne pouvais parvenir à faire bien marcher, et qui me coûtait beaucoup par les réparations qu'il me forçait d'y faire.

Je lui montrai aussi une boîte en écaille, garnie en or, tellement endommagée, qu'il m'était impossible de m'en servir, tant elle avait été l'objet des efforts et des violences de la troupe infernale. L'ouvrier à qui je la montrai pour la raccommoder, me dit qu'il préférerait m'en faire une neuve, que d'entreprendre de réparer celle-là.

Je montrai encore à M. Prieur diverses boîtes en buis, toutes mutilées par les mêmes procédés que M. son frère employait contre moi pour me troubler et m'ôter la tranquillité. Je lui rappelai aussi que M. son frère avait eu la cruauté de couper la queue de mon cher Coco, lorsqu'il habitait encore l'hôtel Mazarin. Quoiqu'il fût bien convaincu de tout cela, il feignit d'être étonné de ce qu'il venait d'entendre et de voir. Il garda le silence sur des preuves aussi évidentes, et ne le rompit que par un sourire, comme pour changer la conversation. Il voulut me faire croire qu'il existait dans ma chambre une odeur forte et malsaine. Je lui répondis que cela ne m'étonnait pas, que c'était l'odeur des esprits au pouvoir desquels M. son frère me remit en partant pour le séminaire d'Amiens; que M. Lomini son cousin, M. Arlouin son ami, et lui-même, étaient du nombre, et qu'ils s'acquittaient tous bien de leur emploi. — Voilà pourquoi, par vos visites trop fréquentes, mon appartement est toujours infecté de cette odeur méphitique.

M. Baptiste ne fit nul cas de mes plaintes, et se mit à rire de nouveau. Quand je vis qu'il prenait la chose aussi légèrement, je lui demandai si j'avais encore long-temps à souffrir, et si je devais espérer une fin à mes maux? Il me dit que tôt ou tard je serais soulagé; mais que cela dépendait de MM. Moreau, Pinel, et de madame Vandeval. Lorsque j'entendis ces noms, je demandai à M. Baptiste si ces personnes étaient à la tête des farfadets. Certainement, me dit-il, et leur autorité seule suffit, s'ils veulent, pour vous rendre libre et heureux. — Pourquoi ne le font-ils pas, ces monstres infernaux et cruels? qu'attendent-ils donc pour cela? Veulent-ils que je sois réduit à la dernière extrémité? Que mon corps diaphane n'offre plus qu'un squelette ambulant? Veulent-ils enfin attendre que les portes du tombeau soient ouvertes pour m'arrêter un instant sur cette triste terre où je n'ai fait que souffrir depuis plus de vingt ans? Croient-ils que quand Dieu m'aura rappelé à lui, je quitterai le séjour céleste pour venir jouir un instant sur la terre du repos dont ils m'ont privé? Non. Je jouirai, dans l'autre monde, d'un bonheur durable et sans mélange:

je me fais une idée consolante d'y parvenir. Je me présenterai à Dieu avec un cœur pur et une conscience à toute épreuve. Je conserverai surtout la haine des magiciens, sorciers, physiciens, qui sauront alors que leurs infâmes manœuvres n'ont pu réussir à ébranler la foi constante que j'ai et que j'aurai toujours pour mon Dieu.

M. Baptiste parut étonné de m'entendre raisonner de la sorte; et comme ce discours fit sur lui l'impression que je voulais, je saisis cette occasion pour changer de conversation et pour lui faire part de ce que j'avais fait pour M. son frère : c'était le motif qui le conduisait chez moi. Il n'ignorait pas tout ce que j'avais fait pour l'ingrat Etienne, malgré ses mauvais procédés à mon égard. Je montrai mon souvenir à M. Baptiste.

CHAPITRE LVI.

Suite des mauvais procédés de M. Prieur père. Prétexte de son épouse pour se dispenser de punir son fils Etienne.

M. Baptiste ne croyait pas que, d'après ses protestations, ses élans d'honneur, ses signes démonstratifs d'une reconnaissance sans bornes, je n'eusse pu obtenir une visite de la part de M. Étienne, pas même son adresse, qu'il m'avait promise tant de fois. — Je ne l'ai vu que par hasard, en me pomenant dans la ville; et comme il me paraissait toujours soucieux, je ne lui parlai plus de ma guérison.

Eh bien, Monsieur, en avez-vous assez entendu pour être convaincu du farfadérisme de M. votre frère Etienne ?

Je ne crois pas, Monsieur, répondit M. Baptiste, que vous soyez capable de l'accuser injustement. Je vais en instruire mon père, et au reçu de sa réponse je reviendrai vous voir. Je le priai de parler à M. son père des peines que M. Étienne m'a fait éprouver, par ses travaux magiques, pendant la nuit comme pendant le jour, soit qu'il ait agi par lui-même, soit qu'il ait fait agir d'autres farfadets. — Il m'a appris que les sorciers ont le droit de transmettre leur pouvoir à qui ils veulent, et il a peut-être déjà chargé quelqu'un de me tourmenter en son absence.

M. Baptiste fit changer la conversation pour pouvoir se retirer; je le reconduisis en me recommandant à ses bonnes intentions.

Ne voyant pas revenir M. Baptiste, malgré ses promesses, je me déterminai à écrire encore une fois à M. Prieur père, médecin à Moulins; je lui donnai les détails que je crus nécessaires; en voici le contenu :

Paris, 19 décembre 1818.

Monsieur,

« Par votre lettre du 30 novembre dernier il est dit expressément que vous me satisferez et réparerez les outrages de M. votre fils Étienne, si M. Baptiste, son frère, reconnaissait la réalité de tout ce qu'il m'a fait; je lui en ai donné assez de preuves, et il en a si peu douté, qu'après m'avoir remis votre lettre, il m'a promis de vous écrire en conséquence, et qu'aussitôt qu'il aurait reçu votre réponse, il ne tarderait pas à me revoir pour me la communiquer. Depuis ce moment je ne l'ai pas revu, et je n'ai plus entendu parler de lui; il est cependant bien temps que mes tourmens finissent; j'ai donc l'honneur de vous prévenir que je ne puis attendre plus long-temps, et que si j'éprouve encore des douleurs, je serai forcé d'écrire de nouveau à M. le Maire et à M. le Préfet. Le peu d'humanité que MM. vos fils montrent dans cette affaire, m'autorise à vous dire qu'il vous convient de les réprimander, car je ne puis plus m'en rapporter à aucun d'eux. J'attendrai encore quinze jours, pour vous donner le temps de me répondre, et j'ose espérer que je n'attendrai pas en vain.

J'ai l'honneur d'être, etc. »

Je croyais que cette lettre aurait un effet salutaire; mais M. le docteur, irrité de ce que je récriminais contre tous ses enfans, craignant, sans doute, de se compromettre, chargea madame son épouse du soin de le venger de la prétendue insulte que je lui faisais.

Cette dame me renvoya ma lettre, qu'elle mit sous une enveloppe qui contenait aussi les impertinences qu'on va lire.

Moulins, 21 décembre 1818.

Monsieur,

« J'ai reçu votre lettre en date du 19 décembre 1818, par laquelle vous me dites des sottises de mon fils le médecin. J'ai l'honneur de vous déclarer que jamais M. Baptiste Prieur le médecin ne les a méritées, il a trop de conduite pour vous faire du mal. Les lettres précédentes que vous nous avez écrites, remplies de folies et de bêtises, nous prouvent que votre esprit est dans un état d'aliénation complet, et que je ne puis ajouter foi à ce que vous dites. Je ne veux plus recevoir vos bavardages et vos sottises ; et toutes les lettres que vous écrirez au préfet, au maire et à tout l'univers, je les retirerai et j'en ferai un paquet que je vous adresserai : voilà la résolution que j'ai prise ; ainsi, ne vous donnez plus la peine de m'écrire, je ne veux pas avoir des démêlés avec vous. Que ce soit pour la dernière fois que j'entende parler de vos sottises. Vous pouvez dormir tranquillement comme je dors.

« Je suis votre très-humble, etc. »

Je fus autant surpris qu'indigné de cette lettre. Voilà bien le langage des gens sans pitié, froids, indifférens, et farfadérisés ! Qu'ils sont heureux ceux qui ne prennent point part aux maux d'autrui ! J'ai été humain pour leur fils Etienne : il me fait souffrir, j'ai pitié de lui, et j'ai tort de réclamer son indulgence ! C'en est fait ! je ne puis trouver de consolation à toutes les injures des farfadets, que dans la bonté du Dieu qui ne m'a jamais abandonné.

Mais laissons un instant M. Prieur et sa famille farfadéenne, nous y reviendrons en temps et lieu.

Je vais apprendre à mes lecteurs l'événement qui m'arriva en présence d'un capitaine au régiment de la Seine.

CHAPITRE LVII.

Sur ce qui m'est arrivé en présence d'un Capitaine au régiment de la Seine.

Je me promenais le soir du 28 août 1818, près du café de la Rotonde du Palais-Royal, avec ce capitaine. Je sentis une pression au cou, comme si c'eût été une personne qui m'eût pris avec les mains, dans l'intention de me faire avancer ou reculer, ainsi que cela se pratique souvent, lorsqu'on veut surprendre quelqu'un dont on ne veut pas être reconnu. Pendant toute la durée de ce badinage, je fus oppressé au point de ne pouvoir plus respirer. Le capitaine me voyant dans cet état, me demanda ce que j'avais. Je lui racontai mon aventure. Surpris de ce récit, il regarda autour de nous, et ne vit personne capable de m'avoir joué ce tour. Il jugea que je pouvais m'être trompé. Je lui certifiai de nouveau que la chose était réelle, et que j'en étais même encore incommodé. Cela ne doit pas vous surprendre plus que moi, lui dis-je, je suis toujours en guerre avec les magiciens et les sorciers, ainsi que vous avez pu l'apprendre par notre conversation précédente. C'est pour se venger de moi qu'ils viennent de me serrer le cou invisiblement, dans la crainte d'être pris et punis comme ils le méritent.

Il me semble que c'est une permission de Dieu qui autorise tout cela, afin de me donner des preuves matérielles de ce que j'ose avancer contre eux, pour confirmer tout ce que je viens de vous en dire. Je ne puis revenir de tout ce que je viens d'entendre, me dit le capitaine; et si je n'eusse pas été présent et que je n'eusse pas eu le plaisir de vous connaître, j'en douterais encore; je vous avoue franchement que cela paraît incroyable. Nous ne parlâmes pas d'autre chose jusqu'au moment de notre séparation. Lorsque nous eûmes occasion de nous revoir, nous ne pouvions nous empêcher de faire tomber la conversation sur cet événement extraordinaire.

CHAPITRE LVIII.

Les Farfadets m'enlèvent parfois mes facultés intellectuelles.

Je dois observer, à l'appui de ce que je viens de dire au sujet des farfadets, que je me suis aperçu que les membres de cette odieuse association me travaillaient parfois la tête au point que je suis obligé de convenir en moi-même qu'il ne me reste pas l'ombre d'une idée saine, et que j'oublie tout-à coup ce que je suis, ce que je fais, et ce qui m'est arrivé à l'instant qui vient de s'écouler.

Mais par un effet de la volonté divine, qui n'abandonne jamais ceux qui ont confiance à sa toute-puissance, fort de mon innocence, je reprends bientôt mes facultés physiques, et je devine alors les causes qui peuvent aliéner tant de malheureux. Je me suis aperçu plusieurs fois de cette triste vérité, par les étourdissemens que j'ai éprouvés fréquemment, et qui me sont causés par la femme Mançot, la fille Janneton la Valette, M. Etienne Prieur et la femme Vandeval, qui tous me tiennent dans un marasme que je ne puis définir.

Voilà clairement d'où tout cela me vient. Je le combats avec courage; mais pour cela je n'ai d'autres armes que les prières que j'adresse au Seigneur. C'est par elles que la victoire vient bientôt se ranger de mon côté, pour humilier les téméraires qui osent attaquer la puissance du Dieu qui créa l'univers.

Je sentais les mêmes symptômes, lorsque j'étais sous la domination de M. Pinel : je les éprouvais aussi par intervalle. Pendant ce temps, ce cruel enfant d'Esculape ne pouvait pas faire du mal.

CHAPITRE LIX.

M. Etienne est venu me visiter invisiblement pendant que je répondais à une lettre qu'il m'avait écrite.

Le 23 septembre, je reçus une lettre de M. Etienne Prieur, sous l'enveloppe de laquelle était celle que j'avais écrite à M. son père, en date du 8 du même mois. Il m'accablait de reproches, en raison des plaintes que j'avais portées contre lui. Il me disait que ses parens, sur le contenu de ma lettre, me feraient mettre aux Petites-Maisons; qu'il n'en fallait pas tant pour obtenir de me faire enfermer. Je considérai tout cela comme des injures d'un jeune homme en colère.

Je m'occupais à lui répondre, c'était le 5 octobre au matin; pendant que je lui écrivais, il entra invisiblement chez moi, et chercha les moyens de troubler mon esprit et de bouleverser mes idées. Mes yeux s'appesantirent. Je sentis dans la tête un coup terrible, qui me réduisit dans un tel état de stupidité, que j'aurais pu passer pour fou auprès de quelqu'un qui ne m'aurait pas connu. J'étais, en effet, dans cette espèce d'aliénation. Je fus contraint d'abandonner la plume jusqu'au moment que je sentis revenir en moi des idées un peu plus saines. Je pris mon livre et allai à la sainte messe. Là, j'offris à Dieu et à la sainte Vierge tous les maux que j'éprouvais pour leur cause. Je les suppliai de me donner la force de les supporter. Je fis lecture du *Te Deum*, en action de grâce de ce que le Très-Haut venait encore de me délivrer de mes ennemis. Comme rien n'est plus efficace que d'avoir recours à Dieu dans tous les instans de sa vie, j'en agis toujours ainsi quand je suis surpris par mes ennemis.

A mon retour de l'église je repris ma lettre pour la finir.

D'après ce qui venait de m'arriver, je n'étais plus étonné d'apprendre que grand nombre de personnes étaient devenues folles. La cause de leur aliénation, me disais-je, ne peut être produite que par les persécutions de ces abominables farfadets, qui se rendent invisiblement chez moi, comme ils peuvent le faire ailleurs. Les cruels doivent se permettre de glisser dans nos alimens et dans nos boissons des drogues qui pourraient empoisonner, car leur nombreuse et abominable société est tellement répandue sur la terre, que ce qui ne se passe pas dans une région peut fort bien se passer dans une autre.

Mes lecteurs sont peut-être surpris que ces monstres (car on ne peut les nommer autrement), que ces monstres, dis-je, s'introduisent, comme bon leur semble, dans toutes les maisons, se glissent dans les meubles les plus étroits et les plus soigneusement fermés ; ils ont même l'adresse de se placer entre la jarretière de la culotte, quoique le passage en soit plus étroit qu'aucun de ceux des meubles, portes et fenêtres par lesquels ils peuvent aisément passer sans rien déranger. C'est ainsi qu'ils se procurent l'agrément d'être, à toute heure du jour et de la nuit, dans les appartemens, d'assister au lever et au coucher des dames, d'être témoins de tout ce qu'elles font ou disent dans le secret; de contribuer souvent, par des attouchemens qui n'appartiennent qu'à l'époux légitime, à porter les femmes à des actions qui les rendent coupables envers leurs maris, sans que pourtant elles aient de véritables reproches à se faire. De là, les commérages qui alimentent les calomnies des femmes qui sont véritablement couvertes du mépris public, et qui ne cherchent à diffamer la conduite des épouses chastes que pour faire paraître la leur un peu moins odieuse. O perfidie abominable! Eh quoi! Dieu ne leur rendra-t-il pas l'honneur qu'on se fait un jeu de leur ravir? Je ne crains pas d'avancer qu'elles seront vengées. Si elles souffrent dans ce monde, elles jouiront dans l'autre: alors, elles ne changeront pas leur état avec celui des misérables qui les diffament. Il vaut mieux souffrir pour la vertu, que d'obtenir du crime un seul instant de jouissance. Oui, Mesdames, persuadez-vous que Dieu vengera celles d'entre vous qui resteront fidèles. Qu'importe au mérite d'être plus ou moins récompensé ici-bas! L'injustice que vous éprouvez sur cette terre de désolation, les persécutions auxquelles vous êtes en butte, vous préparent dans le ciel, où tôt ou tard vous serez accueillies, une récompense proportionnée aux tourmens que vos antagonistes souffriront dans le séjour du feu et des larmes.

CHAPITRE LX.

Le Diable est le chef des Farfadets. Réflexion sur la nature de l'être malfaisant.

Il appartient à Dieu de venger la vertu opprimée. Je reviens à mes magiciens. Ils ont donc bien des talens, ou un très-grand pouvoir, pour s'introduire invisiblement partout, et particulièrement dans les endroits cachés dont je viens de parler. Leur nature ne tient pas à l'espèce humaine, puisqu'ils peuvent se présenter sous tant de formes invisibles. Je conclus de tout cela, qu'il est impossible qu'ils n'aient pas fait un pacte avec le diable, sans quoi ils ne pourraient obtenir aucune invisibilité.

Toutes ces réflexions me conduisent à traiter de l'existence et de la nature du diable. Je crois fermement que cet ange rebelle à Dieu existe réellement; mais il n'habite pas la terre comme on veut le faire croire, il y fait des apparitions pour se faire des disciples, qu'il instruit à détourner les hommes de l'amour de Dieu, pour les détacher de son culte et les attirer dans le sien. Il ne trouve malheureusement que trop de lâches adorateurs, qui aiment mieux se rendre ses esclaves, que d'éviter la colère de Dieu; ils préfèrent suivre leur indigne penchant, plutôt que de se soumettre aux douces lois de la religion. Les malheureux ne sentent pas qu'ils sont éblouis par l'espoir d'un faux bonheur.

Quels sont donc les insensés qui peuvent croire à la parole d'un être créé pour la damnation du genre humain? Comment peuvent-ils s'abuser à ce point? Ne savent-ils pas que Satan, réprouvé de tout ce qui marche dans le chemin du salut, ne peut avoir d'empire que sur les hommes corrompus; que sa doctrine empoisonnée ne fait que des suppôts du vice; que les plus cruels châtimens des enfers sont la récompense de ceux qui l'écoutent. Ils osent, les insensés, s'associer à son brigandage, consentir à observer, à se soumettre aux lois dictées par un Belzébut! ils ne craignent pas de les prendre pour règle de conduite; et par une condescendance qui ne peut se concevoir, ils préconisent et assurent des récompenses à ceux qui les observent aveuglément ; et c'est cette abominable association qui se croit en force pour tourmenter les faibles humains, les seuls élus par la grâce de Dieu !....

CHAPITRE LXI.

Aventure qui m'est arrivée à Lagnes, village du département de Vaucluse.

Je suis bien autorisé à détester les cruels farfadets, par ce qui m'est arrivé pendant mon séjour à Lagnes, village du département de Vaucluse. J'ignorais la véritable cause des maux que j'éprouvais, je les attribuais à la puissance du diable. J'en instruisis M. le curé, qui m'invita à faire le voyage d'Avignon, afin d'obtenir de M. le grand-vicaire la permission d'être exorcisé. Ce bon prêtre ayant pris connaissance de la lettre dont j'étais porteur, me chargea de sa réponse à M. le curé, auquel je la rapportai de suite. Après avoir loué mon activité et mon exactitude, il me recommanda de venir entendre sa messe, comme je le faisais depuis que j'étais chez lui. A l'issue de cette messe, le digne curé qui avait déjà fait à Dieu tant de prières pour moi, m'exorcisa sans que je m'en aperçusse. Il me dit ensuite que je pouvais être tranquille, que je n'étais infecté d'aucun esprit impur. — Vous n'êtes tourmenté, mon ami, que par les deux misérables femmes dont vous m'avez parlé si souvent. Je le remerciai, en lui témoignant la surprise où j'étais, de n'avoir remarqué aucun des préparatifs pour l'exorcisme qu'il m'avait fait. L'exorciste me confia qu'il n'avait pas jugé à propos de les rendre apparens, dans la crainte de m'effrayer; mais il m'assura que je pouvais être tranquille sur les maléfices du diable, que jamais il n'avait eu d'empire sur mon esprit. Il m'invita à prendre patience. Dans quelques jours, me dit-il, nous ferons de nouvelles prières à Dieu : lui seul opérera le reste. La mort, qui vint surprendre M. le vicaire auquel nous nous étions adressés de nouveau, priva M. le curé des moyens de procéder aux autres prières d'exorcisme, dont j'espérais bien du soulagement. Je cessai de goûter le repos chez mon hôte, malgré tout ce qu'il avait fait pour moi. Je lui en fis l'aveu. Il m'adressa des paroles de consolation, m'assurant que si le démon avait eu la témérité de s'introduire dans mon corps, il en aurait été chassé par l'effet de l'exorcisme : d'après lui, les maux que j'éprouvais ne provenaient que de la malice et de la perfidie de mes ennemis, qui étaient des êtres visibles et matériels, sur lesquels l'exorcisme serait de nul effet. Ce digne et vertueux prêtre appuya ses conseils d'un discours très-remarquable, puisé dans la doctrine la plus sage et la plus pure. Apprenez, me dit-il, que la force de Satan, moins redoutable que son audace, cède évidemment quand Dieu lui donne l'ordre de se retirer; mais ce Dieu, plein d'indulgence et de bonté pour les hommes, les traite comme des êtres qu'il a créés, il leur inspire la connaissance du bien et du mal; et pour éprouver leur vertu, il leur laisse la liberté de prendre le chemin de l'un ou de l'autre, se réservant, au jour du jugement dernier, la faculté de punir les méchans, d'accorder la faveur divine à ceux qui n'auront pas dévié des principes de sa doctrine.

Je le remerciai des lumières qu'il venait de répandre sur les ténèbres de mon esprit. Je le quittai pour revenir à Avignon, où je passai quelque temps sans pouvoir goûter un instant de repos.

CHAPITRE LXI.

Mon départ pour Paris. Mes persécuteurs d'Avignon me mettent au pouvoir de leurs correspondans de la capitale.

Des affaires m'appelaient à Paris. Je quittai Avignon le 15 août 1812; mais il était écrit que je devais être toujours tourmenté, car à peine fus-je sorti d'une ville où les magiciens et sorciers font leur résidence, qu'ils tinrent une assemblée pour envoyer leur procuration à M. Moreau, qui devait ensuite me faire tomber entre les mains de la femme Vandeval, de cette diablesse qui exerça sur moi un pouvoir dont je n'ai que trop à me plaindre. Trahi aussi cruellement de tous côtés, j'étais persuadé que je ne pouvais trouver de salut qu'entre les bras de l'Eglise. M. le grand-pénitencier de la cathédrale, à qui je fus me confier, fit toutes les prières de l'exorcisme en ma faveur. Je ne sais si, malgré la confiance que j'avais en lui, et les bienfaits que j'attendais des secours de notre mère commune, il ne vit aucun signe de changement dans mon état. Il m'adressa à M. le docteur Pinel, qui, après m'avoir examiné, me chargea d'assurer M. le grand-pénitencier qu'il opérerait ma guérison. Ce docteur promit beaucoup plus qu'il ne pouvait faire, ou ne tint pas ce qu'il avait promis.

Ayant été préparé par des prières qui m'avaient été recommandées par M. le grand-vicaire, ce prêtre fit sur moi l'office de l'exorcisme, accompagné de toutes les cérémonies d'usage. Je demeurai bien tranquille pendant toutes les invocations, et il est à croire que M. le curé de Lagnes avait bien raison de dire que je n'étais point possédé par aucune puissance diabolique, puisque rien de ce qui constitue la sorcellerie, par exemple, les convulsions que font éprouver les malins esprits, pour sortir du corps quand ils en sont chassés par la force divine, rien, dis-je, ne se fit sentir en moi ; le calme dont je jouissais pendant l'office de l'exorcisme était un vrai bienfait de la puissance de Dieu. Cependant, après tant de cérémonies bienfaisantes, je fus surpris de ne pas recouvrer ma tranquillité ; et les ministres des autels que j'ai eu l'honneur de consulter, en leur rendant mes devoirs, ont été aussi surpris que moi de ce que je leur disais, et de me voir toujours dans le même état qu'au premier jour de mes souffrances.

CHAPITRE LXII.

Traits d'Histoire Sainte, venant à l'appui de mes assertions. L'Arche de Noé.

Pour convaincre mes lecteurs et leur prouver que ce sont des farfadets dont la vengeance me poursuit, je leur rappellerai qu'ayant contracté le devoir d'assister au service divin, et particulièrement les jours de grandes fêtes, de me faire dire l'évangile du jour par un des prêtres de l'Église du quartier ou de la ville que j'habite, les magiciens, sorciers, pour me punir de cet acte religieux, venaient le soir se glisser très-doucement et invisiblement dans mon lit, pour me frotter la tête d'une manière si brutale, qu'ils me faisaient souffrir des douleurs atroces. J'attribuai cette cruauté à l'horreur qu'ils avaient de la bonne action que j'avais faite, et je persévérai dans mes principes, en redoublant de ferveur pour ce Dieu qui doit m'accorder la force de tout supporter pour l'amour de lui. D'après cela, personne ne révoquera en doute que ce ne soit les fantômes humains qui s'exercent dans cet affreux travail pour lequel ils ont pactisé avec le diable. Ils ont la faculté de satisfaire leurs passions criminelles, et de se soustraire, d'après leur aveugle croyance, à la vengeance du maître du ciel. Ah! quels que soient les peines et les châtimens qui attendent une secte aussi impie et aussi malfaisante, ils seront toujours trop doux; car leurs corps étant déjà endurcis par leurs travaux nocturnes et par la fréquentation des lieux souterrains et malsains, où ils tiennent leurs coupables réunions, il faudrait que leur supplice fût égal à toute l'horreur qu'ils inspirent.

A ces preuves joignez les observations suivantes: Quoique je n'aie pas vu le temps du déluge, je n'en suis pas moins convaincu que cette punition toute divine n'a affligé la terre que pour la délivrer de ses premiers farfadets. Dieu, qui n'avait créé l'homme que pour qu'il fût sa plus parfaite image, voulût punir ces misérables qui, ne se mettant pas en garde contre les séductions, se corrompirent au point d'engendrer les magiciens, les farfadets et les êtres vermineux qui s'armèrent contre sa puissance éternelle. Il résolut de les punir tous ensemble; il n'y eut que ceux qui parurent exempts de vices qui obtinrent de sa bonté un regard favorable. Noé et sa famille furent choisis pour construire une arche, qui devait leur servir de refuge pendant le temps que durerait le déluge. Les farfadets, que Dieu ne voulait pas qu'on admît dans l'arche, ne pouvait la concevoir, la tournaient en ridicule; mais ils ne pouvaient empêcher sa construction.

Les travaux furent achevés. Noé renferma dans ce vaisseau une couple de tous les animaux existans sur la terre. Ils y restèrent pendant quarante jours et quarante nuits que durèrent les pluies abondantes. Au bout de ce temps, le bienheureux s'imaginant que la colère de Dieu devait être apaisée par le nombre infini de farfadets qui avaient dû périr, voulut savoir si les eaux s'étaient retirées; il donna, à cet effet, la volée à un corbeau: il serait retourné s'il n'avait rien trouvé pour sa subsistance, et il ne le vit plus. Il en fit autant à une colombe, dont l'instinct naturel est de s'attacher au toît de ses bienfaiteurs, et la fidèle colombe revint portant à son bec un rameau d'olivier. Ce signe avertit le grand vigneron que les eaux avaient cessé de submerger la terre. Il ordonna un feu de joie, en reconnaissance de ce que Dieu avait bien voulu épargner son refuge dans un si grand désastre; il le remercia d'avoir purgé la terre de tout ce qu'elle contenait de farfadets, pensant que les hommes seraient désormais meilleurs, d'autant que la race en aurait été choisie comme la plus pure de ce temps-là : et cependant nous aurions besoin d'un nouveau déluge.

CHAPITRE LXIII.

Tous les momens de ma vie doivent être consacrés à mériter le séjour éternel. Je cherche à me distraire par des idées agréables.

PAR la leçon donnée à Noé Dieu a fait connaître aux hommes qu'il pouvait les punir quand il le voudrait ; mais il leur a fait voir aussi qu'il pouvait racheter leurs péchés sur la terre, et pour cela il leur envoya son fils, qu'il voulut sacrifier à notre rédemption. C'est ainsi qu'il nous a fait connaître sa parole divine. Il lui donna autant de pouvoir sur la terre, qu'il lui en avait donné dans le ciel. Aussi, dès que j'ai pu me pénétrer de ces grandes et sublimes vérités, je n'ai pas négligé, pendant un seul instant de ma vie, de chercher le moyen d'être admis au nombre des élus.

Cependant, malgré mes sages résolutions et la constance de mes principes, je suis toujours tourmenté par les démons, ennemis irréconciliables de la religion. Je prie Dieu bien souvent de me permettre de quitter cette terre, par un sacrifice honorable de ma vie. Je serais alors à l'abri de la scélératesse de tous les infâmes magiciens; je pourrais jouir du bonheur ineffable de la présence divine. Les prières que je fais constamment, me conduisent insensiblement à des fictions sublimes, et me transportent dans la demeure céleste que mon imagination voudrait embrasser. J'en ai déjà parlé. Je crois devoir ajouter à ce que j'en ai dit, les réflexions suivantes, que je crois très-justes : Puisque Dieu, pour sauver Noé du châtiment qu'avaient mérité les autres hommes, lui avait ordonné de se construire une arche sainte, ne pourrait-il pas, par une faveur toute particulière, ordonner à un nouvel élu, qu'il choisirait sur cette terre, de construire, avant la fin des siècles, un monument immense qui contiendrait tous les ministres de son culte, revêtus de leurs habits de cérémonie, et qui formeraient sur trois colonnes, une marche triomphale, pour faire leur entrée dans cet édifice, et pour y placer le Saint-Sacrement?

Je me pénètre de la beauté de cette auguste cérémonie, il me semble la voir : les prêtres qui formeraient la colonne du milieu, seraient chargés de porter chacun un Saint-Sacrement?

emblême révéré de tous les bons chrétiens. Les deux colonnes de droite et de gauche seraient aussi formées par d'autres prêtres portant chacun un cierge, symbole du feu sacré qui les anime. Au milieu de l'auguste monument serait une table immense consacrée à recevoir tous les Saints-Sacremens réunis dans cette procession, composée d'une telle quantité de paroisses, qu'on n'en verrait pas la fin. Cette fiction toute chrétienne me ravit d'une sainte joie, elle est vraiment digne du maître de toutes les choses d'ici-bas. Par une faveur toute particulière, je voudrais me placer à la porte du monument, sans me mouvoir ; ma prudence me retient dans un respect religieux, qui me fait considérer chacun des prêtres, sans pouvoir me permettre la moindre indiscrétion. Loin de les interroger pour m'introduire dans le temple, je me borne seulement à remercier le Seigneur, de m'avoir accordé l'avantage d'être témoin d'une telle fête, afin de me procurer le plaisir d'en parler. Puissé-je, par mon récit, confondre les athées, les renégats, et tous ceux qui, par intérêt, ne craignent pas de s'associer à cette troupe de magiciens, de sorciers créés et enfantés par Rhotomago et par le diable, pour désoler l'espèce humaine ! O que je suis heureux, lorsque de pareilles fictions occupent mon esprit !

CHAPITRE LXIV.

Que je serais heureux si Jésus-Christ revenait sur la terre ! Le nombre des Farfadets ne peut se calculer.

Mes lecteurs ont sans doute remarqué avec attention que j'ai été favorisé de plusieurs apparitions, parmi lesquelles je leur parle plus particulièrement de celle de mon alcove.

Personne ne peut révoquer en doute que le Fils de Dieu ait fait des miracles surprenant, comme, par exemple, de guérir des incurables, ressusciter des morts, rendre l'ouie aux sourds et la vue aux aveugles. Eh bien ! qui croirait que dans les temps où les hommes étaient bien plus sages et moins corrompus qu'aujourd'hui, il s'est trouvé des farfadets qui ont nié ces superbes miracles, au point de les faire tourner contre leur divin auteur ? Non contens d'avoir blasphémé, proscrit et outragé le Fils de Dieu, ils se rendirent coupables du crime le plus infâme qui puisse jamais exister ; ils crucifièrent celui qui avait tant de droits à leur amour, et qui ne venait que pour combattre leur penchant au mal, en leur ouvrant la route céleste. Que leur demandait-il, et quel sacrifice exigeait-il d'eux ? D'avoir confiance en ses paroles et en ses actions, et dans ce temps, comme à présent, la foi les aurait sauvés. Ah ! si j'avais eu le bonheur d'exister de votre temps, ô mon Dieu ! je me serais fait un devoir de croire aveuglément à ce que vous vîntes annoncer.... Et si, par un nouveau miracle, vous vouliez nous honorer en ce siècle de votre divine présence, quel que soit le lieu que vous choisissiez pour nous apparaître, je me ferais un devoir sacré d'aller me prosterner à vos pieds pour vous assurer de la foi la plus constante qu'aient jamais professée les plus fidèles serviteurs de votre Eglise. Je viendrais vous offrir les tribulations, les peines que j'éprouve chaque jour, et dont je ne puis accuser que vos ennemis et les miens, véritables disciples de Belzébuth.

Seigneur, le nombre des farfadets augmente tellement à ma vue, que je crains bien que la terre n'en soit bientôt entièrement couverte, et qu'il n'y ait pas un asile libre pour l'homme tranquille et le sage qui ne veut vivre que pour Dieu. Ces ennemis de votre puissance méconnaissent la loi divine, ils n'ont point égard à la réclamation journalière que je leur fais de me rendre le repos de l'esprit, puisque mon cœur et mon âme sont à vous ; ils ne connaissent pas non plus les paroles de Notre-Seigneur, qui dit : *Rendez à César ce qui appartient à César* ; car s'ils les connaissaient, ils ne me refuseraient pas ce que je leur demande. Ah ! quels sont donc leurs droits pour oser me retenir sous leur domination ? Pourquoi me persécuter, m'épier, pour connaître mes plus secrètes pensées et mes actions ? Pourquoi font-ils des choses dont le récit souillerait ma plume ? Ils n'ignorent pas les combats continuels que je soutiens contre leurs cruelles entreprises, les résistances que j'oppose constamment à leur puissance magique et infernale. Ils sont donc bien mal inspirés, pour ne pas s'apercevoir que j'aime mieux souffrir tout de leur indignité, que de faiblir un instant du côté où ils voudraient m'entraîner : aussi, mon Dieu, je vous prends à témoin de ma profession de foi. Je proteste que je renonce, d'après les paroles du catéchisme, à la tentation que le démon pourrait exercer sur moi. Je n'ai aucune inclination. Je ne veux participer, en aucune manière, à de criminelles opérations, malgré les nombreuses invitations de mes ennemis pour me réunir à leur infâme société. Je les aurai toujours en horreur, et je ne dévierai jamais des principes que je professe, ce sont ceux qui me sont enseignés par les prêtres de la religion catholique, apostolique et romaine : hors de cette église point de salut. Les farfadets iront brûler dans l'enfer.

CHAPITRE LXV.

Un mot sur la Tentation de Saint-Antoine.

DANS une belle gravure ce grand saint est représenté entouré d'une infinité de démons, tous plus hideux les uns que les autres. Les diables, qui nous rappellent les farfadets, cherchent à distraire de ses devoirs envers Dieu ce vertueux et saint personnage, pour l'entraîner dans l'abîme que leur perfidie lui prépare. Un grand nombre de personnes s'arrêtent pour contempler la gravure qui représente ce trait de l'histoire sainte. Chacune de ces personnes porte le jugement qu'elle croit devoir porter ; l'une dit que ce sont des démons et des diables qui cherchent à le séduire, pour l'entraîner dans leur criminel repaire et lui faire souffrir mille maux, s'il n'a la fermeté de résister à leurs fastueuses promesses ; l'autre tient un discours tout opposé.

Personne ne devine juste, ou du moins je le pense. Voici ce que je crois être la vérité, je l'ai apprise à ceux qui un jour admiraient avec moi cette gravure. Ne voyez-vous pas, leur dis-je, qu'il est impossible que toutes les figures qui sont représentées sous cette glace soient des démons? Le nombre des diables est borné, et ne peut jamais se porter à une si grande quantité. Ce sont des farfadets, qui sont envoyés sur la terre, par ordre du gouvernement infernal, pour tourmenter les apôtres de la foi chrétienne. L'assurance avec laquelle je dis ces paroles, me fit regarder avec surprise par les personnes présentes, qui parurent embarrassées pour me répondre. Celles que je reconnus pour avoir des relations avec les magiciens, me lancèrent des regards qui annonçaient le courroux dont ces paroles les enflammaient. Je m'en fus pour ne pas être la cause d'autres réflexions. Chaque fois que mon chemin me conduit à admirer cette gravure, je m'arrête pour entendre et juger de ce que chacun en dit : alors je leur en fais connaître la vraie signification ; par ce moyen, je suis convaincu que ceux qui entendent mes réflexions, les communiquent à d'autres, et tout le monde en sera bientôt instruit : car, j'espère qu'à l'appui de mon mémoire, les farfadets qui désolent toute la terre par l'ordre des esprits infernaux, seront tout-à-fait connus et chassés, comme ils le méritent. Grand Saint-Antoine, unis tes prières aux miennes, pour la destruction totale de nos ennemis les farfadets!

CHAPITRE LXVI.

Nouvelles Imprécations contre mes ennemis.

Excrémens de la terre, exécrables émissaires des puissances infernales, je sais que je suis votre victime; mais ne croyez pas que je sois dupe de vos stratagêmes et de vos opérations magiques sur les honnêtes gens de ce bas monde, que vous avez la cruauté de tourmenter ainsi que moi. Vous mettez tout en usage pour faire tomber des infortunés sous votre domination. Les conseils de votre monstrueuse assemblée ont tout prévu, et vous avez, par vos infâmes lois, pourvu à tous les obstacles que vous craigniez de rencontrer parmi les hommes. Vous vous faites un jeu de braver tout ce qu'il y a de plus sacré, l'honneur et la religion. Vous regardez ces palladium de notre bonheur comme impuissans auprès de votre invisibilité, seul garant de votre sûreté. Vous jetez du ridicule sur les principales sources du bonheur de toute société, parce qu'elles nous préservent de tous vos affreux principes, et qu'elles combattent par la sublimité de leur ascendant. En jugeant des maux d'autrui par ceux que vous m'avez fait souffrir, je peux me convaincre du mal que vous pouvez faire endurer à ceux qui n'ont pas, comme moi, appris à connaître toutes vos perfidies, et qui attribuent leurs maux à une cause différente.... Ah! si du moins je souffre autant qu'eux, j'ai l'avantage de connaître d'où partent les coups qui me frappent. Monstres, perturbateurs du repos et du bonheur du genre humain, Dieu m'a donné un cœur pur, un cœur ennemi du crime, qui sait, dès le premier moment de votre apparition, vous connaître et vous apprécier. Je veux, à chaque instant, dans l'horreur qui m'anime, vous dévoiler aux yeux de l'univers; mais soit que l'indignation que vous m'inspirez trouble mes esprits, ou que la crainte de produire trop d'effroi dans l'âme de ceux que je veux éclairer, retienne ma pensée, les expresions expirent en sortant de ma bouche, et je sens que ma faiblesse ranime et redouble votre audace. Je ne puis taire qu'étonné quelquefois d'un courage que vingt-trois années de malheurs ont mis à l'épreuve, vous ne m'accordiez, par intervalle, un peu de relâche à vos persécutions; mais à peine suis-je rendu à moi-même, que vous recommencez vos indignes vexations. Vous lancez les cruels émissaires qui sont chargés de vous faire des prosélytes, pour me proposer ce que tout autre, qui ne serait pas autant en garde que moi, pourrait accepter; mais je refuse solennellement vos offres, elles alarment ma piété et ne font que tourmenter ma conscience. Je préfère mille fois la mort plutôt que d'acheter, aux dépens du salut de mon âme, la liberté que vous m'offrez. Je brave les menaces que vous me faites. Ma seule crainte est d'offenser Dieu, au nom duquel doivent frémir les émissaires envoyés par vous pour me séduire. Je sais que mes refus vous irritent et vous acharnent à me poursuivre pour satisfaire votre vengeance : voilà pourquoi vous occupez ma tête et la fatiguez de tant de pensées diverses, qu'elle ne peut en suivre une sans qu'elle semble être privée de ses facultés intellectuelles. Vous me privez aussi, par vos ruses, de l'avantage d'exhaler contre vous les plaintes nécessaires au repos que je désire recouvrer pour moi et pour les infortunés qui souffrent comme moi; mais je rendrai tous vos efforts infructueux. Je compte assez sur l'indulgence des honnêtes gens, pour croire qu'ils ne verront dans cet écrit que la pure vérité de ce que j'ai éprouvé, et qu'ils ne vous donneront pas le plaisir de critiquer l'ouvrage d'un homme qui n'écrit pas pour paraître savant, ni pour courir la carrière des poètes, mais purement et simplement pour essayer, par les expressions de la vérité, de persuader les malheureux, et qui n'écrit que pour leur être utile. Mon Dieu ! pardonnez-moi ces imprécations, elles ont un peu soulagé mon âme du poids qui l'oppresse.

CHAPITRE LXVII.

Les événemens imprévus auxquels la vie des hommes est sujette nous viennent par les maléfices des Farfadets.

Si Dieu veut que je souffre encore, je me soumets à sa sainte volonté, et je le prie tous les jours de m'en donner la force; mais rien ne m'oblige à garder le silence sur la malignité des agens des puissances infernales.

Les maux qui affligent l'humanité, et dont on se plaint, sont plus ou moins grands; il est très-rare que l'on trouve juste la véritable cause qui les a produits. Par exemple, on me dira

Quinart 1821 — Lith. de Engelmann

qu'une personne vient de mourir d'un coup de sang, on déplore cette perte subite qui ravit à la société un homme estimable. Je révoque en doute la cause de cette mort. On m'assure que le fait est incontestable. Je réponds que cette assertion ne peut être tolérée qu'en raison de l'éloignement que tous les hommes ont, de se donner le temps d'approfondir les choses qui les frappent; mais moi, qui ai suivi pas à pas les progrès des magiciens, sorciers et farfadets, sur l'espèce humaine, je prétends donner la preuve contraire de ce que vulgairement on pense sur les causes de mort ou de maladies dont nous sommes atteints. Je dis que quand les coquins persécutent quelqu'un, au point de vouloir lui ôter la vie, ils le prennent à deux mains par le bas du cou, pressent les omoplates sur l'os sacrum, le secouent au point de le faire reculer ou avancer avec force, afin de l'étourdir; au moyen de cette pression et de ces secousses, le malheureux est étouffé et tombe trois ou quatre minutes après; voilà la seule et véritable cause de sa mort subite. Une autre personne se donne une entorse en vaquant à ses affaires; les suites en sont dangereuses, et le chirurgien appelé fait craindre que cet homme ne soit long-temps retenu dans son lit. Chacun là-dessus se lamente, tire des conséquences, déplore le malheur de cet homme, qui est l'espoir d'une famille, qu'il nourrit par son travail. On ne peut, dit-on, attribuer cet événement à son inconduite; cet homme est sans défaut, ne boit que modérément. J'écoute tout, afin de me pénétrer de l'ignorance des discoureurs; et quand je vois qu'ils en ont assez dit, je leur fais entendre qu'ils s'éloignent tout-à-fait de la vérité, je leur apprends que quand les farfadets veulent faire du mal à quelqu'un, ce qui n'arrive malheureusement qu'aux honnêtes gens, ils poussent le pied qui doit se porter en avant, de manière qu'en passant près de la cheville de l'autre pied il heurte le piéton avec tant de violence qu'il le fait fléchir en dehors; et voilà ce qu'on nomme ensuite une entorse.

A ces erreurs du vulgaire je pourrais en signaler bien d'autres: je dirais qu'une femme vient de mettre au monde le fruit d'un doux lien, et que cette bonne mère, jalouse de donner ses tendres soins à son enfant, veut l'allaiter elle-même; elle veut épargner l'argent que l'on donne à des femmes mercenaires auxquelles il est impossible de demander la tendresse d'une mère. Eh bien! cette digne épouse, qui veut allaiter son enfant, pousse souvent des cris affreux, se plaint des douleurs qu'elle éprouve au sein, gémit et sanglotte de ce que son lait ne monte pas assez abondamment, elle entend son enfant pousser des cris de douleur et de besoin. La bonne mère se tourmente et s'épuise tout-à-la-fois : on croit que c'est un effet du tempérament de la mère, qui se voit trompée dans ses espérances. J'écoute en silence, et je dis ensuite que ce n'est pas là la cause du malheur qu'on déplore. Je fais connaître à l'instant que les émissaires de Belzébuth sont seuls les auteurs du mal qu'éprouve cette mère infortunée; ce sont eux qui lui font arrêter son lait par un maléfice dont elle n'a pu se garantir; ils lui pressent le bout du sein avec leurs griffes aiguës et venimeuses, et la privent par ce moyen des douceurs les plus grandes dont puisse jouir une tendre épouse, en donnant deux fois l'existence à son cher enfant.

En d'autres occasions, il arrive qu'en rentrant chez soi, ou chez quelqu'autre personne, on sent une odeur forte et désagréable que l'on ne sait à quoi attribuer. Eh bien! ce sont encore les farfadets, qui invisiblement répandent cette infection qui vous ferait croire que vous êtes dans un gouffre de bitume et de soufre.

D'autres fois on entend un bruit qui ressemble à celui du bois qui travaille, soit dans un meuble soit dans une cloison. Ce n'est pas le bois qui travaille, ce sont les magiciens ou sorciers qui frappent par méchanceté pour faire fendre vos meubles ou votre cloison.

Souvent des personnes crédules sont surprises d'éternuer sans être enrhumées du cerveau, et ne peuvent trouver la cause de ces effets. Qu'on y réfléchisse, et on se convaincra de suite que ce sont des sorciers qui font voler de la poudre dans l'air pour nous procurer les éternuemens.

Si je ne craignais d'ennuyer mes lecteurs, je citerais à l'appui de mon opinion bien d'autres événemens qui sont à ma connaissance, et qui tous ont été causés par la malignité des magiciens; mais je suis déjà assuré qu'après avoir lu ces exemples, tous les humains seront de mon avis, et approuveront les découvertes utiles que j'ai faites contre la race infecte des farfadets. Tout le mal qui se fait sur la terre est leur ouvrage. Honnêtes gens! liguons-nous tous contre eux!

CHAPITRE LXVIII.

Une Demoiselle me jette un sort en me touchant les deux cuisses. Je n'avais pas voulu me rendre à ses conseils diaboliques.

Je veux encore citer une chose singulière qui m'arriva dans le courant de l'été de 1818. Je me trouvais en société ; plusieurs dames de ma connaissance étaient rassemblées ; l'une d'elles, qui était encore demoiselle, ayant fait tomber la conversation sur ce qui me regardait, me dit : M. Berbiguier, je vais vous donner un bon moyen pour vous mettre à l'abri des maux que vous éprouvez. Flatté d'un si doux espoir, je la priai de s'expliquer. Elle me dit que je devrais m'occuper de faire la cour aux dames, de quitter mes chimères et de me dévouer au beau sexe. A ces mots je jetai un cri d'indignation. Moi! lui dis-je, me mettre de votre côté! grand Dieu! quelle proposition! Vous voulez que je souille d'un crime énorme une vie sans tache, j'aimerais mieux supporter l'esclavage où me retiennent les infâmes farfadets que de céder à vos criminelles propositions. Elle me dit, en me regardant fixément : En ce cas, vous souffrirez long-temps, je vous le prédis. Elle joignit à cette prédiction la malice d'avancer la main sur ma cuisse; mais je ne sentis pas alors l'effet de son attouchement. La conversation continua sur d'autres sujets. Quelques instans après, je m'en fus avec deux de mes amis. A peine fus-je dehors, que je commençai à ressentir une petite douleur à la place même où cette demoiselle avait posé le bout de son doigt. Ceci me parut si singulier, que j'en fis part à mes deux amis, en leur faisant connaître la cause de ma souffrance. Je les quittai pour rentrer chez moi; mais quelle fut ma surprise lorsque je sentis ma douleur augmenter! Je ne doutai plus que quelque farfadet n'eût envenimé les doigts de cette demoiselle.

Dans l'espoir de faire une nouvelle découverte, je me rendis le lendemain soir à la même société. Je voulais faire des reproches à cette demoiselle; mais je l'attendis vainement jusqu'à dix heures du soir. Je priai le maître de la maison de lui dire, si elle venait, la raison pour laquelle je l'avais attendue. Le surlendemain, la douleur fut moins forte, et j'appris qu'on avait parlé à cette demoiselle de la crise que son attouchement m'avait fait éprouver. J'appris que c'était à l'heure où on lui avait parlé de mon mal, qu'il avait cessé d'être si violent. Je vis enfin ma farfadette. Après l'avoir saluée honnêtement (car malgré mon éloignement pour tout ce qui a rapport à la co-habitation avec les personnes du sexe, j'ai toujours été très-honnête et très-respectueux avec les dames), je saisis l'occasion favorable, pour la remercier des douleurs qui avaient suivi l'attouchement qu'elle me fit avec le doigt. Elle me demanda si je souffrais encore. Je lui avouai que la douleur s'était apaisée dès la veille. Elle me dit qu'elle en était instruite, et que dès l'instant que mes amis lui en avaient parlé, elle avait ordonné à la douleur de se calmer. Maintenant, dit-elle, que vous ne souffrez plus que dans l'intérieur, c'est-à-dire vers la moëlle de l'os, je veux, par mon commandement, que vous n'éprouviez plus aucune souffrance. Je dois le dire à la gloire de cette demoiselle, je sentis peu-à-peu ma douleur disparaître entièrement. Je vis bien que c'était le malin esprit qui avait voulu me tourmenter. Lorsque je saluai la société où j'étais allé une troisième fois, cette demoiselle, pour laquelle je ne sentais plus d'aversion, me suivit des yeux pendant quelque temps. Je me retournai, et je vis qu'elle me regardait en riant. Prenez patience, M. Berbiguier, me dit-elle, et vous serez guéri. Depuis ce moment, je ne me suis effectivement plus ressenti de son attouchement. Elle s'est imaginée peut-être que je serais assez faible pour venir tomber dans ses filets.

CHAPITRE LXIX.

Les Farfadets désunissent les époux en visitant à leur insu les femmes vertueuses. Rien ne leur est étranger.

Tout ce que j'ai cité à mes lecteurs peut et doit leur prouver ce dont sont capables ces vampires engendrés par l'espèce infernale : ils savent maintenant que s'ils m'ont fait souffrir, ils peuvent faire souffrir bien d'autres mortels ; que rien n'est à l'abri de leur abominable pouvoir : ruine, destruction, incendie, désastre des villes et des campagnes, dissensions dans les ménages, dissensions politiques, tout est leur ouvrage, tout est l'effet de leur cruelle méchanceté.

Comme c'est particulièrement sur les plus honnêtes gens que leur farfadérisme s'exerce, en raison de la facilité qu'ils ont de se transporter invisiblement partout où ils veulent, ils préfèrent s'introduire dans l'appartement d'une belle dame dont le mari voyage loin de sa chaste moitié. A son retour, ce digne homme est tout surpris, après une absence de deux ans, de se trouver père de deux enfans, tandis qu'il croyait pour son honneur et son bonheur n'avoir qu'un seul gage de son union.

Il ne peut pas croire que ce soient les farfadets qui, après avoir employé les effets d'un somnifère dangereux pour la vertu de sa chaste épouse, se sont rendus maîtres de ses sensations et lui ont fait trahir involontairement le serment qu'elle avait fait aux pieds des autels, en présence de témoins et entre les mains des ministres de Dieu, de garder toujours cet honneur qui faisait sa gloire, et devait assurer et maintenir la paix du saint nœud conjugal. La voilà donc réduite par ce maléfice à éprouver la colère et la haine de son époux; la voilà en proie aux reproches d'un public qui ne peut et ne veut rien approfondir, parce qu'il aime mieux se livrer à la médisance que de s'instruire des véritables causes qui pourraient lui faire accorder son indulgence à ceux qu'il se plaît à traiter en coupables.

Les femmes contre lesquelles le jugement public a déjà prononcé l'anathême, sont celles qui sont les plus médisantes. Afin de racheter, si elles peuvent, ou diminuer par la médisance quelques-uns de leurs torts, elles aggravent ceux que cette malheureuse victime n'a qu'en apparence. Le forfait des farfadets procure à cette infortunée la mort la plus douloureuse, et c'est au printemps de ses jours qu'ils l'ont condamnée à perdre la vie. La mort, c'est la loi de Dieu; mais la diffamation, le déshonneur, les clameurs des gens réprouvés, c'est la mort la plus affreuse pour la femme vertueuse qu'on offense.

Les demoiselles sont également exposées aux visites nocturnes des vampires. Elles croient pouvoir se faire remarquer par une conduite sans reproches : élevées dans les principes d'une vertu austère, elles faisaient l'espoir de leurs parens, l'ornement de la société, et elles sont, par l'influence maligne de la secte diabolique, réduites aux malheurs les plus affreux. D'abord, un bruit sourd se répand; chacun le recueille : on se demande ce que c'est, et la méchanceté vient tout-à-coup porter son venin sur une âme pure; elle lui prête l'intention d'avoir consenti à la perte de ce qu'elle avait de plus sacré. Les résultats sont apparens, se dit-on; alors on voit une joie féroce s'emparer de tous les cœurs corrompus, les femmes les plus répréhensibles sont celles qui l'attaquent avec les armes les plus redoutables, et la vertu a paru succomber, lorsqu'elle est restée dans sa pureté primitive.

CHAPITRE LXX.

Les bons Prêtres sont presque toujours en proie aux persécutions et aux propos malins des Farfadets. Les prières et les cloches contrarient bien souvent les Esprits malins.

Les ministres de Dieu ne sont pas exempts de la calomnie des farfadets. Tous ceux qui veulent faire mal, se couvrent, disent-ils, du manteau du prêtre. Voilà ce qu'ils sèment pour justifier leur calomnie contre les apôtres de la foi; ils calculent sur l'impunité de leurs crimes cachés, et les insensés se croient à l'abri de la vengeance divine; parce que Dieu ne s'est pas encore décidé à mettre fin à leurs déréglemens, ils abjurent l'existence de ce Dieu juste et bienfaisant.

Jésus-Christ lui-même, modèle de vertu et symbole de la divine sagesse, ne fut pas exempt des méchancetés de mes ennemis. Lorsqu'il vit que les coupables n'obtenaient point de pardon de son père, il se proposa de racheter leurs péchés par le sacrifice de sa personne divine, et les méchans refusèrent de le reconnaître pour le Rédempteur des hommes et le digne Fils d'un Dieu de clémence. D'après cela, les prêtres doivent se glorifier d'être calomniés par les farfadets.

Mais les apôtres de Jésus-Christ, en établissant la religion qui consacre à jamais la vertu, nous ont donné le moyen de contrarier les disciples de Satan ; ils nous ont fait connaître les momens où l'on devait se livrer à la prière ; ils ont invité les fidèles à se réunir dans les temples, ou à prier chez eux, si leur santé ou leurs occupations les en empêchaient ; ils ont fait fondre des cloches, et les cloches et les prières furent composées par les ministres de la foi, pour contrarier les disciples de Belzébuth. Si nous prions souvent, nous occupons notre pensée, et nous nous préservons des tentations du diable, qui, semblable au loup ravissant, cherche toujours à s'emparer de notre âme pour l'entraîner à lui et la soumettre à son pouvoir infernal. Faisons en sorte de nous conserver l'amour que Dieu a pour nous, en nous occupant sans cesse de lui par nos prières ; mettons en agitation toutes les cloches de nos églises, et le malin esprit n'aura aucun pouvoir sur notre fragilité. Les cloches et les prières contrarient donc les farfadets.

Les cloches mises en mouvement à diverses heures du jour, ont encore l'avantage d'éloigner le démon des lieux saints où elles sont placées. Leur son lui fait tellement horreur, qu'il en reçoit des convulsions qui lui font pousser des cris affreux et faire des contorsions épouvantables; elles ont aussi le précieux avantage d'éloigner par leur agitation les orages qui pourraient fondre sur le temple de Dieu pour le réduire en poudre. Ce sont les physiciens qui ont voulu faire croire que le son des cloches attirait la foudre. Ils avaient leurs raisons pour cela. Les physiciens sont tous farfadets.

CHAPITRE LXXI.

Les Farfadets sont parvenus à désunir les Anges du ciel. Les leçons de notre Rédempteur ont toujours été repoussées par ces monstres.

Dans l'organisation du paradis on ne vit qu'une sorte d'anges qui, tous admis à la présence de Dieu, suivaient ses lois, adoraient sa personne; mais le malin démon s'étant glissé jusques dans cette demeure sainte, corrompit quelques-unes de ces innocentes créatures, qui se révoltèrent contre Dieu. Ils espéraient se soustraire à sa puissance aussi douce qu'infinie. Ce Dieu, plein de bonté, de patience, bien loin de contraindre aucun des rebelles, les laissa maîtres d'abandonner ou de suivre ses saintes lois; il voulut qu'ils admirassent sa grandeur toute-puissante, en contemplant leur faiblesse orgueilleuse. Il leur indiqua deux chemins, dont l'un conduisait au bien, et l'autre au mal. Ces deux chemins, différemment ornés, présentaient une opposition dangereuse. Le chemin qui conduisait au mal, offrait à la vue des agrémens dont l'autre était dépourvu. C'est ainsi que le pervers devait succomber à la tentation, par le désir de connaître ce qui pouvait l'attendre au bout d'un chemin d'un si riant aspect. L'innocence, sans défense contre la malice du diable, aurait infailliblement succombé; mais, pour la préserver de ce malheur, Dieu institua l'ordre des patriarches; ce qui signifie les hommes purs, qui ont été ensuite conservés par le secours de l'arche.

Pénétrés du saint respect qu'on doit à Dieu, et chargés d'instruire les hommes et de les engager à préférer la voie divine à celle de ses ennemis, les patriarches dociles enseignèrent la sagesse, et payèrent la confiance du Créateur d'une soumission toute religieuse et d'une croyance à toute épreuve.

Mais les hommes se multipliant à l'infini, devinrent aussi méchans qu'ils devinrent nombreux; quelques-uns d'entre eux, qui se trouvèrent revêtus d'un pouvoir sans bornes, oublièrent qu'ils tenaient tout du maître des maîtres, et crurent pouvoir se soustraire à la loi divine pour exercer un pouvoir absolu et persécuter les serviteurs les plus fidèles du Roi des Rois. Hérode fut cruel.

Enfin le Messie qui nous était annoncé depuis des siècles est venu sur la terre; il a voulu, en interprétant la parole de Dieu, son Père, faire connaître les droits qu'il avait sur nous; mais le temps de la foi n'était pas encore arrivé, l'homme Dieu, inspiré de la puissance de son Père, trouva parmi les grands et les petits une telle opposition à la saine doctrine qu'il voulait établir pour notre salut, qu'il fut persécuté, outragé. Il ne fit aucune résistance à ses oppresseurs; il préféra mourir pour nous racheter de nos péchés, et nous avertir par sa mort glorieuse que les vrais biens de la vie n'existent que dans le royaume de Dieu, son Père. (Ce que personne n'a jamais révoqué en doute, depuis que ces vérités sublimes et incontestables sont établies.)

La persécution que Jésus-Christ éprouva ne se borna pas à sa personne seule, elle s'étendit sur ceux qui avaient été éclairés par sa divine éloquence et ses maximes transmises de siècle en siècle. Tous les martyrs de la foi de Jésus-Christ furent en grand nombre; mais Dieu mit un terme à la fureur de leurs persécuteurs. La foi s'établit dans le cœur des Rois; plusieurs d'entre eux encouragèrent leurs sujets à marcher dans la bonne route et à suivre la religion du Rédempteur des hommes. Il s'établit à cet effet des ministres qui ne furent occupés qu'à cultiver la doctrine de Jésus-Christ, à nous éclairer par leurs avis sages et prudens, et à nous représenter que le premier de nos devoirs est de suivre toujours le chemin de la vertu.

De quel zèle les prêtres ne sont-ils pas animés pour voler à notre secours lorsqu'ils s'aperçoivent que nous nous écartons du chemin du salut? grâce à leur persévérance, la religion a repris sa splendeur, elle a résisté à toutes les attaques de ses nombreux ennemis, parmi lesquels on compte les hommes qui se soumettent à la puissance du diable, et qui obtiennent une invisibilité qui leur fait donner à juste titre le surnom de farfadets.

Je puis dire que, malgré tout ce qu'ils ont tenté près de moi pour me séduire et me corrompre, pour m'entraîner dans leur infâme société, j'ai toujours été du petit nombre des élus qui ont résisté à toutes leurs attaques dangereuses : aussi je serais presque tenté, loin de leur en vouloir, de les remercier de ce que leur méchanceté m'a mis à même de pouvoir espérer que le Seigneur exaucera mes prières, m'en tiendra compte, et me pardonnera tout ce que j'aurais pu dire ou faire involontairement et qui aurait pu l'offenser.

CHAPITRE LXXII.

J'ai désolé un Farfadet, en lui faisant savoir que je connaissais tous ses secrets magiques.

Mon amour du bien explique mes sentimens aux lecteurs qui voudront bien prendre la peine de lire mes mémoires. Je vais donc leur apprendre qu'un jour, étant à causer avec un des acolytes du diable, qui dans ce moment n'était pas invisible pour moi, je lui dis que c'était très-heureux pour les chrétiens que le son des cloches épouvantât les farfadets. Il me soutint qu'ils ne redoutaient pas cela, puisqu'ils assistaient, quand cela leur plaisait, à tous les offices, y faisaient tout ce qu'ils voulaient, pendant même que les cloches carillonnaient. Je fus contraint d'en convenir. Je me souvins qu'un jour, à l'église, étant à genoux devant l'autel de la sainte Vierge, ce farfadet me passa sous le nez et me fit sentir une odeur qui provenait d'une chose qu'on appelle *Civette-Occidentale*.

Ce magicien, qui m'avait écouté fort attentivement, se mit à rire et me quitta sans me répondre. Je conclus de-là qu'il se trouvait confondu de la vérité de ma découverte.

Mais qu'ils ne s'imaginent pas, ces farfadets invisibles, qu'il leur soit permis de tout faire, de tout entreprendre pour nous désoler ; et s'ils n'ont peur de rien sur la terre, nous verrons ce qu'ils répondront, lorsque Dieu fera paraître leur invisibilité au jour du jugement dernier.

Si, au nombre de toutes les persécutions que j'ai éprouvées de la part de ces misérables farfadets, j'ai pu croire qu'il dépendait d'eux de me voler, de m'assassiner ou de m'empoisonner, je ne dis pas affirmativement qu'ils aient la véritable intention de le faire, quoiqu'ils aient été assez méchans pour couper la queue à mon cher Coco, après lui avoir cassé la patte. J'avais bien raison de craindre que, par leur maléfice, ce charmant animal ne fît une pauvre fin. Mais je ne dois pas porter des jugemens téméraires, je veux me contenter du récit de tout ce qu'ils m'ont fait souffrir réellement.

CHAPITRE LXXIII.

Je laisse quelques instans les Farfadets, pour m'occuper de mon oncle. J'ai fait en sa mémoire une fondation à Saint-Roch.

Je ne dois pas toujours occuper mes lecteurs de la nature, du caractère et de l'origine des physiciens, magiciens et sorciers, que j'ai cru bien désigner par le nom de farfadets. Je vais maintenant faire trève un moment au temporel, pour m'occuper du spirituel.

La mort de mon cher oncle me fut si sensible, que je me décidai à faire à Saint-Roch une fondation d'un cierge de cinq livres à la chapelle de la Vierge. Je voulais que tous les ans ce cierge fût placé devant l'enfant Jésus, entre Marie et Joseph. Je voulais aussi que les deux premières messes fussent dites, l'une pour mon oncle, et l'autre pour moi, en ma qualité de fondateur. Je pris donc mes précautions pour que cette pieuse cérémonie eût lieu, la première fois, le 15 août 1818. En conséquence, j'adressai une lettre à MM. de la fabrique de Saint-Roch, pour les prier d'accepter l'argent nécessaire à l'œuvre pie.

Pour ne pas mettre du retard dans l'exécution de mon projet, je commandai le cierge, et je le portai, le 14 dudit mois d'août, avec l'argent des deux messes. Messieurs de la fabrique, n'ayant pas répondu à ma première lettre, m'écrivirent que ma démarche du 14 leur avait prouvé que mes intentions étaient pures. Je me rendis de suite chez ces Messieurs, qui me dirent que l'administration avait fixé le prix de cette fondation à une somme que j'acquittai de suite. Ces Messieurs ne doivent pas ignorer que nulle considération humaine ne m'a guidé dans cette fondation; je l'ai faite à la gloire de Dieu, et j'espère qu'ils voudront bien se conformer à mes intentions, sans les interpréter.

Je fus tellement satisfait de cette fondation, que je la fis aussi en expiation de mes péchés. Je m'adressai au Seigneur, en lui disant que j'avais tout fait pour me délivrer du pouvoir tyrannique de mes ennemis; que j'avais compté plutôt sur sa bonté et sa justice, que sur ma force et ma résignation, puisque je m'étais adressé à ses ministres, pour qu'ils le priassent de me regarder en pitié. C'est par leurs conseils salutaires que je me suis engagé à ne me servir contre mes ennemis que des armes de la religion. Ces conseils me flattent beaucoup, ils sont dans mes principes, et je me fais un plaisir de m'y soumettre, d'autant que les hommes de loi que j'ai consultés sur mes souffrances m'ont toujours dit que leur ministère ne s'exerçait pas contre les farfadets; qu'il fallait m'en rapporter à Dieu et remettre tout en sa puissance.

D'après ces sages conseils, je m'adresse à vous, mon Sauveur, pour vous prier de mettre un terme à mes peines : donnez-moi la force de les supporter ; par un effet de votre ineffable bonté, daignez m'accorder cette grâce : c'est pour vous que j'ai enduré toutes mes souffrances avec le courage que vous avez inspiré aux martyrs de la foi, qui furent dignes d'occuper une place au nombre des saints qui se sont dévoués au soutien de votre gloire et à la splendeur de votre règne. Agréez, Seigneur, les humbles actions de grâces de votre fidèle serviteur, qui espère que vous voudrez bien lui tenir compte de ce qu'il souffre pour l'amour de vous. Il vous prie aussi, lorsque le jour viendra où nous serons tous appelés au pied de la montagne où vous devez juger les vivans et les morts, de lui accorder une petite place dans votre éclatante et céleste demeure, où tous vos fidèles serviteurs se feront gloire avec moi de pouvoir habiter. Oui, j'ai mérité que Saint-Pierre m'ouvre votre demeure céleste.

CHAPITRE LXXIV.

Les Prêtres prient pour les possédés du démon. Mes mémoires prouvent que les Farfadets m'ont fréquemment troublé l'imagination. Le lecteur voudra bien excuser mes propres réminiscences.

A l'appui de mes mémoires je citerai un fait authentique : Je me trouvais, il y a environ quatre ans, aux prières du soir, à l'église de l'abbaye Saint-Germain-des-Prés. Le prêtre invita les fidèles rassemblés à prier en faveur d'un homme qui était possédé du malin esprit. Frappé de cette invitation, je m'écriai : voilà donc un malheureux comme moi ! mais je ne jugeai pas à propos de me faire connaître, je ne m'informai pas du nom de la personne à laquelle le prêtre s'intéressait. Je ne puis donc savoir si ce pauvre homme a été délivré. Je n'en ai plus entendu parler. Je passe à autre chose.

Je ne dois rien oublier de ce que m'ont fait les maudits farfadets, contre lesquels j'écris mes mémoires. Ils sont furieux de ce que je dévoile leurs infâmes manœuvres. Ils me troublent l'imagination de manière que les meilleures idées m'échappent au moment où je veux les écrire. Ils cherchent à les dénaturer au point que je ne reconnais pas parfois mon ouvrage. Cela ne me décourage pas. Ils peuvent me priver de cet esprit d'ordre que je garde dans mes écrits alors que mon imagination est tranquille ; mais cela ne m'empêche pas de me rappeler ensuite toutes leurs atrocités.

Ils ne se bornent pas à troubler ma tête, ils viennent encore exciter mon écureuil à se révolter contre moi. Ils me forcent parfois à le brutaliser. Ils espèrent rendre mes écrits inintelligibles, m'empêcher de les continuer ; ils voudraient bien me faire passer pour un homme qui n'a pas la tête saine ; mais je compte sur l'indulgence de mes lecteurs, ils ne jugeront que mes intentions, elles ne sont dirigées que par l'envie que j'aurai toujours de me rendre utile. Je continuerai donc mon ouvrage, malgré tous ses défauts, ne serait-ce que pour me venger de tous mes ennemis. Pardonnez-moi, mes chers lecteurs, tout ce qui ne serait pas à sa place. Je trouverai toujours moyen de vous instruire de ce qui m'est arrivé. Un peu plus tôt, un peu plus tard, vous connaîtrez le mal et le remède.

CHAPITRE LXXV.

M. Moreau manque souvent à sa parole. Il ressemble en cela à ses complices MM. Pinel et Etienne.

IL est temps de revenir sur les infâmes persécuteurs de l'innocence. Vers la fin de l'année 1818, M. Moreau, à qui j'écrivais souvent, désira me voir; mais il manqua au rendez-vous donné. Je lui adressai quelques lettres auxquelles il ne répondit pas. Le 5 janvier, je crus devoir lui en écrire une nouvelle, elle exprimait les complimens d'usage à cette époque de l'année. Je lui rappelais qu'il avait promis de m'accorder un moment d'entretien, afin de terminer une affaire délicate qui me regardait; mais comme il était un des principaux auteurs de mes maux, il s'obstina à ne rien répondre. Je lui fis une nouvelle supplication le 11 janvier. Je l'invitais à finir décidément mes souffrances. Il me fit la grâce de dire au porteur du billet, qu'il viendrait le dimanche 17, dans la matinée. Sa parole ne fut pas alors plus sacrée que dans les autres circonstances. Je l'attendis vainement jusqu'à trois heures après-midi, et j'eus deux chagrins à-la-fois, celui d'avoir négligé mes affaires, et d'être privé, par ce retard, d'obtenir la paix et le repos après lesquels je soupirais. Je ne perdis pas courage, j'écrivis encore une nouvelle lettre, où je l'invitais à me faire dire le jour et l'heure qu'il voudrait bien m'accorder pour opérer.

M. Pinel, docteur en médecine et membre de la bande infernale, associé avec M. Moreau, n'avait répondu qu'à une de mes lettres; ce qui me confirma de plus en plus que ces Messieurs étaient d'accord pour me tourmenter.

Ah! c'est alors que je me suis décidé à mettre mes mémoires au jour. J'y fus poussé par la conduite peu délicate de MM. Pinel et Moreau, et particulièrement par celle de M. Etienne Prieur, que j'ai menacé de dénoncer à la justice, en raison des travaux et souffrances qu'il m'a fait éprouver par les magiciens et sorciers ses collégues. Mais hélas! tout cela n'a fait qu'augmenter leur audace. Je n'ai donc aucun ménagement à garder envers eux.

Oui, mes mémoires paraîtront, j'y dévoilerai tous les farfadets que je connais. Leurs qualités, leurs rangs dans la société, ne seront pas un obstacle à mes desseins. J'y braverai le méchant

Pinel, l'astucieux Moreau, les Prieur, les Lomini, les Mançot, les Lavalette, et enfin le perfide Chay, mon compatriote. Ils ont beau me faire menacer de la police correctionnelle, je ne crains pas la justice, parce que les juges ne se sont jamais enrôlés dans la société des farfadets; et d'ailleurs, je serais glorieux, si on me mettait en prison pour avoir défendu mon Dieu. Avant d'être crucifié, Jésus-Christ a bien été emprisonné!.... Pourquoi craindrais-je de subir le même sort que lui? Non, Je ne le crains pas.... Je continue le récit de mes malheurs.

CHAPITRE LXXVI.

Mes promenades dans les environs de Paris. J'y rencontre un Nécromancien.

Un homme seul a besoin de dissipation, et plus particulièrement quand sa fortune lui permet de ne pas travailler pour vivre. Je suis assez retenu chez moi par les tourmens que me font éprouver les maudits farfadets, pour ne pas saisir avec avidité la jouissance des beaux jours de l'heureuse saison. En me promenant pendant le mois de juillet, j'ai le double avantage d'aller à Vincennes jouir de la promenade et du spectacle du polygone, qui me plaît beaucoup, ce qui parfois me fait croire que j'aurais eu les inclinations militaires, si j'avais embrassé cet état. Je fis cette course plusieurs fois dans la belle saison; mais comme c'était trop loin pour venir déjeûner chez moi, j'entrais chez les restaurateurs qui demeuraient sur mon passage.

Un jour que j'étais à déjeûner, une société de Messieurs et de Dames entra, et se plaça à la table que j'occupais seul. La conversation fut très-gaie, et se ressentait du plaisir que ces personnes venaient d'éprouver dans leur promenade. Elles m'adressèrent quelquefois la parole, je fis de mon mieux pour leur répondre convenablement. Pendant que nous étions en gaîté, il entra un de ces hommes que vulgairement on appelle tireur de cartes, ou nécromancien. Un de ces Messieurs le reconnut, et lui dit : que par son moyen il avait appris bien des choses, mais qu'il lui en restait encore beaucoup à savoir : il l'invita à travailler de nouveau. Lorsque cet homme eut fini son opération, on le pria de la renouveler pour l'épouse du Monsieur à qui il avait fait les cartes. Cette dame, qui traitait ces choses de bagatelles et de futilité, eut bien de la peine à se décider; et ce ne fut que par la crainte de déplaire à son mari, qu'elle s'y détermina. Toute la compagnie finit par consulter l'homme initié dans les secrets du destin.

Le nécromancien entra dans beaucoup de détails sur les différentes personnes qui le faisaient travailler. Chacun en particulier se divertit de ce qu'il disait à l'autre. Cet homme m'ayant entendu dire quelques mots, m'adressa la parole : — Vous n'êtes pas éloigné de moi. — Je le vois bien, puisque nous sommes assez près pour nous parler et nous entendre. — Ce n'est pas cela, j'entends à votre langage que vous n'êtes pas éloigné du Dauphiné. Allons, voyons, donnez-moi la main. Je la lui donnai. Après l'avoir considérée : Je vois bien, dit-il, que vous souffrez, depuis plusieurs années, des méchancetés d'une troupe de g***. (Je supprime le mot dont il se servit, parce qu'il signifie l'opposé de braves gens.) Les lignes que je vois dans vos mains m'instruisent qu'ils vous ont mis sous l'influence de plusieurs planètes, et que tous les maux que vous avez éprouvés sont la suite inévitable de cette influence. Comme vos tourmens font la joie de tous ces monstres, ils retarderont peut-être le moment dont les honnêtes gens voudraient profiter pour vous rendre la liberté et toutes vos facultés intellectuelles ; mais il ne faut pas désespérer, une puissance plus forte que celle de vos ennemis vous rendra le bonheur. Cet homme parla si bien en ma faveur, que toute la compagnie partagea son indignation contre les misérables farfadets; et chacun, par des expressions qui annonçaient l'horreur qu'inspirait cette secte abominable, prit part à mes peines et me consola de son mieux.

Cette anecdote me fit naître des réflexions scientifiques sur la scélératesse des farfadets.

CHAPITRE LXXVII.

Astronomie des Farfadets. Planètes cruelles. Nouvelle rencontre de M. Baptiste Prieur.

Je ne m'occupe qu'à chercher s'il y a un être privilégié pour nous placer sous l'influence d'une planète, ou si les magiciens ou sorciers sont spécialement chargés de ce manége diabolique. Tout ce que je puis affirmer, c'est que ces fléaux de l'humanité m'incommodent et me font éprouver bien des maux. Ils mettent en jeu la pluie, la grêle, les orages, au moment où je veux sortir. Ah! je plains bien sincèrement tous ceux qui sont ainsi tourmentés. La vengeance des farfadets est d'autant plus affreuse, que leurs victimes ne peuvent leur échapper.

On m'a assuré que les astronomes avaient publié, en 1816 et 1817, des observations qu'ils avaient faites à l'Observatoire de Paris, et où ils prétendaient que les pluies continuelles et abondantes qui alors désolèrent la France et une partie de l'Europe, devaient être attribuées à des taches qu'ils avaient remarquées dans le soleil pendant le cours de ces deux années. D'autres personnes combattirent cette opinion, et soutinrent que c'était une punition de Dieu ; d'autres avaient une opinion contraire. Pour les mettre tous d'accord, *je me contente de les porter au temps du déluge*. Le temps viendra où j'en dirai davantage.

Je ne puis trop prémunir mes lecteurs contre les atrocités que me font éprouver les esprits infernaux ; ils poussent la scélératesse jusqu'à se venger la nuit des tortures qu'ils n'ont pas pu me faire éprouver pendant le jour, lorsque je suis à l'église ou à la promenade.

Vers les huit heures du soir du 25 janvier 1819, je fus me promener au Palais Royal, dans la première galerie de bois ; j'y rencontrai M. Baptiste Prieur, qui, à raison de mon âge, aurait dû avoir l'honnêteté de m'ôter le chapeau le premier ; mais comme il ne le fit pas, je pris cela pour un outrage, et je gardai le mien sur la tête. Ce Monsieur resta quelques instans sans parler; voyant son embarras, je lui adressai la parole : — Auriez-vous quelque chose à me dire, Monsieur? parlez, je vous en prie. Il me répondit que son père et sa mère s'étaient trompés au sujet de la dernière lettre que je leur avais adressée. — Non, Monsieur ; la réponse pleine d'injures que madame votre mère me fit, et sous l'enveloppe de laquelle elle avait renfermé ma lettre, m'a prouvé très-clairement qu'elle ne s'était pas méprise ; elle a eu le courage de finir ses impertinences par cette phrase bien remarquable : *Vous pouvez dormir aussi tranquille que je dors moi-même.*

Je puis vous donner les preuves de ce que je vous avance. Je lui rappelai les aveux qu'il avait faits à son père des services que j'avais rendus à son frère : vous les aviez reconnus vous-même? C'est vous qui vous chargeâtes d'en instruire M. votre père. — J'en conviens. — Eh bien! pourquoi donc ai-je reçu, au lieu d'une réponse honnête de la part de M. votre père, une lettre de votre mère aussi déplacée que peu réfléchie? — Que voulez-vous! c'est ma mère qui gouverne à son gré toute la maison, et cette affaire lui a paru de son ressort : voilà pourquoi mon père l'en aura chargée. — Ah!

j'entends : c'est-à-dire, que madame votre mère porte les culottes. — Il est vrai que si l'on applique ce proverbe aux femmes qui sont entièrement chargées de l'économie domestique, ma mère est digne de les porter, car il ne se fait rien dans la maison que par ses ordres, et mon père ne se mêle que de son état. — Allons, allons, c'est clair, elle porte les culottes. Ah! je lui apprendrai à les porter! Sachez, Monsieur, que quand une femme gouverne, cela va toujours très-mal; vous en voyez la preuve dans ce que votre mère m'a fait. Je n'ai pas encore songé au mariage; mais si jamais il me prend fantaisie de contracter ce lien, je ferai bien la leçon à ma femme, afin qu'il ne lui prenne jamais l'envie de porter les culottes; cela détruit l'ordre dans une maison, et fait perdre au mari toute sa dignité; il faut que du côté de la barbe soit tout le pouvoir, et cette façon de voir doit être celle de toutes les personnes de bon sens. Voilà ce que je devrais écrire à M. votre père pour toute vengeance.

Je ne voulus pas quitter M. Baptiste sans lui dire un mot de ma position; je l'entretins de mes affaires, car j'étais bien ennuyé des tourmens que M. son frère Etienne me faisait endurer, conjointement avec ceux à qui il a donné procuration avant de partir pour son collége d'Amiens. — Je crois cependant qu'ils doivent avoir une fin, car il n'y a pas un farfadet qui ne me l'ait fait espérer. — Croyez, Monsieur, que je partage tous les chagrins et les souffrances que vous endurez si injustement. Je sais que vous êtes bon, sans malice, facile à persuader, et conséquemment facile à vous laisser abuser par des méchans, des trompeurs, qui vous promettent toujours sans vous tenir parole ; mais je vous promets d'écrire moi-même pour vous à mon père. — Eh ! Monsieur, écrivez tout ce qu'il vous plaira, je ne crains ni M. votre père, ni madame votre mère, ni personne au monde. La conversation finit là, je ne voulus pas en entendre davantage.

Lorsque je rentrai dans ma chambre, je me mis à écrire, et aussitôt j'entendis du bruit. Je reconnus, au fracas qu'on faisait, que c'était M. Prieur l'aîné, qui s'introduisait chez moi. Je ne m'en inquiétai pas, parce que depuis long-temps je connaissais sa manière de travailler. — Fais tout ce que tu voudras, je te le permets, car je ne te crains pas. Cette apostrophe n'interrompit point son travail. Je ne pus savoir s'il était accompagné de quelques-uns de ses affidés ; mais enfin le bruit cessa au point de me faire croire qu'il s'était retiré. Je lui souhaitai alors bon voyage. Quand je fus seul, je me rappelai l'entretien que je venais d'avoir au Palais-Royal, avec M. Baptiste, au sujet de son frère Etienne, et je soupçonnai qu'on s'était empressé de s'en venger, en se rendant invisiblement dans mon appartement. Les misérables lancèrent sur moi une planète remplie de pluie et de vent, afin que je ne pusse jouir d'un moment de tranquillité. Farfadets, farfadets, que vous êtes cruels !

CHAPITRE LXXVIII.

Pendant les premiers momens de mes persécutions je fus placé sous la planète du vent. Quelques mots sur mes persécuteurs d'Avignon.

Mes lecteurs, à qui j'ai déjà parlé des planètes, ne connaissent pas encore les maux que peuvent nous procurer ces phénomènes célestes. Je dois leur dire à ce sujet, qu'aux premières époques de mon esclavage, lorsque je tombai entre les mains des femmes Mançot et Janneton Lavalette, je fus mis pendant huit jours sous l'influence de la planète du vent. Elle se fit alors tellement sentir, que les tuiles des maisons furent presque toutes enlevées. Je me plaignis de ce désordre à ces mégères. Je leur demandai si c'était par leur ordre qu'il régnait un tel bouleversement dans la nature, et si ce temps devait durer long-temps encore? Elles me répondirent qu'elles n'y étaient pour rien, mais que cela durerait bien huit jours. Effectivement, le huitième jour, à la minute où je les avais consultées, le temps se remit au beau: aussi, lorsque j'entendais l'orage gronder, je les consultais pour savoir si j'avais encore à craindre l'influence d'une planète. Elles me répondaient que ces globes malfaisans n'étaient pas dirigés contre moi, mais bien contre d'autres mortels qu'il fallait soumettre au culte de Satan.

M. Guérin, médecin à Avignon, voulant me préserver de la planète de ces furies, me mit sous l'influence de la sienne; mais je n'en devins pas plus heureux, je n'éprouvai aucun soulagement. Lorsque ce médecin fut convaincu qu'il ne pouvait pas me guérir lui-même, il me fit passer au pouvoir de MM. Bouges et Nicolas, deux de ses confrères auxquels il m'adressa. Auparavant, il m'avait avoué que son autorité n'était pas assez grande pour espérer de me guérir. Je dois rendre justice au désintéressement et à la franchise de M. Guérin. La planète sous laquelle ses successeurs me mirent, se plaça sous l'arbre magnétisé du Jardin des Plantes, et ne me fit éprouver qu'un petit vent frais du nord.

Je compris, par un mot que j'ai recueilli de la conversation de mes nouveaux Esculapes, que M. Nicolas avait l'intention de me faire danser avec l'ours : ce à quoi son confrère ne voulut pas m'exposer. La danse n'eut donc pas lieu, je crois que je n'en serais pas revenu : l'ours ne m'aurait pas tant tourmenté que les farfadets; mais il aurait été plus expéditif pour abréger mes tourmens; il aurait fait de moi ce que le terrible ours Martin fit de l'invalide qui descendit dans sa loge, et de ce malheureux qui se livra lui-même à sa dent vorace, pour mettre fin aux tourmens qu'il éprouvait dans ce bas-monde. L'ours Martin est bien cruel! cependant il l'est peut-être moins que mes implacables ennemis!

CHAPITRE LXXIX.

Pinel, Moreau, la Vandeval, reviennent souvent à ma pensée; ils dirigent aussi les planètes.

Lorsque je partis d'Avignon pour venir à Paris vaquer à mes affaires, les farfadets avignonais et leur société me recommandèrent à M. Moreau, dont j'ai déjà parlé. Celui-ci ne m'abandonna que pour me livrer à la dame Vandeval, dont la planète a moins de force que celles de mes autres persécuteurs; elle n'agit que par l'effet d'un soleil pâle.

M. Pinel m'entreprit ensuite. Ce docteur fit sur moi les mêmes opérations que ses prédécesseurs. Sa planète était piquée par les griffes des farfadets; elle était aussi éclairée d'un soleil pâle. Celle de M. Prieur fils, qui m'entreprit après M. Pinel, était venteuse et si terrible, qu'elle déchaînait la pluie, la neige, la grêle et tous les fléaux.

Etonné du temps affreux que sa planète furieuse répandait sur toute la surface de la terre, je lui demandai pourquoi il ravageait ainsi la campagne ; il voulut me persuader que cela était nécessaire. — Mais enfin sur quel signe du zodiaque avez-vous tiré cette planète? — Sur le signe de la vierge. — Je ne pus me persuader que la vierge eût une influence si maligne ; mais comme il était mon maître en toute science, je crus tout ce qu'il me disait.

Je devais être fort mécontent de la conduite de ce jeune Prieur. Je m'adressai à toute sa famille : on le sait. Ses parens laissèrent agir la planète malfaisante, et les temps devinrent encore plus affreux qu'auparavant.

Sans espoir, et me voyant joué de tous côtés, je pris la ferme résolution de rester sous la planète des Prieurs. Je craignais de tomber au pouvoir d'une plus cruelle : ainsi, je me décidai à souffrir jusqu'à ce que Dieu voulût me délivrer.

Sur ces entrefaites, je reçus un avis de MM. Pinel et Moreau, qui me fut apporté par M. Chaix, leur ami. Ces farfadets me faisaient part du désir qu'ils avaient de me rendre ma liberté; mais ils voulaient, pour agir plus efficacement, attendre les ordres de la société diabolique d'Avignon, c'est ce qui me tient encore malgré eux dans l'esclavage ; en sorte que, depuis le commencement de l'année 1819, je pris la résolution de ne me coucher que très-rarement. Par ce moyen, je suis en garde contre les visites nocturnes que MM. les invisibles ont pris l'habitude de me faire; et je puis braver toutes les abominations qu'ils se plaisent à exercer sur moi, et dont le récit doit paraître invraisemblable.

C'est en vain que je me suis occupé à écrire à MM. Pinel, Moreau, Chaix de Carpentras, et Nicolas d'Avignon; aucune réponse n'a été faite à mes lettres. Je n'ai obtenu que des promesses verbales, qui ne se sont jamais réalisées. Pleurez, lecteurs, pleurez sur ma destinée!.....

CHAPITRE LXXX.

Mes Mémoires seraient inépuisables, si je voulais rapporter tout ce que j'ai appris sur l'influence des planètes.

J'ai long-temps entretenu mes lecteurs des planètes, sans leur avoir donné la définition de ces corps impalpables, et souvent très-malfaisans et très-dangereux. Autrefois on n'en comptait que sept; mais aujourd'hui on en remarque douze, qui, toutes, d'après les volontés du grand architecte de l'univers, ont leur mouvement, leur attribution et leur pouvoir. Voici quelques observations qui me sont fournies par mon érudition astronomique. Je ne suis pas toujours de l'avis des savans. Souvent, quand je me les compare, ils ne sont à mes yeux que des sots.

Le soleil et la lune sont les planètes qui ont le plus d'influence sur la terre, en raison de leur force ou de leur proximité. Le soleil, considéré comme un globe de feu, est la planète la plus vivifiante. Les peuples anciens, qui n'avaient aucune religion, l'adoraient comme leur dieu; et il y a encore beaucoup de gens qui disent que ces peuples-là avaient raison. Cette planète avait, dit-on, par son influence, le droit de diriger toutes nos actions, parce qu'elle préside sur nos facultés intellectuelles, sans lesquelles l'homme ne peut penser, réfléchir, ni se mouvoir. Je ne sais si elle a conservé ce droit depuis que la religion nous apprend à n'avoir de recours qu'en Dieu, comme mobile de toutes nos actions : s'il l'a, en effet, comme il ne faut pas en douter, on ne doit pas s'étonner d'entendre dire que les personnes nées dans le midi sont plus vives, plus hardies que celles du nord. On dit aussi que quand cette planète s'élève sur nos têtes, sa chaleur devient si forte, qu'elle pompe toutes les humidités de la terre, des marais, pour en former des nuages qu'elle retient jusqu'à ce qu'ils se réduisent en pluies, en orages ou en grêle.

La lune, qu'on nomme satellite de notre globe, puisqu'elle en est la fidèle compagne, en suivant sa marche et sa révolution, est aussi, après le soleil, la plus favorable des planètes : aussi nous voyons que l'on marque dans tous les almanachs le lever et le coucher de la lune et du soleil, afin que chacun puisse être en garde contre l'influence que l'on pourrait craindre de ces planètes. Il est vrai que souvent la lune, dans son brillant éclat, nous représente l'aspect du soleil : aussi les magiciens l'ont choisie pour être la présidente de leurs opérations nocturnes. En effet, comme il est reconnu qu'elle a beaucoup d'influence sur les eaux de la mer, il est très-possible qu'elle leur ait accordé le secours qu'ils en ont sollicité. Saturne est reconnu pour le directeur de la vie humaine : son emblême nous fait voir qu'il dévore ses enfans ; c'est une influence dont on ne peut se plaindre, puisqu'elle est pour tous la même.

Il est aussi reconnu que les jours de la semaine ne peuvent se ressembler, puisqu'ils coulent sous l'influence de différentes planètes. Le soleil, qui préside au dimanche, est censé nous procurer un beau jour plus riant que les autres jours de la semaine ; et voilà aussi pourquoi on se réserve ce jour pour se livrer aux plaisirs et amusemens honnêtes.

La lune, Mars, Mercure, Jupiter, Vénus et Saturne, sont consacrés au travail, à moins que quelque fête ne nous indique la solennité du jour; mais ce que l'on peut conjecturer, c'est que, s'il nous arrive quelque chose l'un de ces jours, on peut hardiment l'imputer à l'une de ces planètes, selon qu'elle aura été plus ou moins favorable aux magiciens qui l'auront conjurée. Ces planètes, qui veulent étendre leur empire sur tout ce qui nous est utile et agréable, se sont aussi emparées des couleurs. Le soleil représente le jaune, la lune le blanc, Vénus a choisi le vert, couleur de l'espérance; et Mars, que nous connaissons pour le Dieu de la guerre, a choisi le rouge, comme symbole du sang qu'il fait répandre. Jupiter, qui est considéré comme le roi de l'Olympe, prit la couleur bleue, comme emblême du pouvoir; et Saturne, le dévastateur du genre humain, a pris le noir, symbole de la tristesse où il nous plonge; la planète Mercure, qui est la plus répandue, a pris la couleur mélangée, pour prouver qu'elle veut se rendre utile à ceux qui la sollicitent.

Chacune de ces planètes a, dit-on aussi, son caractère et ses habitudes particulières, de sorte que l'on accuse Saturne, en raison de sa voracité, de ne rien ménager et de n'avoir de ressources que l'hôpital ; ce qui ferait craindre un pareil sort à ceux qui ressentiront sa maligne influence. Mars, qui, dit-on, reçut un coup de hache qui lui fêla la tête, est accusé de la manie de courir les rues sans raison ni besoin ; mais en sa qualité de soldat, il a celle de ne penser qu'à courir aux armes. Jupiter, ou Phœbus, se charge, dit-on, d'inspirer les poètes de ce qu'ils font de bon ou de mauvais. Vénus, en raison de ses charmes et des amans qu'elle a écoutés, est reconnue pour être la directrice des amours ou intrigues licencieuses. On a donné à Mercure l'emploi de courrier. Le mouvement de toutes ces planètes et de celles que je ne veux pas nommer, est, comme je l'ai dit, réglé par les farfadets dans le mal qu'elles font.

Concluons de ce récit, qu'il dépend exclusivement des magiciens ou sorciers, d'invoquer, selon le jour de la semaine, la planète sous l'influence de laquelle ils veulent placer les humains ; de sorte qu'ils peuvent nous donner la manie ou la folie qu'il leur plaît. Nous ne pouvons pas nous en défendre, mais nous pouvons en adoucir l'amertume, en opposant aux farfadets un pouvoir bien au-dessus du leur, le pouvoir d'un Dieu créateur, d'un Dieu tout-puissant, contre lequel toute magie échoue et se trouve réduite à rien, pour le bonheur des gens honnêtes. Mes ennemis m'ont forcé à acquérir de grandes connaissances.

CHAPITRE LXXXI.

Il n'est pas étonnant qu'aidés par les planètes, les Farfadets soient aussi puissans qu'ils le sont.

La secte infernale s'est toujours étayée du pouvoir planétaire ; la connaissance qu'elle a des planètes la fortifie dans la science du mal. Les planètes protègent les sorciers ; mais si Dieu a réglé leur cours pour nous pénétrer de son immense puissance, c'est aussi pour nous prouver que rien ne peut marcher sans harmonie, qu'il en laisse parfois la direction aux farfadets. C'est encore pour cela que nous devons admirer sa sagesse et respecter ses décrets. Ne cherchons jamais à les approfondir, contentons-nous du don précieux qu'il nous a fait en nous permettant de discerner le bien d'avec le mal, et ne nous laissons pas séduire par les promesses trompeuses de l'esprit malin; décevons-le de ses espérances, en respectant toujours les ordres du Créateur ; suivons sans cesse le bon chemin, et ne nous en écartons pas, malgré tout ce qu'il faut souffrir pour y rester.

Il est donc avéré que les ennemis de Dieu ont besoin de s'étayer de Satan pour pouvoir faire le mal. Belzébuth est un autre de leurs chefs : parce qu'il favorise aussi leurs entreprises criminelles, et parce qu'il peut conjurer les planètes pour faire tomber de la pluie, de la neige ou de la grêle, souffler le vent, écarter la foudre, ils croient que cela égale leur pouvoir à celui de Dieu.

Ces tentatives des diables usurpateurs sont sans doute aussi criminelles que celles qu'ont voulu tenter des hommes d'un rang inférieur contre leur supérieur. Par exemple, un militaire, sous-officier, ne doit jamais prendre d'autre commandement que celui de son grade : s'il fait faire un mouvement contre son chef, qu'il ne respecte pas ou dont il brave la puissance, il oublie, dans son erreur, que son insubordination lui sera tôt ou tard préjudiciable ; mais il n'en poursuit pas moins sa folle entreprise ; il sacrifie, par son obstination, les hommes qu'il a séduits et qu'il a rendus rebelles à leurs devoirs, pour satisfaire son ambition ; et les crédules subordonnés qui secondent ses desseins, sont eux-mêmes victimes de son audacieuse entreprise. C'est donc ainsi que seront traités les farfadets subalternes qui secondent l'ambition de Satan et de Belzébuth contre la puissance divine.

CHAPITRE LXXXII.

Faits historiques qui prouvent combien on est malheureux lorsqu'on est sous l'influence d'une planète.

Les personnes les plus sages peuvent tomber en la puissance d'un farfadet dirigé par une planète quelconque. Pour prouver cette assertion, je vais citer un fait qui s'est passé dans le midi de la France, chez un médecin, dont le nom n'est pas présent à ma mémoire.

Ce médecin, que l'on vantait partout à cause de son talent, avait une jeune demoiselle très-bien élevée qui faisait le bonheur et la consolation de sa famille. Le ciel n'avait pas accordé d'enfans mâles au docteur, il résolut de prendre un jeune homme bien né pour l'instruire dans son art et en faire son successeur. Un jeune étudiant de Paris lui fut adressé. Le père du jeune homme fut enchanté de ce que son fils avait trouvé une si belle occasion pour se faire un état honorable. Il le recommanda au médecin, en lui vantant sa douceur et sa modestie. Le disciple se trouvait bien dans la maison du maître, où l'on ne manquait pour lui ni de soins ni de prévenances. Mais hélas! la satisfaction réciproque ne devait pas être d'une longue durée; des méchans envoyés par une puissance infernale s'emparèrent de l'esprit et du cœur du jeune élève, et le mirent sous l'influence de la planète de Vénus.

Le protégé du docteur, qui jusqu'alors avait été si tranquille et si studieux, perdit tout-à-coup le sommeil; les farfadets de la planète de Vénus vinrent le tourmenter et flatter son imagination de projets fous, insensés, et tous contraires à l'honneur. Il les repoussa long-temps avec courage.

Le médecin s'aperçut que son disciple maigrissait et perdait les forces nécessaires au travail et à l'étude de son état, il employa toute sa science pour le sortir de cette cruelle position; enfin il parvint à le rétablir pour quelque temps; mais le coup était porté, les infâmes manœuvres des farfadets, qui ne quittaient pas l'étudiant en l'absence du médecin, détruisirent tellement toutes ses facultés, qu'il lui fut impossible de résister à tant de malice.

Il voyait souvent la demoiselle de la maison ; mais fidèle aux principes d'honneur qui l'animaient, il ne la voyait que comme la fille de son bienfaiteur. Le malin esprit, irrité de la résistance que cette âme vertueuse opposait à son infâme puissance, se glissa entièrement dans le corps de l'étudiant, le transporta au lit de la demoiselle, et lui fit commettre un crime, qui jamais n'était entré dans sa pensée. La jeune personne avait reçu, par l'influence de la même planète, un somnifère qui l'avait plongée dans un anéantissement total de toutes ses volontés, de sorte que le erime fut commis sans qu'elle s'en doutât.

Elle reparut aux yeux de ses parens avec la même sérénité d'âme qu'elle avait eue jusqu'à ce jour. L'infortunée était en effet si innocente, que, lorsque les apparences vinrent déposer contre elle, ses parens ne purent obtenir l'aveu d'une faute qu'elle n'avait pas commise. Les chagrins les plus cuisans tourmentèrent cette famille, et pour comble de scélératesse de la part des farfadets, ils avaient entraîné le jeune homme avec eux, après lui avoir fait commettre cette action infâme.

La douleur du père et de la mère fut à son comble, lorsqu'ils virent leur protégé enlevé par un pouvoir surnaturel; ils le regrettèrent d'autant plus qu'ils avaient fondé de grandes espérances sur lui, en raison de ses qualités personnelles.

Leur malheur ne devait pas se borner à cette perte. Le maléfice jeté sur leur estimable fille n'avait pas détruit en elle la vertu prolifique : plus le temps courait, et plus la honte et la douleur s'emparaient de son âme virginale. Elle éprouva tant de chagrin de paraître coupable d'une faute qu'elle n'avait pas à se reprocher, que, malgré la douceur avec laquelle ses parens la traitaient, elle ne put supporter son état, et finit sa carrière, en emportant avec elle le fruit infortuné qu'une union sainte et approuvée lui aurait fait légitimer.

Les parens furent inconsolables de cette perte irréparable ; ils avaient perdu la fille qui aurait pu adoucir leurs chagrins, et ils descendirent eux-mêmes au tombeau, après avoir proclamé l'innocence de leur malheureux enfant, victime d'une influence maligne, dirigée par une planète farfadéenne.

A cette anecdote je veux en joindre une autre. Un homme qui rêvait tout éveillé, et qui était au pouvoir d'un génie malfaisant, endoctrinait toutes les personnes qui voulaient bien l'écouter. Un jour il séduisit deux malheureuses femmes fort innocentes, à l'effet d'arrêter le curé de leur paroisse dans un lieu où il devait se rendre pour une bonne action, et pour lui faire commettre un acte impudique. Heureusement que la vertu dont brillait le saint homme fut le palladium de sa chasteté. Ces deux femmes reculèrent d'effroi devant le front modeste et noble du vertueux curé, qui leur apparut comme un prisme éblouissant, rayonnant de gloire et de splendeur divine. Elles avouèrent qu'elles avaient été séduites, et nommèrent celui qui leur avait jeté le maléfice.

Le possédé avoua qu'il avait des fréquentations avec des puissances magiques; que souvent Belzébuth et d'autres habitans des enfers venaient conférer avec lui, mais qu'il ne les avait jamais vus; que, cependant, si l'on voulait se prêter à croire ce qu'il dirait, on pouvait l'entendre, chez lui, converser avec les émissaires des puissances infernales. Les tribunaux ne voulurent pas croire ce qu'il disait pour sa défense, et le condamnèrent à employer sa vie aux travaux les plus rudes.

Le condamné brava sa condamnation, en disant à ses juges qu'il espérait bien que Satan ou Belzébuth le retirerait de ce supplice par leur puissante protection. En effet, le jugement fut exécuté; mais soit par sortilége ou par magie, le farfadet trouva moyen de s'évader et de se soustraire à la rigueur de la loi qui l'avait condamné.

Ainsi se perpétue une guerre engagée entre des pouvoirs opposés les uns aux autres. Ces pouvoirs alimentent la lutte, qui serait bientôt terminée, si Dieu ne voulait pas que nous fussions nous-mêmes en garde contre les maléfices de l'esprit séducteur et diabolique : je lui ai résisté, pourquoi les mortels comme moi ne lui résistent-ils pas aussi ?

CHAPITRE LXXXIII.

Conséquence des précédens chapitres. Nouvelles réflexions sur les Farfadets.

MAIS s'il arrivait, par exemple, que Belzébuth, chef suprême de l'ordre qui règle et dirige le gouvernement des enfers, et Satan, prince détrôné et chef du parti de l'opposition, voulussent bouleverser le monde, en suscitant de nouveaux crimes funestes à l'humanité, il s'ensuivrait que telles ou telles personnes, en qui nous aurions placé notre confiance, deviendraient, sans le savoir, nos ennemis, et se tourneraient contre nous ; il en résulterait que nos enfans et nos plus proches parens seraient nos plus cruels ennemis, en suivant l'impulsion qui leur serait donnée par la maligne influence de la planète que l'on aurait dirigée contre eux.

Je pourrais me citer en exemple, à cet égard, en raison des persécutions abominables que j'ai éprouvées et que j'éprouve encore de la part des ennemis de la foi. Si le nombre des farfadets ne semblait pas s'accroître, je ne me plaindrais pas si amèrement ; mais c'est précisément ce qui m'afflige, car je vois chaque jour qu'il se multiplie à l'infini. On ne voit, on n'entend citer que des gens qui se contrarient, se disputent et ne cherchent qu'à se nuire les uns et les autres. Celui qui fait tous ses efforts pour demeurer dans le bon chemin qui lui est tracé par la voix de Dieu, est bien sûr d'être en proie aux angoisses et aux tourmens les plus affreux.

Quant à moi, je l'ai dit et je le répète, quelque chose qui puisse m'arriver, je serai ferme dans ma résolution. J'aime mieux souffrir toute ma vie, que d'obtenir le plus léger adoucissement à mes maux, par une condescendance coupable, qui donnerait aux méchans le droit de me faire penser et agir comme eux. Je permets aux hommes de me juger. J'attends tout de la bonté de Dieu, et j'espère que ses arrêts me seront favorables.

En vain, les mortels qui ont acquis, aux dépens de leur honneur, l'invisibilité des farfadets, croient, à l'aide de leur magie, se soustraire à l'appel qui leur sera fait le jour du jugement dernier : ils n'échapperont pas à la loi divine. Leur chef réunit tous ses moyens pour leur faire partager le mépris qu'il a conçu pour Dieu. Il renie son créateur, afin que les vils esclaves du vice, qui sont ses subordonnés, puissent imiter son exemple. O Satan ! O Belzébuth ! que de mal vous faites aux hommes !

CHAPITRE LXXXIV.

De la Puissance du bien et du mal.

En établissant deux puissances, que j'ai distinguées en puissance divine et puissance diabolique, je n'ai pas offensé le Maître du ciel et de la terre. Le Seigneur n'a-t-il pas dit à ses apôtres, et à tous les hommes qui formaient le peuple de Dieu, que ceux qui voudraient être à lui seraient toujours vertueux, humbles, charitables et sincères. Donc, il les a laissés maîtres de choisir ou le bien ou le mal. Il a ajouté : « Que bienheureux seraient les pauvres d'esprit, car le royaume des cieux leur appartiendrait à la fin de leurs jours, pour jouir en paix de la gloire céleste. » Ces paroles consolantes ont encore été révélées pour engager tout être raisonnable à suivre le chemin de la vertu.

La puissance de Satan et de Belzébuth n'existe donc que pour encourager par des promesses et des récompenses illusoires les esprits assez faibles pour ajouter foi à des paroles empoisonnées.

Je conclus de cela, que Dieu a voulu mettre le mal à côté du bien, parce que, comme dit le philosophe, tout étant relatif, il n'y aurait pas d'honnêtes gens, s'il n'existait pas de coquins ; il n'y aurait pas de femmes jolies, si on n'en rencontrait pas de laides. Or, pour être honnête homme, évitez d'être un coquin... Dieu vous a laissé les maîtres de manger un fruit savoureux ou d'avaler un poison.... Choisissez... J'aime mieux me désaltérer à une source d'eau limpide et pure que de boire les eaux croupissantes d'un marais fangeux... Si jamais je me décide à me marier, je n'irai pas choisir ma femme dans un lieu de débauche, j'irai la chercher dans un couvent catholique, apostolique et romain, où l'on l'aura instruite de ses devoirs et élevée dans les préceptes de la religion sainte.....

Voilà, je crois, des préceptes que les farfadets et leurs partisans ne pourront jamais détruire.

CHAPITRE LXXXV.

Quelques détails sur ce qui m'est arrivé pendant mon enfance.

Si j'ai commencé cet ouvrage par les événemens qui me sont survenus depuis que je suis majeur, je ne dois pas laisser ignorer à mes lecteurs ce qui m'est arrivé pendant les premiers instans de ma vie. Le tempérament de ma mère ne lui permit pas de me nourrir de son lait ; elle me confia aux soins d'une nourrice qui, pour sa commodité, me laissait dans le lit, ou bien me plaçait dans une petite chaise, comme font presque toutes les nourrices pour se débarrasser des enfans, auxquels elles ne tiennent que par l'argent qu'on leur paie pour fournir leur sein mercenaire.

L'absence des soins maternels doit nécessairement influer sur le physique des enfans. C'est ce qui m'arriva. Lorsque ma nourrice m'eut sevré, elle me rendit à ma mère, qui fut bien surprise de me voir estropié; mes autres parens ne le furent pas moins: il fallut, pour me tirer de ce déplorable état, employer tous les secours de l'art; mais ils furent infructueux, car jusqu'à l'âge de neuf ans je restai dans cette douloureuse situation, au grand chagrin de toute ma famille.

Deux ans après ma naissance, ma mère eut un autre fils, qui ne fut pas aussi malheureux que moi. Mon frère était si aimable, que ses gentillesses dédommagèrent mes parens des chagrins qu'ils ressentaient en me voyant presque infirme dès mon bas-âge. Le médecin était persuadé que mon existence n'était rien moins qu'assurée; il avait recommandé à mes parens de ne me rien refuser de ce que je demanderais. Mon frère, dont la santé et l'intelligence faisaient l'espoir de ma famille, tomba malade avant d'avoir atteint sa septième année; il mourut en très-peu de temps, malgré tous les soins qu'on eût de lui dans le cours de sa maladie. Les Esculapes qui le soignaient, disaient, en parlant de moi: Quant à celui-ci, vous pouvez lui donner tout ce qu'il voudra; mais ne comptez pas sur lui, car vous pouvez lui préparer son suaire. Soit dit en passant, je crois que presque tous les médecins sont des farfadets.

Un matin, je fus très-surpris de ne plus voir passer les personnes qui traversaient ordinairement ma chambre pour donner à mon frère les secours que son état demandait. Je résolus d'interroger la première personne qui se présenterait près de mon lit. La garde de mon frère parut, mais elle ne voulut rien répondre à mes demandes; enfin la bonne arriva, et après plusieurs questions elle me fit l'aveu, les larmes aux yeux, que mon frère était mort dans la nuit. Cette nouvelle me toucha vivement; ma première pensée fut de lever les bras et les yeux vers le ciel; puis m'adressant au Seigneur, je m'écriai: Vous avez fait ce que vous jugiez à propos. O mon Dieu! que votre volonté soit faite, tout mortel doit se résigner à obéir à vos arrêts suprêmes. Je dis ensuite à la bonne de prier ma mère de vouloir bien me donner mes habits; j'avais le plus vif désir de m'habiller. Elle revint pour me dire qu'elle n'avait pu les obtenir de ma mère: je l'engageai alors à les prendre adroitement et à me les apporter. Ce qu'elle fit au même instant.

Le plaisir que j'éprouvai à m'habiller me fit refuser les offres de la bonne, qui voulait m'aider; je craignais d'ailleurs qu'on n'eût besoin d'elle dans une circonstance aussi affligeante. Après beaucoup de peine je me trouvai en état de descendre de mon lit, d'où je ne sortais jamais qu'à l'aide de quelqu'un.

Je priai le Seigneur de seconder mes efforts pour m'aider à marcher et me soutenir sur mes jambes ; et, par un effet de sa faveur divine, je me trouvai debout, à mon grand étonnement. Je lui rendis grâce, et j'achevai de me vêtir ; quand je fus tout-à-fait habillé, je me présentai à la porte de l'appartement de mon père, où tous nos parens et amis étaient réunis ; je les saluai tous, mais je n'osais entrer. La surprise fut générale, on se regardait sans pouvoir prononcer une parole. Je profitai de l'étonnement où était ma famille, pour m'éloigner promptement et satisfaire à l'impatient désir que j'avais de me promener dans la ville, et surtout dans la campagne. Mais quelle fut ma surprise, lorsqu'en quittant mes parens, je voulus descendre les escaliers, et que je me trouvai tout-à-coup vers la porte, sans avoir jamais pu comprendre comment cela s'était fait, si ce n'était par la toute-puissance de Dieu.

Quand on me vit seul dans la rue, personne ne pouvait s'imaginer comment, ayant toujours vécu dans un état de souffrances, je pouvais avoir la force de me tenir sur mes jambes, d'autant qu'on n'avait pas entendu parler de ma convalescence : chacun me félicitait, on m'embrassait de tous côtés ; on fut prévenir mon grand-oncle maternel, prêtre d'environ quatre-vingts ans, que j'étais rétabli au point de marcher seul. Le vieillard eut toutes les peines du monde à se persuader qu'on ne le trompait pas.

Il croyait que c'était un autre enfant qu'on avait pris pour moi. Mais on lui soutint que c'était bien moi-même, et qu'on l'en convaincrait s'il désirait me voir. En effet, il me fit venir ; ma vue fit sur lui le même effet que sur ceux qui m'avaient annoncé. Il remercia alors l'Être Suprême de mon rétablissement subit, qu'il regardait aussi avantageux pour moi que pour mes parens ; il me fit déjeuner avec lui, et me fit beaucoup de questions, auxquelles je répondis à sa satisfaction. Il voulait que je passasse la journée chez lui. Je le lui promis, sans trop avoir l'intention de lui tenir parole, car j'étais dévoré, comme je l'ai déjà dit, du désir de courir la ville et la campagne, sans trop m'occuper si mes forces me le permettraient.

Mes parens, chagrinés par l'événement qui affligeait la famille, et croyant d'ailleurs que je ne pourrais faire une longue absence, ne s'occupèrent pas de moi. Je restai quelques instans chez mon oncle; j'épiai le moment où il passerait dans une chambre voisine pour m'échapper et exécuter mon projet. J'y réussis.

Je rencontrai d'autres personnes, qui me firent parler, comme cela arrive quand on voit dans les rues quelqu'un qu'on n'y trouve pas ordinairement. On prévint un autre de mes parens de ce qui se passait. Celui-ci, qui connaissait mon état, ne voulut pas croire à mon rétablissement, et demanda à me voir pour s'en convaincre. Je fus chez lui, et sa surprise fut égale à celle de mon oncle le prêtre; il fut si satisfait de me voir en cet état, qu'il me fit toutes les caresses imaginables. Quand il sut que j'avais déjà déjeuné, il me fit cadeau de confitures sèches, de bonbons, de dragées, et me fit promettre de ne pas sortir de chez lui de toute la journée. Mais je ne renonçai pas à mon projet, je pris la résolution de m'échapper aussitôt que l'occasion s'en présenterait, et je la saisis au moment que les affaires de mon oncle l'obligèrent à me quitter.

Je fus libre enfin. Je pris le chemin qui conduit à la porte de la ville, où je fus rencontré par deux pères jacobins, qui me témoignèrent autant de surprise que les personnes qui m'avaient vu jusqu'alors. Ces bons pères, en me voyant ainsi, rendirent grâce au ciel de m'avoir donné, en si peu de temps, le libre usage de mes membres. Ils me placèrent entre eux, et me conduisirent par la main jusqu'à leur couvent. Je croyais que leur intention était de me quitter à leur porte; mais ils me firent entrer avec eux, et me demandèrent si je voulais prendre du café. J'acceptai; et pendant que je le prenais, on me fit des questions qui m'obligèrent à faire des réponses dont ces Messieurs furent très-contens. Ils me conduisirent au jardin, me firent choisir ceux des fruits qui me faisaient le plus de plaisir.

D'autres religieux ayant su que j'étais au jardin, vinrent pour m'y voir, et me félicitèrent sur mon prompt rétablissement. Après qu'ils m'eurent bien amusé, bien fêté, ils ne voulurent pas me laisser aller dîner et je fus obligé de céder à leurs instances.

Après le dîner on retourna au jardin, où l'on me fit encore de nouvelles fètes. Je craignis alórs que tant d'égards et de politesse ne me fissent manquer mon projet de promenade: ce ne fut que lorsque je vis les révérends pères disposés à faire la méridienne, que je leur proposai de me laisser promener seul, tandis qu'ils reposeraient: ils acceptèrent, en me recommandant d'attendre leur réveil au couvent, Je leur promis tout ce qu'ils voulurent, et je profitai du premier moment de liberté, pour m'évader.

Quand je fus hors la porte de la ville, une douce joie se fit sentir dans tous mes sens. Je remerciai Dieu du bonheur que j'éprouvais en contemplant la beauté du ciel, l'éclat du soleil et la magnificence de la nature. Les personnes que je rencontrais, paraissaient aussi surprises que satisfaites de me voir guéri. Je restai dehors jusqu'après le coucher du soleil. J'aurais voulu être témoin du lever de la lune. Je désirais aussi de pouvoir contempler le brillant des étoiles : rien ne devait s'opposer à mes désirs. Je découvris d'abord un bon nombre d'étoiles, parmi lesquelles je crus distinguer les fixes et les errantes. Je tirai des conjectures qu'on pardonnera à mon âge. Je me figurai que les plus grosses, en apparence, étaient celles qui étaient le plus près de nous, et par conséquent, que les plus petites devaient être les plus éloignées ; cependant je craignais que mes idées scientifiques ne m'engageassent dans un labyrinthe de réflexions au-dessus de ma portée. Je me contentai du plaisir d'admirer des choses si belles et si étonnantes. Je ne voulus pas m'égarer comme tant de prétendus savans le font tous les jours.

Les personnes qui avaient eu la bonté de

m'accompagner poussèrent la complaisance jusqu'à vouloir me ramener chez mon père, qui, quoique bien chagrin de la mort de mon frère, s'empressa de leur témoigner toute sa reconnaissance. Ces personnes avaient poussé l'intérêt que je leur inspirais, jusqu'a vouloir me remettre eux-mêmes entre les mains de ma famille. Mon père les invita à rester un instant. Je fus très-sensible à cette marque de déférence de sa part pour ces honnêtes compatriotes. Cela me toucha tellement, que je sentis dès ce moment s'augmenter pour lui mon attachement inviolable.

La conversation s'engagea, et malgré la tristesse qui régnait dans la maison, elle fut aussi gaie que notre situation pouvait le permettre. Chacun de la société s'aperçut que l'heure du souper approchait, on se retira, et de notre côté nous nous mîmes à table.

La journée se termina par les visites des voisins, qui vinrent nous offrir les consolations que l'on croit nécessaires aux personnes qui font des pertes comme celle que nous venions d'éprouver. Pour modérer notre douleur, tous les voisins disaient à mon père qu'il semblait que Dieu, en appelant mon frère à lui, avait voulu lui donner une grande consolation, celle de mon rétablissement, auquel auparavant il n'aurait jamais dû s'attendre.

La bonne vint me prévenir qu'il était temps de me coucher. Je souhaitai le bon soir à tout le monde ; j'embrassai très-tendrement mon père et ma mère, et je suivis la domestique. Elle me conduisit dans une autre chambre que celle où j'avais l'habitude de passer la nuit. Je ne dormis pas un seul instant, dans la crainte de n'être pas éveillé assez tôt pour aller jouir du lever du soleil, comme j'avais la veille joui de son coucher ; je comptais les heures les unes après les autres ; enfin, j'étais tellement impatient, qu'à une heure et demie je sortis de mon lit pour aller frapper à la porte de la chambre des domestiques. Je fis peu de bruit, dans la crainte d'éveiller mes parens. L'un des commensaux m'ayant entendu, je lui recommandai le plus grand silence sur ma sortie, dont je ne voulus pas lui apprendre le motif. Je l'invitai seulement à dire à ceux qui l'interrogeraient, qu'il n'avait pas remarqué l'heure à laquelle j'étais sorti.

Je m'en fus hors de la ville. où je contemplai de nouveau les merveilles que j'avais admirées la veille au coucher du soleil. J'attendis patiemment l'aurore ; j'admirai l'étoile matinale qui devance la clarté. Enfin je vis le premier effet du point du jour, qui augmenta sensiblement jusqu'au moment où je vis paraître l'astre bienfaisant dans toute sa majesté; rien ne me parut plus beau que ce globe de feu d'où partaient des rayons de mille couleurs, semblables à des flammes pétillantes qui se croisent les unes et les autres; j'étais tellement extasié de ce spectacle ravissant, que je ne pus me défendre de me prosterner devant le Créateur pour lui rendre grâce du bonheur que j'éprouvais. Seigneur, m'écriai-je, je veux examiner cet astre brillant que vous avez créé, faites-le-moi connaître pour que je puisse en parler scientifiquement : alors le soleil se montra à ma vue, il était fond bleu, et des flammes étincelantes brillaient au milieu d'une couleur purpurine.

L'enthousiasme que je ressentis à l'aspect des merveilles de la nature, avait rempli mon âme de douces sensations, mais n'avait pas satisfait aux besoins de mon estomac. Je pris donc la résolution de retourner à la ville pour déjeûner. A mon arrivée, je saluai mon père et ma mère; ils me grondèrent de ne les avoir pas prévenus de ma sortie. Je m'excusai sur la crainte que j'avais de les réveiller trop matin. Nous nous mîmes à table, et nous déjeûnâmes très-bien, surtout moi, qui venais d'aiguiser mon apétit par une promenade de cinq à six heures.

Voilà ce que j'avais à dire sur ce qui m'est arrivé pendant les premières années de ma vie. Tout ce que j'ai ensuite appris, et qui n'a pas du rapport avec les farfadets qui se sont attachés à mes pas, ne serait pas d'un grand intérêt. C'est donc des farfadets dont je vais m'occuper encore. Je ne puis pas trop les signaler à l'animadversion du genre humain.

CHAPITRE LXXXVI.

Quelques nouveaux détails sur les Farfadets déguisés en chats. Les infâmes Prieur et Papon-Lomini occupent le premier rang de ces misérables.

VOICI ce qu'on aura peut-être de la peine à croire. Dans le courant de l'année 1817 j'étais logé à l'hôtel Mazarin, où demeuraient MM. Etienne et Baptiste Prieur, et M. Papon-Lomini, leur cousin. Un jour que nous nous entretenions des magiciens et des farfadets, M. Etienne disait qu'il avait donné plein pouvoir à M. Lomini pour exercer la magie. En effet, ce Monsieur, flatté d'avoir obtenu un pouvoir si beau, dit qu'il s'en acquittait parfaitement bien ; que très-souvent il se déguisait en gros chat blanc, montait et descendait les escaliers de la maison, en poussant des miaulemens affreux, pour appeler ses camarades mâles et femelles : ce qui faisait très-souvent l'entretien des personnes de la maison.

Je dus conclure de cet aveu, que plusieurs de ces Messieurs, accoutumés à se déguiser en chats, devaient, en parcourant les toîts toutes les nuits, faire souvent des chutes ou des faux pas. En effet, un farfadet qui, pour faire son sabbat pendant une nuit, s'était métamorphosé en chat blanc, se laissa tomber du haut d'un toît dans la cour. Sa chute ne fit pas plus de bruit que ne ferait celle d'une balle de coton lancée du haut d'une maison. (Cet accident doit souvent arriver aux farfadets, parce qu'ils n'ont pas, ainsi que les véritables chats, l'habitude de courir sur de l'ardoise.) La chute du farfadet fit mettre tout le monde aux fenêtres : c'était vraiment plaisant. Chaque personne tenait un flambeau à la main, ce qui faisait un spectacle original ; et il le devint bien plus, lorsque chacun s'écria en se réjouissant, ou, pour mieux dire, en insultant au sort du chat criminel : Quel bonheur : voilà donc un farfadet qui a reçu la juste punition de ses forfaits ! il est mort, l'infâme ! Le portier descendit pour aller chercher le cadavre du chat farfadet ; mais le diable l'avait déjà emporté pour le soustraire à la vengeance des mortels qu'il avait persécutés. Il brûle maintenant dans les enfers ; ses miaulemens horribles ne sont pas dans le cas de le préserver de la chaudière d'huile bouillante et des griffes de ses anciens maîtres : ainsi finiront tous les farfadets. Je ne suis pas méchant ; mais je jouis en me pénétrant de cette vérité.

CHAPITRE LXXXVII.

Malgré les Farfadets mon premier Volume est achevé.

Mes ennemis ne voulaient pas croire que je me déciderais à faire imprimer mes Mémoires ; ils pensaient que je serais rebuté par la dépense, comme si l'argent qui m'appartient n'était pas destiné à les signaler à l'univers entier.

Ils sont maintenant convaincus que mon premier volume est terminé, et que dans ce moment le dernier Chapitre de ce volume va être mis sous presse.

Aussi, comme ils ont, depuis ce moment, multiplié leurs agens pour me détourner de ma résolution !

Hier c'était un parent qui me contrariait, aujourd'hui c'est un farfadet qui, sous les dehors de l'amitié, vient me dire qu'on me trompe ; qui sait quels émissaires ils pourront m'envoyer demain !

Les Pinel, les Moreau, les Prieur, les Chaix, s'agitent de toutes les manières ; les misérables, puisqu'ils n'ont pas redouté de pactiser avec le diable, il faut qu'ils se résignent maintenant à être dévoilés ; ils se méfient de moi depuis qu'ils savent que mes épingles piquent nuit et jour leurs satellites, et que j'en retiens des milliers dans des bouteilles.

Mais n'anticipons pas sur ce que j'ai à apprendre encore à mes lecteurs, mon second volume sera encore plus curieux que mon premier. Dans celui-ci j'ai indiqué les maux auxquels les honnêtes gens sont exposés ; dans celui qui va suivre je ferai connaître les remèdes qu'il faut employer contre ces maux.

Mais, auparavant, je continuerai à raconter mes malheurs personnels ; mes lecteurs n'en connaissent encore qu'une faible partie. Je citerai toujours, à l'appui de mon opinion, des faits authentiques qui doivent la rendre irréfragable.

Je sais que dans mon premier volume j'ai été un peu long, en parlant du farfadet Prieur : c'est parce que je n'ai rien voulu retrancher des particularités qui doivent contribuer à faire rougir celui de tous mes ennemis qui m'a fait le plus de mal, et que, d'ailleurs, ce misérable et sa famille m'ont parfois troublé la cervelle, lorsque je composais les Chapitres qui les concernent.

Lecteurs, vous êtes déjà convaincus de l'existence des farfadets ; cela ne me suffit pas, il faut que je vous fasse partager la haine et l'horreur qu'ils m'ont inspirées. Mon but sera rempli lorsque vous aurez lu tout mon ouvrage. Réfléchissez sur tout ce que je vous ai appris. Préparez-vous à éprouver les plus vives sensations en lisant les cruautés dont je veux encore vous rendre compte. Vous avez pleuré, vous avez ri, vous pleurerez et vous rirez encore ; vous pleurerez de mes souffrances, vous rirez du sort que je réserve aux ennemis du Créateur du monde.

O mon cher Coco ! je parlerai bientôt de tout ce qu'on t'a fait souffrir. Tu reposes maintenant en paix sous le globe de verre qui te sert de tombeau; les misérables t'ont tué pour que tu ne fusses pas témoin de mon triomphe !

Je calcule que mon premier volume doit finir ici, la dernière feuille doit être remplie... Ennemis de mon repos, ne vous réjouissez pas, demain je serai encore à l'imprimerie !....

Fin du Premier Volume.

TABLE

DES CHAPITRES

DU PREMIER VOLUME.

Fin de la Table du premier Volume.

IMPRIMERIE DE P. GUEFFIER.

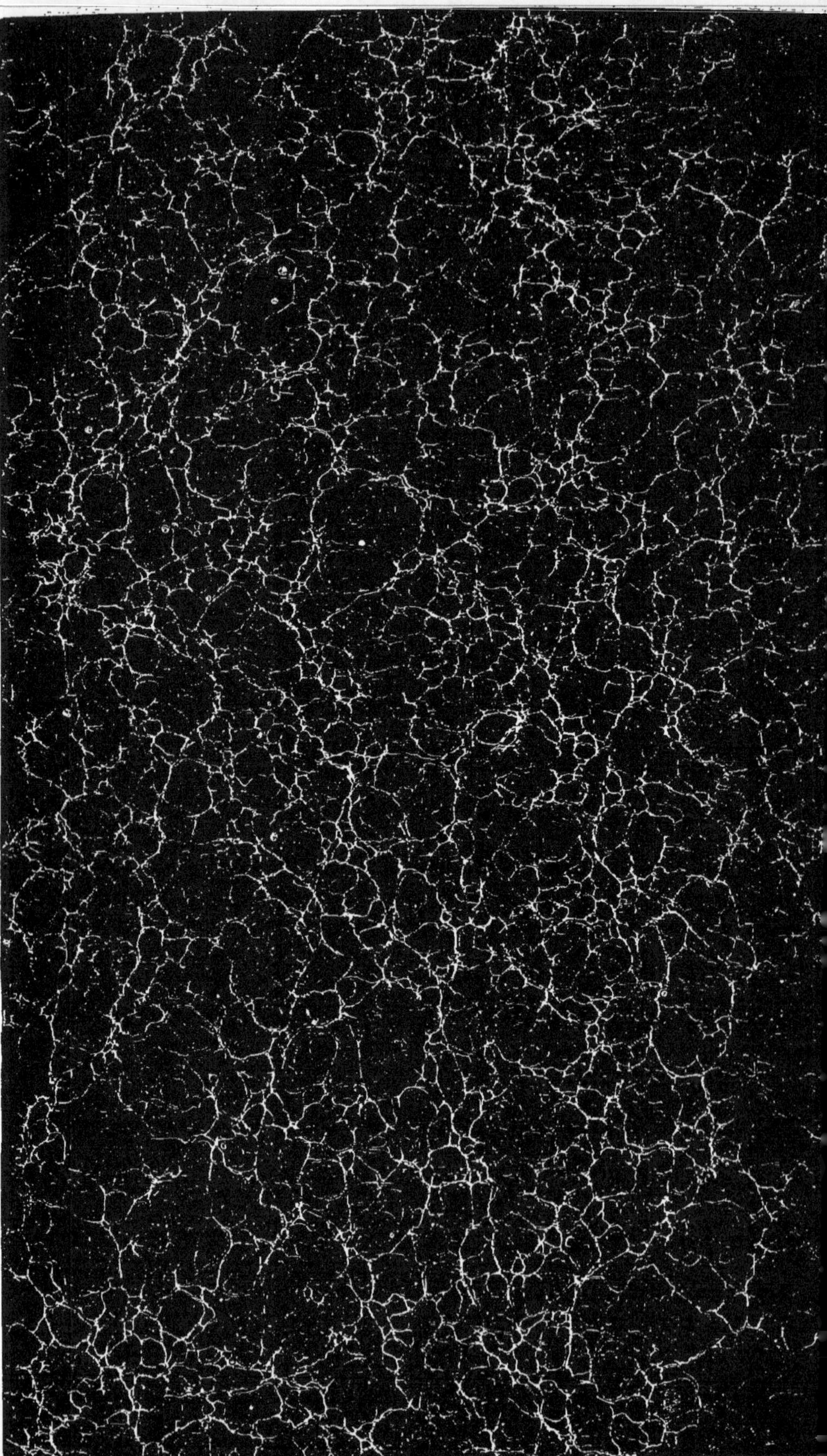

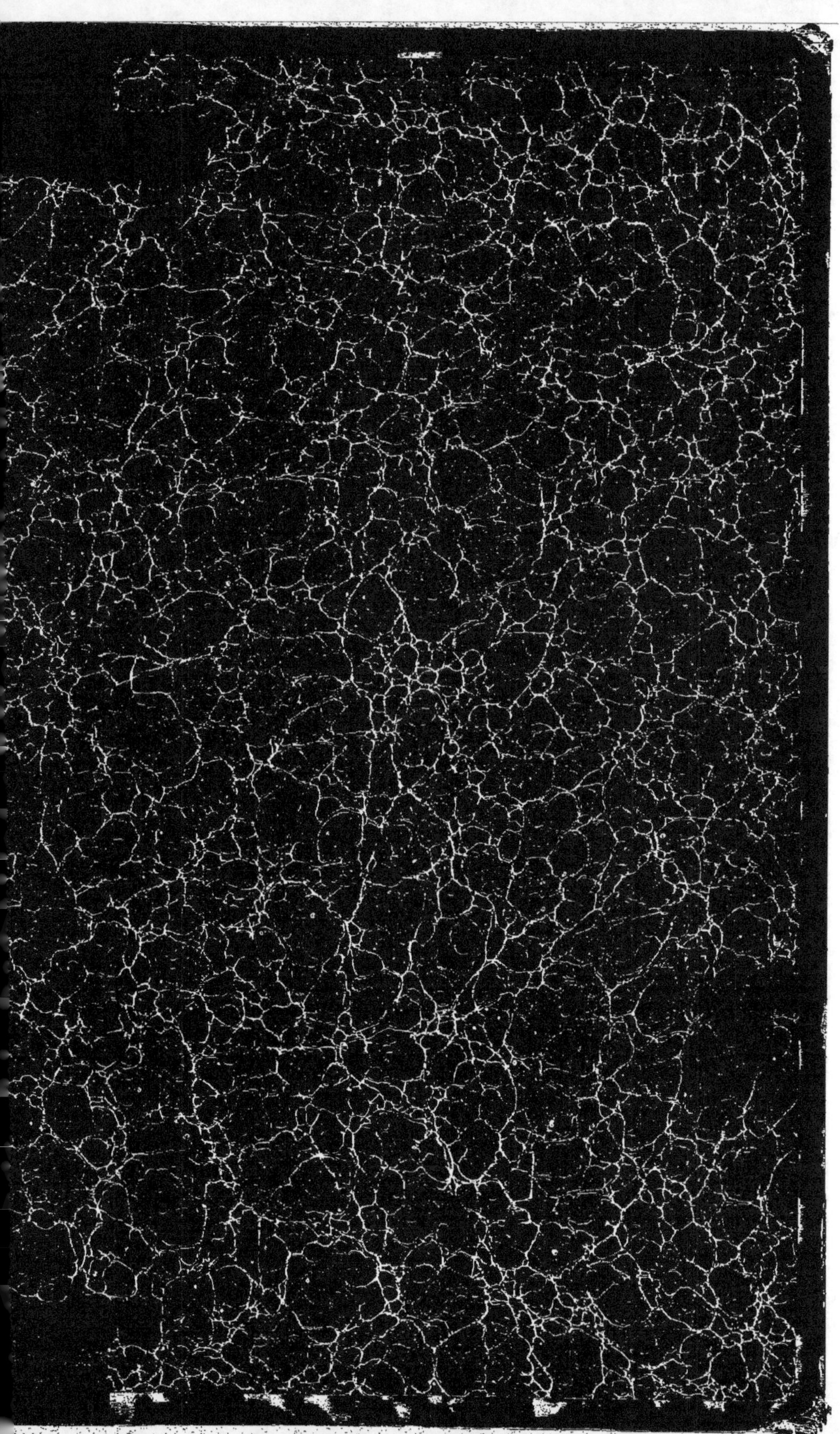

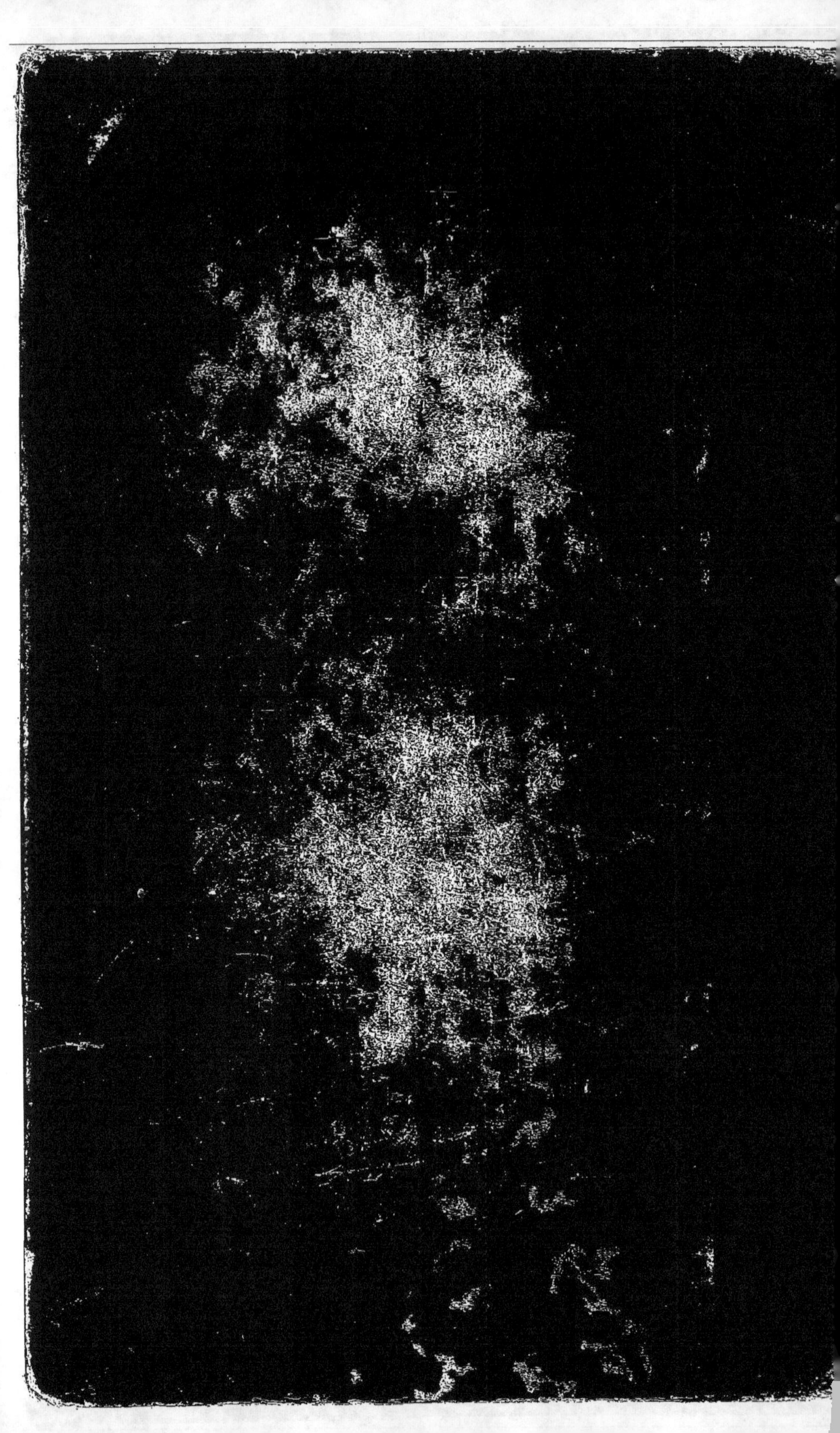

pR
922(1)

www.ingramcontent.com/pod-product-compliance
Lightning Source LLC
LaVergne TN
LVHW011301110826
845149LV00001B/216

* 9 7 8 2 0 1 1 3 3 3 8 3 4 *